ROSE CARLYLE

NINGUÉM NUNCA VAI SABER

Copyright © 2024 Rose Carlyle
Tradução para Língua Portuguesa © 2024 Carlos César da Silva
Todos os direitos reservados à Astral Cultural e protegidos pela Lei 9.610,
de 19.2.1998. É proibida a reprodução total ou parcial sem a expressa anuência da
editora.

Editora
Natália Ortega

Editora de arte e design de capa
Tâmizi Ribeiro

Coordenação editorial
Brendha Rodrigues

Produção editorial
Manu Lima e Thais Taldivo

Preparação de texto
Mariana C. Dias

Revisão de texto
Alexandre Magalhães e Luiza Cordiviola

Foto de capa
Annie Spratt/Unsplash; Ivan Bandura/Unsplash; Oliver Sjöström/Unsplash

Foto da autora
© Jane Ussher

Dados Internacionais de Catalogação na Publicação (CIP)
Angélica Ilacqua CRB-8/7057

C282n
    Carlyle, Rose
       Ninguém nunca vai saber / Rose Carlyle ; tradução de Carlos César
da Silva. — São Paulo, SP : Astral Cultural, 2025.
      304 p.

      ISBN 978-65-5566-588-8
      Título original: No One Will Know

      1. Ficção neozelandesa 2. Suspense I. Título II. Silva, Carlos César da

24-5225   CDD 828.9933

Índice para catálogo sistemático:
1. Ficção neozelandesa

BAURU
Rua Joaquim Anacleto
Bueno 1-42
Jardim Contorno
CEP: 17047-281
Telefone: (14) 3879-3877

SÃO PAULO
Rua Augusta, 101
Sala 1812, 18º andar
Consolação
CEP: 01305-000
Telefone: (11) 3048-2900

E-mail: contato@astralcultural.com.br

Este livro é dedicado a todas as mães do mundo, principalmente à minha, Christina, e à minha falecida avó, Eileen Celia Mansfield.

PARTE I

PARTE I

CAPÍTULO 1
EVE

Estou nadando em um mar de sonhos quando um beijo me puxa para o despertar. O rosto de Xander está a centímetros do meu, seus olhos azuis reluzem, zero arrependimento por ter me acordado. Ele puxou os cobertores por cima das nossas cabeças contra a manhã fria do início da primavera, e estamos envoltos pela luz fraca. Que alegria é acordar e não estar sozinha.

— Bom dia, minha linda — fala ele, me beijando de novo.

— Que horas são?

Xander ri.

— Que resposta mais romântica, Eve.

— Eu não quero me atrasar. Hoje é o grande dia, e sou péssima com primeiras impressões. Passo até mal de tanto nervosismo.

— Não precisamos nos apressar. — Xander corre os dedos pelas minhas costas — Sei exatamente o que vai te ajudar a relaxar.

Xander e eu chegamos a Sydney ontem, depois de navegarmos desde Fiji, completando a última etapa da nossa travessia de seis meses pelo Oceano Pacífico. Assim que passamos pela alfândega, pegamos um táxi para o apartamento dele, cambaleamos até a cama e caímos no sono na mesma hora.

Amo o fato de ele ter me trazido para sua casa. Quero que todos os dias comecem assim. Quero acordar nos braços de Xander todas as manhãs pelo resto da minha vida.

Ele esfrega o nariz no meu pescoço, as mãos explorando meu corpo.

— Você é tão linda.

Evito comentar que ninguém nunca falou isso de mim. Ainda não consegui largar o medo incômodo de que talvez Xander e eu acabamos juntos na viagem simplesmente porque eu era a única mulher em um raio de centenas de quilômetros. Sou magra, tenho olhos verde-claros e um tom de pele tão pálido, que nem mesmo seis meses navegando pelo Pacífico conseguiram me dar um bronzeado. Minha única característica atraente é meu cabelo — sou ruiva, e tenho um tom atipicamente escuro, quase da cor de mogno.

Rolo para cima de Xander e me deparo com um porta-retrato em sua mesa de cabeceira. Na foto, ele abraça uma loira bronzeada e sorridente — sua ex-namorada, Charlotte. Acho que não reparamos na foto ontem à noite. Charlotte e Xander terminaram antes de eu conhecê-lo, mas ainda me sinto estranha indo para a cama de um cara antes mesmo da foto da ex-namorada ter desaparecido.

Xander acompanha meu olhar.

— Foi mal. — Ele enfia o porta-retrato na gaveta e se vira para mim, me abraçando de novo. — Agora este lugar é nosso, Eve.

Um som agudo ecoa pelo ar. O telefone fixo.

— Ignore — fala Xander.

A ligação cai na secretária eletrônica, e a mensagem de voz soa bem ao lado da cama. A voz da mulher, gélida e falha, acaba com o clima em dois segundos exatos.

— Alexander, é a mãe. Fiz uma reserva para o almoço no Skipper Jack's ao meio-dia. Seu pai pediu para o motorista deixar o Lexus no seu apartamento ontem à noite. Está no lugar de sempre, lá embaixo. Vista uma calça bonita e aquela camisa de linho que te dei de Natal e, pelo amor de Deus, não se atrase. Reservei uma mesa para seis. Charlotte irá comparecer. Ela me disse que o pai está contratando. Acho que é a última chance que você vai ter de reatar o namoro com aquela moça adorável, filho. Tome alguma atitude, e não se esqueça de passar a camisa.

Ela desliga.

Xander e eu nos encaramos, paralisados. Meu primeiro instinto é rir. Quem, além da Rainha da Inglaterra, tem a coragem de se referir a si mesma como *mãe*?

Meu próximo pensamento não é nada engraçado. A mãe de Xander convidou a ex dele para o almoço de boas-vindas do filho — a ex-namorada cujo pai é dono do escritório de advocacia no qual os pais de Xander esperam que ele consiga seu primeiro trabalho de verdade.

— Queria que você tivesse contado a eles sobre nós — digo.

— Vamos falar deles depois...

O telefone toca de novo. Vai ver a *mãe* se esqueceu de mencionar qual par de sapatos combina mais com a camisa.

Desta vez, Xander não espera cair na secretária eletrônica. Ele se inclina para a frente, segura o fio e o arranca da tomada.

* * *

Estou vasculhando a cozinha atrás de comida que não tenha passado da data de validade enquanto Xander tira a barba de marinheiro.

— O que você vai dizer para os seus pais? — pergunto, adotando um tom casual. — Parece que sua mãe acha que você e Charlotte ainda estão juntos.

Xander aparece na porta da cozinha, no meio do barbear.

— Você me ouviu falar com a minha mãe no telefone quando estávamos no México. Eu disse para ela que estava solteiro.

— Mãe com M maiúsculo ou minúsculo?

Xander aponta para a louça de porcelana que separei para o café, como se fossem o segredo do caráter da mãe.

— Minha mãe gosta de fingir. Ela finge que a gente a chama de mãe. Finge ser algum tipo de membra de alguma aristocracia australiana imaginária. E é provável que finja para todas as amigas que eu e Charlotte ainda estamos juntos, que Charlotte deu o fora do iate simplesmente por causa do enjoo.

— Mas *foi* por isso que a Charlotte deu o fora do iate.

Quando conheci Xander, ele estava a poucos passos de realizar o sonho de sua vida. Ele e Charlotte tinham acabado de terminar a faculdade, e o cara havia investido o presente do avô em *Joy*, um iate pequeno, porém robusto, que os donos estavam vendendo por uma pechincha, já que ninguém queria se dar ao trabalho de pegar um avião até uma parte remota do México só para comprar um iate. Foi exatamente o que Xander e Charlotte fizeram. Os dois embarcaram no *Joy* e partiram para a Austrália, em uma aventura do ano sabático que decidiram tirar. Se Charlotte acabasse gostando do estilo de vida, o plano seria guardar dinheiro, comprar um iate maior e navegar pelo mundo.

Porém, Charlotte não gostou do estilo de vida. Depois de a jornada ter começado pela costa oeste do México, ela terminou o namoro, juntou as coisas e pegou um avião de volta para casa. Conheci Xander quando ele estava afogando as mágoas no bar de um vilarejo. Ele havia considerado colocar um ponto-final na aventura, mas, com a temporada de ciclones se aproximando, não poderia largar o *Joy* no México. Ele estava diante da possibilidade aterrorizante de ter que navegar sozinho de volta para casa.

Sem pensar muito, me ofereci para me juntar a Xander a bordo. Eu nunca tinha colocado os pés em um iate, mas estava fazendo um mochilão pela América Latina havia meses, e a ideia me pareceu um jeito muito mais interessante de voltar para casa, se comparado a comprar passagens de avião na pior classe possível. Não é como se eu tivesse coisas urgentes me esperando. Meus pais morreram em uma tempestade forte na Nova Zelândia quando eu tinha quatro anos. Depois de um ano no orfanato, fui para uma cidadezinha no oeste da Austrália morar com a minha avó, a única parente viva que me restava, mas ela morreu de câncer quando eu tinha dezesseis. Nos últimos seis anos, me mudei muito. O que me fez acreditar em Xander foi sua sinceridade quanto às partes chatas de navegar — a estimativa temporal incerta e o desconforto do clima ruim —, ainda que as chances de ele encontrar algum outro imbecil disposto a lhe fazer companhia fossem minúsculas.

— Charlotte e eu terminamos — diz ele, agora. — Ela não pode esperar que eu volte de joelhos, beijando os pés dela. E duvido que esperará quando você aparecer comigo no almoço. Estou muito ansioso para te apresentar para os meus velhos. Eles vão te amar. — Xander passa a mão pelo meu cabelo, como se sugerindo que os pais o adorarão tanto quanto ele.

Um pouco de espuma de barbear cai no chão da cozinha, e mando Xander de volta para o banheiro. Às vezes, penso que meu namorado é maluco. Não existe a menor chance de sua família ficar feliz por ele trocar Charlotte, belíssima filha do sócio de um escritório de advocacia prestigioso, pela coitada que sou.

Xander disse que a mãe finge ser aristocrata, mas a riqueza dos pais é real. Este apartamento incrível é deles. O prédio antigamente era uma igreja, e a parede de pedra do exterior contrasta de maneira arrojada com as linhas modernas do interior. Na claridade da manhã, os vitrais da janela enchem a sala de estar com uma luz azul, fazendo o lugar parecer uma caverna mágica submersa.

Quando Xander aparece de novo, entrego os grãos a ele.

— Você vai cuidar do café. Vou levar dias se tiver que aprender a usar esse troço — falo, apontando para a cafeteira.

Ele dá um sorrisinho.

— Sua mãe disse que reservou uma mesa para seis — comento, me acomodando em um banquinho e cruzando as pernas. — Isso seria seus pais, sua irmã e o marido, e você e Charlotte. Três casais felizes. Será que o restaurante consegue colocar mais uma pessoa à mesa?

— Eles darão um jeito.

Seu tom não é nada promissor.

— Xander, não acho que seja o momento certo para eu conhecer seus pais, ainda mais com Charlotte presente. É melhor você ir sem mim. De qualquer maneira, não posso aparecer lá com as minhas roupas de viagem encardidas.

— A gente compra algo para você vestir. — Xander me passa uma xícara de espresso fumegante. Parece delicioso, mas, quando levo a bebida aos lábios, o cheiro é estranho.

— Gastei meu último centavo no mercado em Fiji.

A lembrança da minha situação financeira crítica me faz ser atingida por uma nova onda de estresse. Vendi a maior parte dos meus pertences, inclusive a máquina de costura que eu usava no meu negócio de estilista, para viajar. Em Fiji, não só fiquei lisa, como perdi meu celular no mar. Xander também está apertado. Os pais disseram que não vão mais lhe dar dinheiro, e querem que ele comece a pagar o aluguel do apartamento.

— Temos uns quinhentos dólares. — Xander tira do bolso um maço de notas que havia trocado ontem.

— É todo o dinheiro que você tem. Você não pode gastar tudo com roupas novas.

— Tem razão. — Xander me entrega o dinheiro. — Fique com ele. Você vai conseguir fazê-lo durar até um de nós arrumar trabalho.

Guardo o dinheiro no bolso.

— Podemos ir buscar alguns vestidos no meu antigo apartamento?

— Os que você fez? Quero muito vê-los, mas não temos tempo de dirigir até Parramatta. Whale Beach fica a uma hora daqui, e minha mãe odeia atrasos. — Xander gesticula para o meu café intacto. — O que foi? Está nervosa?

— Acho que sim. Tenho certeza de que vou falar errado o nome do prato que quero ou... sei lá... derrubar minha taça de vinho.

Coloco o café na bancada e vou até a janela de vitral. Ao longe, a ponte se arqueia sobre a água cintilante da Baía de Sydney.

A verdade é que tem um ninho de cobras na minha barriga. Xander não parece ter percebido, mas não falo como ele e a *mãe*. Xander é formado em direito, e eu nem o ensino médio terminei. Quando minha avó morreu, tive duas opções: voltar para o orfanato e concluir meus estudos ou encontrar um trabalho e colegas de quarto. Morei em dois orfanatos após a morte dos meus pais, já que as autoridades não conseguiram encontrar meus parentes. E a última coisa que eu quis foi passar por aquilo de novo. Desde então, ganho a vida com a costura.

Sem mencionar que me mudei tantas vezes, que sinto não pertencer a lugar nenhum. Ao fim da adolescência, fui para a Nova Zelândia em busca de me reconectar com a minha terra natal, mas, depois de um ano, fui trazida a Sydney pelos salários mais atrativos. Assim que consegui juntar dinheiro suficiente, parti em um mochilão pela América Latina. Duvido muito que os pais de Xander se impressionem com o meu estilo de vida nômade.

Ele surge por trás de mim e envolve minha cintura com os braços.

— Talvez até seja mais fácil para mim você ficar aqui hoje, mas seria um erro. Precisamos mostrar à minha família que a coisa é séria entre nós. Que somos um casal.

Suspiro, depois dou um beijo na bochecha de Xander antes de ir tomar um banho enquanto ele organiza seis meses de correspondências.

* * *

A caminho da garagem subterrânea, Xander tira uma chave do chaveiro e a entrega para mim.

— Esta pode ser sua chave.

Coloco-a no bolso. *Sua chave.* Xander me deu sua chave e seu dinheiro. Enquanto mostra o caminho até o Lexus, minha ansiedade se dissipa. Ele me leva a sério. Os pais verão isso. Se tudo correr bem hoje, talvez eu comece a sentir que faço parte de uma família de novo, algo de que sinto falta todos os dias desde que perdi minha avó há seis anos.

Saímos da garagem e damos de cara com a luz revigorante do sol. Estou usando as melhores roupas que pude encontrar: uma camiseta verde-sálvia e uma calça cargo bege. Ao cruzarmos a Ponte da Baía, abro o porta-luvas e, dali, cai um panfleto do Skipper Jack's. Sob a foto de um casal de noivos, há uma frase: "O lugar ideal para o seu dia especial".

— Xander, estamos indo a um *espaço de eventos de casamento* — digo. — Sua mãe não está planejando dar uma olhada no lugar para você e Charlotte?

— Hum, acho que isso é um folheto velho de quando minha irmã se casou.

Repasso mentalmente os nomes dos parentes de Xander — a irmã, Lauren, e o marido, Niccolò.

— Como chamo seus pais? É melhor sr. e sra. Blair ou Richard e Patricia?

Xander solta o ar pela boca, rindo.

— Dickie e Trish. Não seja muito educada, senão vão te atacar direto na jugular.

Caramba. Ser educada é uma estratégia ruim, então? Que tipo de gente a família dele é?

— Xander, não dá pra acreditar no quanto você está tranquilo. Não entendo por que Charlotte iria. Vocês terminaram há meses. Isso não será constrangedor para ela?

Ele dá de ombros.

— Não tem por que encucar com racionalidade quando se trata da minha mãe. Ela faz o que bem entende, independentemente do que as outras pessoas digam. Charlotte deve ter aceitado, porque é mais fácil do que dizer não a Patricia Blair. Não se preocupe, tá bem? Quando chegarmos lá, meu plano é deixar claros meus sentimentos para Charlotte sem que minha mãe interfira.

Queria poder fazer o carro dar meia-volta. Como exatamente Xander planeja impedir que a mãe interfira?

— Me parece ser a receita perfeita para um desastre. Mesmo se os seus pais me aceitarem, Charlotte não vai. O pai dela não vai te contratar, e seu plano de comprar um iate maior vai por água abaixo.

— Vou arranjar outro emprego — garante Xander. — Enfim, eu só queria comprar um iate maior por causa da Charlotte. Ela está acostumada com luxo. Você e eu podemos navegar o mundo todo no *Joy* assim que juntarmos dinheiro suficiente para as despesas.

— Você diz isso porque *eu* não estou acostumada com luxo? — brinco. Xander me dá um sorrisinho de esguelha.

— Se quiser, podemos economizar para comprar um superiate.

— Você sabe que estou apenas enchendo seu saco. Eu me contentaria com uma jangada de madeira.

— Imagino. Você nem enjoada ia ficar.

É difícil de acreditar que eu tinha mesmo receio de que Xander me desse um pé na bunda assim que chegássemos a Sydney. No mar, era muito fácil nos deslumbrarmos com a magia cotidiana da nossa aventura para sequer conversar sobre o futuro. Agora, ele está tratando nosso sonho de navegar ao redor do mundo juntos como uma decisão.

— Já parou para imaginar onde você estaria agora se eu realmente ficasse enjoada no mar? Ou se Charlotte tivesse um estômago mais forte? — pergunto, à medida que vamos deixando a cidade para trás, Xander dirigindo o Lexus até uma estrada cercada por eucaliptos. Ver tanto verde é uma mudança e tanto depois de meses navegando.

— Mas você *ficou* enjoada, lembra? Na reta final até Sydney. Você vomitou praticamente todas as manhãs.

É como se eu pudesse pensar com clareza pela primeira vez desde que deixamos Fiji — talvez porque ontem à noite foi minha primeira noite completa de sono desde então. As palavras de Xander fazem um alerta tocar na minha mente.

— Tem razão. Eu estava bem ao cruzarmos o Pacífico, então, de repente, não consegui mais segurar o café da manhã.

— Mas hoje cedo, agora que estamos de volta à terra firme, você ficou bem, não ficou? — O tom de Xander muda.

— Ainda me sinto um pouco meio estranha.

— Eve, você não está grávida? Sua menstruação está atrasada?

Levo a mão até a barriga.

— É diferente quando estamos viajando. Mal menstruo desde o México.

— Enfrentamos um clima feio nas últimas duas semanas — comenta Xander —, e você está nervosa por conhecer meus pais. Deve ser só isso.

Ele me observa, os olhos azuis cheios de maravilhamento. O que mais eu vejo? Caso eu seja mesmo só um rolo de férias, este é o momento em que vou enxergar a verdade nos olhos dele.

Estou com as palavras na ponta da língua. *Me sinto diferente. Não é só nervosismo.*

Não posso dizê-las. Eu não aguentaria se as coisas entre nós mudassem. Talvez é por isso que acontece, porque eu paro, porque tenho medo de falar e porque Xander tira os olhos da estrada.

CAPÍTULO 2

Uma buzina ecoa. Vislumbro lampejos prateados. O mundo se parte ao meio, e eu grito.

Batemos em metal.

Silêncio. Pressão. Estou afundada em algo macio e suave. Parece uma almofada. Eu me afasto e olho para Xander. Seu rosto também está afundado.

Os airbags.

Estamos bem. Sofremos um acidente, mas os airbags funcionaram. Sobrevivemos.

Não entendo o que vejo do lado de fora do carro. Nosso para-brisa sumiu. Em seu lugar, há prata. Uma parede de prata.

— Xander — chamo, mas não emito som algum. Meus ouvidos zunem, abafando todo o resto.

Pressão no meu ombro. Algo puxando meu braço. A porta do passageiro está aberta. Um homem grande e robusto está me puxando para fora do carro.

— Xander — digo, rouca. — Ajude o Xander.

O homem engancha as mãos nas minhas axilas e me arrasta para longe do banco. Meus pés escorregam por um líquido raso no asfalto. A fumaça toma conta das narinas. Gasolina.

À minha frente, não há estrada alguma, apenas a parede de prata. O som está voltando aos poucos. Pessoas estão gritando.

Ninguém nunca vai saber

— Tire o outro cara!

— Deite-a no acostamento!

— Mais longe! Aqui não é seguro!

As vozes estão abafadas, como se submersas. Estou olhando para o céu.

— Tire meu namorado de lá — peço para o meu salvador.

Ele desaparece.

Estou deitada de costas. Tento me mexer. A dor se espalha pelo meu braço. Estendo a outra mão e sinto cascalhos.

Uma mulher nos arredores grita ao celular:

— Rápido! Tem muita gente machucada!

— Meu namorado ainda está no carro! — grito. — Ele precisa de ajuda.

— Brian o pegou — responde a mulher, apontando.

Agora vejo o que a parede de prata realmente é. Um caminhão de gasolina. Ele derrapou pelo canteiro central. Metade do Lexus está embaixo do tanque, o capô soterrado.

Pela poça de gasolina, o homem grande arrasta uma pessoa desacordada.

— Xander! — grito.

Xander ergue a cabeça.

— Coloque-o do lado da garota — ordena a mulher, e o homem posiciona Xander ao meu lado. Eu me sento no chão e me inclino sobre ele.

— Xander, você consegue me ouvir?

Ele olha para mim, e encaro um par de olhos castanhos.

— Quem é ele? Não é o Xander!

Eu me viro para o tanque e, agora, vejo mais carros batidos. Um acertou a cabine do caminhão, e outro bateu com tudo na traseira do primeiro.

Xander ainda está no Lexus.

— Pode explodir a qualquer momento! — grita a mulher. — A floresta vai pegar fogo!

— Você precisa ir pegar meu namorado! — grito para o homem.

— É perigoso demais!

Meu queixo cai. *Ele não vai salvar Xander?*

Cambaleio para ficar de pé.

— Xander, estou indo!

Piso na estrada. A gasolina se espalhou.

— Moça, não se aproxime!

— Xander! — Saio em disparada até o carro.

Mãos me seguram. O homem me arrasta para longe da poça. Dor atravessa meu corpo. Tem algo muitíssimo errado com o meu braço. Me solto do meu salvador — mais um lampejo de dor — e corro em direção ao Lexus, ao meu amor, à minha vida, em direção a tudo com que mais me importo no mundo.

Xander ainda está caído sobre o volante, o corpo forte tão indefeso, o cabelo loiro ensopado de sangue. Estou quase lá.

— Me escute, moça, isso vai explodir!

Estou voando para trás, e tudo brilha e queima. Meu mundo se transforma em chamas.

Não me lembro de cair no chão.

CAPÍTULO 3

Nada é como eu esperava. Tudo que vejo, tudo em que consigo pensar, é fogo.

Por algum motivo, o tempo continua passando. A ala escurece, depois, se ilumina de novo. Os ponteiros do relógio na parede rastejam, dando voltas sem fim. Não sei por quê.

Enfermeiros entram e saem, e conversam comigo. Esperam que eu faça coisas básicas tipo comer, beber e tomar banho, mas nada disso faz sentido.

Outra coisa está escondida sob o horror da morte de Xander, mas não consigo me lembrar do que é. Está lá, mas não a deixo vir à superfície.

A polícia me visita. Conversaram com diversas testemunhas. Me dizem que o acidente matou três pessoas, além de Xander. Por conta da câmera na cabine do caminhão, determinaram que o motorista havia dormido ao volante.

As enfermeiras falam de Xander, mas parecem ter entendido tudo errado. Chamam-no de Alexander. Chamam-no de "o motorista". Chamam-no de "seu amigo". Quero dizer a todos que ele era minha vida, mas não encontro palavras.

Me dizem que não estou muito machucada. Quando o acidente aconteceu, fui lançada para trás, não queimada com a explosão. Não quebrei o braço — só o cotovelo acabou deslocado, mas o colocaram no lugar assim que cheguei ao hospital.

Você vai ficar bem, me dizem. Não veem que morri quando Xander morreu. Me dizem que estou dormindo demais, mas não veem que o sono é meu único descanso de um mundo sem ele.

Sou uma mulher idosa. Tenho cem anos de idade, e meu corpo está coberto por tatuagens de luto.

Atravessar um oceano é algo intenso, e colegas de tripulação aprendem cada faceta da personalidade um do outro em primeira mão. Sei que Xander me amava pelo meu senso de aventura. Ficava todo contente quando eu aceitava um desafio só pela diversão — escalar um penhasco sobre uma praia só para observar a vista ou mergulhar sem aparatos em uma ancoragem funda só para pegar um punhado de areia lá de baixo.

Eu admirava Xander por toda essa engenhosidade, que o permitiu capitanear um iate aos vinte e poucos anos, mas eu o amava por sua bondade. Ele me consultava a respeito de tudo, desde quem faria a vigília noturna até aonde iríamos em seguida, como se o *Joy* pertencesse a nós dois. E ele era generoso e simpático com todo mundo que conhecíamos pelo caminho — algo que sempre foi importante para mim.

Só que não importa o quanto eu pense nele, porque não posso trazê-lo de volta.

— Eve?

Estou deitada, olhos fechados, quando escuto a voz da mulher. Sinto imediatamente que não é uma das enfermeiras. Sua voz soa animada, amigável e falsa. Essa é uma *delas* — as pessoas a que chamo de abutres.

— Está na hora de acordar, Eve.

Quero continuar de olhos fechados, mas a primeira regra para lidar com abutres é se comportar como eles desejam, ou seja, ficar acordada durante o dia. Abro os olhos e me sento.

A mulher se inclina sobre minha cama. Parece ter seus trinta e poucos anos, usa óculos quadrados com uma armação espalhafatosa e tem uma aura feita de cabelo cheio de frizz. O colar de contas no pescoço balança acima do meu rosto.

— Muitíssimo prazer em te conhecer! — declara ela, como se tivesse esperado a vida toda por este momento. — Meu nome é Yasmin. Faço parte da equipe de saúde mental. As enfermeiras me disseram que você está passando por maus bocados.

Eu devia ter adivinhado que isso ia acontecer. Ouvi uma enfermeira dizer a outra que meu comportamento era "anormal", mas, depois do que aconteceu, só uma pessoa anormal poderia se comportar normalmente.

— Tenho sentido muita dor — explico, tentando ajeitar o avental hospitalar inadequado. Preciso dar a Yasmin a impressão de que meus ferimentos são apenas físicos. — Sofri um acidente grave. Meu cotovelo deslocou, e eu desmaiei.

— Eu sei. — Yasmin assente. — Deve ter sido estressante.

A mulher é viciada no luto alheio. Está desesperada por mais detalhes.

— O rapaz que faleceu... — continua ela, uma expressão de preocupação nada sincera. — Poderia me contar mais sobre ele?

Quero gritar para que vá embora. Quem ela acha que é para falar de Xander? Uma desconhecida qualquer entra aqui e começa a me fazer perguntas pessoais, como se fôssemos trocar fofocas a respeito do drama mais recente do bairro.

O comportamento de Yasmin e sua aparência — vestido boêmio de estampa colorida, braços abarrotados de pulseiras que não combinam — despertam uma memória. Eu era tão pequena quando perdi meus pais, que mal me lembro deles, mas, se tem uma coisa da qual me lembro é da sucessão de orfanatos para os quais me mudei depois de terem morrido. Mesmo depois de a polícia ter localizado minha avó no oeste da Austrália, ela teve que passar meses brigando na justiça pela minha guarda, porque os assistentes sociais achavam que ela era velha demais para cuidar de mim. Eu não sabia, na época, que queriam me manter longe da minha única parente viva, mas podia sentir o perigo toda vez que ouvia aquelas vozes alegrinhas e via suas roupas espalhafatosas.

Aqueles abutres fingiam se importar com a minha segurança, com o meu bem-estar sob os cuidados de uma senhora de setenta e tantos anos, mas, na verdade, queriam que eu precisasse deles. Queriam que eu acreditasse que a intromissão e a preocupação de cenho franzido deles, de alguma forma, estavam me ajudando.

Quando não respondo à pergunta, Yasmin experimenta outra abordagem:

— Ouvi dizer que você tem estado indisposta. Os médicos suspeitam que possa ter sofrido algum tipo de dano cerebral, mas seu exame de raio-X não indicou nada alarmante.

— Estou bem. Apenas um pouco de enxaqueca — minto. Para ser sincera, faz uns dois meses que não tenho enxaqueca, o que é atípico para mim.

— Você está com enxaqueca faz doze dias?

— Já se passaram doze dias?

Eu não fazia ideia de que estava no hospital há tanto tempo assim.

— É difícil acompanhar o tempo depois de um trauma emocional. — Os cantos da boca de Yasmin se curvam para baixo. Acho que é o semblante de empatia dela.

— E quanto aos pais do Xander? — pergunto. — Eles estavam nos esperando para almoçar. Eles sabem o que aconteceu?

— Está tudo resolvido. A polícia deu a notícia à família. O velório foi ontem.

Meu coração fica apertado. Xander foi enterrado?

— Com certeza não fizeram o velório sem mim.

Pela primeira vez desde a chegada, Yasmin parece incerta.

— Estamos falando da família Blair, certo? Richard e Patricia Blair?

Será que Yasmin poderia estar certa? Talvez os pais de Xander pensaram que eu não passasse de uma tripulante do iate. Não estavam esperando minha presença no restaurante, mas devem ter sido informados de que eu estava no carro do filho deles. Será que entenderam que Xander queria me levar àquele almoço especial em família? Que eu era importante para ele?

— Não consigo pensar direito — falo. — São os remédios.

— Não, não são, Eve. — Mas ela poderia ter dito: "Te peguei!". — Você não está tomando medicamento algum, dada sua condição.

Minha condição.

Os olhos azuis de Xander me encaram com pontos de interrogação, me perguntando se...

A voz de Yasmin soa distante, como se eu ainda estivesse um pouco surda por conta da batida.

— Os médicos fazem exames de sangue quando um paciente está em estado alterado de consciência. Quando uma mulher está em idade fértil, um desses exames...

— Do que você está falando? Não estou em estado alterado nem nada do tipo. Estou totalmente desperta.

— Com certeza, está mais alerta do que eu esperava. — Yasmin parece decepcionada. — No entanto, a política do hospital exige que os funcionários se certifiquem de que os pacientes tenham uma casa para a qual possam voltar. Pelo que vi, você não tem endereço permanente nem nenhum parente próximo.

— Acabei de voltar do estrangeiro, mas minhas antigas colegas de apartamento, em Parramatta, estão cuidando das minhas coisas. Vou ficar com elas.

É como se houvesse duas de mim. Uma está respondendo às perguntas de Yasmin; a outra continua no carro com Xander.

Você vomitou praticamente todas as manhãs.

Não quero pensar. Me arrasto até a beira da cama e apoio os pés no chão. Queria poder sair correndo, mas fugir descalça pelo hospital não melhoraria muito a opinião de Yasmin a respeito da minha saúde mental.

— Sim, seu endereço em Parramatta estava nos registros — diz ela —, então entrei em contato com as pessoas que moram lá. Disseram que não te conhecem. Estou aqui para te ajudar, Eve. Não queremos que nenhuma jovem fique desabrigada, ainda mais uma que está... Você sabe, não sabe?

— Preciso ir ao banheiro. — Eu me levanto e pego, no armário ao lado da cama, um saco de papel marrom marcado com *Pertences da paciente*.

Trancada no banheiro, abro o saco e tiro dele minhas roupas. Estão um pouco rasgadas, mas vão servir.

Vou para o chuveiro. Talvez, quando ouvir a água escorrendo, Yasmin vá embora. Talvez eu consiga receber alta antes que ela volte.

Depois de me secar, limpo a condensação do espelho com a mão e me viro de lado, observando meu reflexo. Minha barriga está chapada feito uma tábua. Ainda assim...

Em seus últimos minutos de vida, Xander me deu algo: a chance de absorver a verdade antes que Yasmin aparecesse. Ele adivinhou. Xander soube, por um momento ele soube, e tenho de acreditar que o que vi nos olhos dele foi felicidade.

Não confio nessa tal de Yasmin. Não sei o que ela quer, mas não me espantaria se me transferisse para uma unidade de saúde mental, onde se animaria por poder "me ajudar" mais. Se quero sair daqui, preciso agir com normalidade. Preciso convencê-la de que tenho um lugar para ir e alguém para cuidar de mim.

Visto a camiseta e a calça, depois, saio do banheiro com as pernas bambas. É o máximo de tempo que passei em pé recentemente. Yasmin está sentada ao lado da cama, lendo minha ficha.

Levo a mão ao bolso, fechando-a ao redor de um maço de notas de dinheiro e de uma chave. Presentes de Xander no dia em que morreu.

— Ainda bem que achei isto aqui — falo, balançando a chave para Yasmin. — Não vou ter que implorar para o porteiro me deixar entrar. Obrigada por me contar que estou boa o bastante para ter alta. Meu noivo está viajando, e quero estar em casa antes de ele voltar. Que bom que o acidente não afetou minha gravidez. A gente tinha acabado de descobrir, meu noivo e eu.

— Você sabia que estava grávida? — Yasmin soa decepcionada. — Você não disse nada para as enfermeiras.

— Acho que fiquei em choque com o que aconteceu com aquele tal de Xander, apesar de mal conhecê-lo.

— Pensei que, talvez, ele fosse o pai.

— Não, graças a Deus, senão eu estaria prestes a ter este filho sozinha, o que seria péssimo. Ele estava só me dando uma carona naquele dia.

— A equipe médica falou que você tem chorado pela morte dele...

— Enfim, vou conversar com as enfermeiras para me liberarem. Foi um prazer te conhecer, Yasmin, mas tenho certeza de que há outras pessoas precisando bem mais da sua ajuda do que eu.

Estou tão fraca, que estou tremendo, mas forço um sorriso no rosto e saio do quarto com passos decididos em busca de uma enfermeira.

Dou alta a mim mesma, saio do hospital e pego um táxi. As últimas coisas que Xander me deu — o dinheiro e a chave — são tudo que me resta. Desde que o apartamento esteja vazio.

CAPÍTULO 4

Pressiono a orelha contra a porta e escuto. Os pais de Xander deixaram este apartamento vazio o tempo todo que o filho passou navegando. Duvido que estejam aqui hoje.

Ele me deu a chave porque queria que eu me sentisse em casa. Aposto que gostaria que eu viesse para cá.

Não há barulho algum do lado de dentro, então entro no apartamento e ando pelos cômodos iluminados pelo sol, assimilando o silêncio imóvel. Tudo está exatamente como deixamos.

Xander e eu só passamos uma noite aqui, mas isso faz o lugar ser especial para mim. Quando cambaleamos porta adentro após nossa viagem, fiquei desnorteada com o luxo — o banheiro com mais de um chuveiro, a cozinha com a cafeteira que parecia poder te levar para a lua. O apartamento não tinha nada a ver com Xander, fora a janela de vitral magnífica.

Ele me disse que, quando demoliram a igreja que existia aqui, mantiveram a fachada.

— Esta era a unidade mais desejada, porque tinha a janela de rosa.

— Mas não existe rosa azul — retorqui.

— *Rosa* é o formato da janela.

— Mas rosas não são círculos — falei, e ele riu.

Agora, sozinha, me deito no tapete sob a luz azul. Se eu ficar totalmente parada, talvez o tempo não passe. Não posso trazer Xander de volta, mas, se eu pudesse parar o tempo, não me afastaria ainda mais dele.

* * *

Nos dias que se seguem, vagueio de um cômodo a outro em um transe, vivendo de comida enlatada como se ainda estivesse no mar. Todas as noites, durmo na cama de Xander. Todas as tardes, me deito à luz da janela, imaginando que estou de novo no meio do mar. Eu não sabia, até chegamos aos trópicos, que o mar é realmente azul lá. Não verde, verde-água nem turquesa, mas azul fulgurante. É mais azul do que o sangue é vermelho. Quando durmo, a cor invade meus sonhos.

Penso nas células se dividindo dentro de mim. Não me restam dúvidas de que estou grávida. A falta de enxaqueca nos últimos meses é evidência o bastante — um médico me falou, antes de eu partir para a América Latina, que é difícil prever quando e por que elas aparecem e desaparecem, mas me lembro bem dele dizendo que geralmente somem entre as mulheres na gravidez. Na época, achei que levaria anos para a informação ser relevante para mim.

Desde o início da adolescência, minha enxaqueca aparece sem qualquer aviso, às vezes duas ou três vezes no mês. Cada vez, não tenho escolha a não ser dar uma pausa na minha vida até que passe. Como estilista, sempre tentei ficar adiantada em relação ao cronograma para que um ou dois dias acamada não resultasse em clientes insatisfeitos. Quando estava considerando me juntar a Xander em sua travessia do Pacífico, me preocupei de ficar mal demais às vezes para fazer a vigia, mas ele me garantiu que poderia navegar sozinho até que eu me recuperasse.

Ninguém fora do hospital sabe que estou grávida. Sinto que eu poderia viver aqui para sempre, como se esperando Xander voltar. Porém, preciso de ajuda. Tenho vinte e três anos. Não tenho família nem amigos — nunca tive chance de me aproximar de ninguém antes do mochilão.

Bebês não podem ser pausados como minha vida. Xander não estará aqui para cuidar da nossa criança enquanto fico deitada em um quarto escuro, dopada com analgésicos. Vou precisar de apoio.

Uma tarde, enquanto assisto ao sol traçar seu caminho pelo céu frio, uma chave entra na fechadura.

Congelo de pavor. A família de Xander vai me encontrar de cócoras em seu apartamento, como se eu fosse uma ladra.

— Não abre — diz uma voz feminina.

— Estamos no andar errado, sua boba — responde a companheira. Escuto risadas e, depois, passos se afastando.

Meu coração martela enquanto absorvo o adiamento improvável. Da próxima vez que alguém aparecer à porta, não será um engano. Dou uma olhada no relógio. São quatro da tarde de segunda-feira, 29 de setembro. Faz mais de três semanas desde que Xander morreu. Eu poderia dirigir até Whale Beach à noite. Uma noite durante a semana é um bom momento para visitas. Os Blair devem estar em casa, e provavelmente sem companhia.

Já que perdi o celular enquanto navegávamos e os aparelhos eletrônicos de Xander estavam no carro com ele, não consigo descobrir o endereço dos Blair tão facilmente. Por sorte, Xander me mostrou fotos de sua antiga casa. A mansão de estuque ficava à beira-mar de Whale Beach, com só uma fileira de araucárias separando-a da areia. Não deve ser difícil de encontrar.

Tomo banho e vasculho a mochila de roupas limpas. Não tenho nada melhor que uma saia jeans e uma regata. Preciso buscar minhas coisas no meu antigo apartamento o quanto antes.

Ao sair, tomo um susto com o clima mais quente. A primavera avançou enquanto eu ficava deitada, imóvel, sob o ar-condicionado do apartamento. Vou caminhando até uma locadora de veículos e alugo o mais barato.

Escolho uma rota que evita a cena do acidente. Eu não aguentaria ver o ponto no qual o caminhão-tanque atravessou o canteiro central. Chegando a Whale Beach, dirijo pela orla, inspecionando as mansões bem conservadas e enfileiradas. Estou quase no fim da estrada quando avisto a casa das fotos de Xander.

Parece ainda maior na vida real — sem dúvida, umas três vezes maior que a casa da minha avó lá no oeste da Austrália. Este Mazda econômico não vai causar a impressão certa, então estaciono na esquina e vou a pé até os portões de ferro. Embora a noite esteja agradável, a casa bloqueia o sol que se põe, e, assim que piso na sua sombra, minha coragem me abandona. Eu me viro e volto a observar Whale Beach, onde alguns casais caminham pela areia dourada.

Estou andando de mãos dadas com Xander pela praia. Ele se apoia em apenas um joelho. Evie, eu te amo. Quero passar o resto da minha vida com você.

Dou as costas para o mar e aperto a campainha.

Um frenesi de latidos irrompe. Um pastor-alemão adulto vem correndo pela entrada de carros e pula na minha direção, do outro lado do portão.

Dou um passo para trás. Será que quero mesmo entrar? O cachorro está literalmente espumando pela boca. Antes que eu possa me decidir, os portões se abrem e ele avança para fora.

— Oi, cachorrinho. Bom garoto.

Xander me contou o nome do cachorro. Bruno? Baxter? Ele pula em mim, o focinho cheio de exuberância. Me mantenho no lugar, os braços em posição de proteção na frente do torso. Logo, ele se apoia nas quatro patas e volta correndo para a casa. Eu o sigo.

A mansão enorme tem paredes imensas e com janelas amplas que refletem o céu. A casa é de um tom sem graça de cinza-acastanhado, e o amplo gramado não tem enfeites. Acho que austeridade pode ser elegante, mas, se eu fosse rica, ia querer que minha casa vibrasse com cor e personalidade. Ainda assim, existem coisas piores do que ser sem graça.

Encolho a barriga para dentro ao me aproximar, apesar de ter certeza de que minha gravidez ainda não está visível. Espero que os pais de Xander me deem crédito por ter tomado a decisão de procurá-los.

Quando piso na varanda, a porta se abre. Diante de mim, há uma mulher alta e elegante, que parece ter seus cinquenta e poucos anos. O terno azul-marinho e a saia lápis parecem ter sido feitos sob medida, o cabelo loiro está preso em um coque francês.

— Posso ajudar?

Essa voz. A *mãe* na secretária eletrônica. O semblante de Patricia Blair não é amigável, mas, em sua defesa, ela deve achar que sou uma pessoa qualquer.

— Desculpa por aparecer assim — digo. — Meu nome é Eve Sylvester. Eu estava no iate.

CAPÍTULO 5

O sorriso de Patricia parece brilhante e forçado.

— Como você está, Eve? Você não compareceu ao velório, certo?

— Eu não fiquei sabendo.

— Bem, agradeço por querer expressar suas condolências, mas, infelizmente, esta não é uma boa hora.

Não começamos bem.

— Estive no hospital desde o acidente — explico. — Eu não sabia o número de vocês, então não pude ligar. Precisei alugar um carro para vir até aqui.

— Não entendo. — Patricia ergue o queixo. — Você estava no acidente, mas também era colega de tripulação de Alexander? Que coincidência.

— Senhora Blair, eu estava no Lexus com o seu filho. — Droga, Xander tinha me dito para não chamar a mãe de sra. Blair.

Patricia balança a cabeça.

— Não havia mais ninguém no carro. Se você estivesse lá, não teria sobrevivido.

— Alguém me salvou antes da explosão.

— O quê?! Eu não sabia que houve tempo para resgate.

Ficamos paradas, nos encarando. O que posso dizer? Patricia deve estar pensando que a escolha de me tirarem do carro primeiro custou a vida de Xander. E ela está certa.

Então ninguém contou aos pais de Xander que eu havia me machucado. Eles não sabiam que eu estava no carro. É por isso que não me visitaram no hospital.

— Se isso for verdade, deve estar decepcionada por não ter comparecido ao velório — acrescenta Patricia.

"*Se* isso for verdade." Tento não estremecer. É só modo de falar.

— Minha filha, Lauren, achou que devíamos tentar encontrar a outra tripulante de Xander — continua Patricia —, mas não conseguimos nos lembrar do seu nome e, com o tumulto que se tornou a organização do velório... não me ocorreu que você pudesse estar no carro. Alexander estava a caminho de um reencontro muito especial com a namorada. Por que ele levaria... — A pergunta paira entre nós.

Não sei nem por onde começar. Talvez apontando o fato de que Charlotte não é mais namorada de Xander — mas não quero entrar em uma discussão com uma mãe enlutada.

— Mais alguma coisa? — pergunta Patricia.

Nossa, ela me quer mesmo longe daqui.

— Não. Desculpa o incômodo. Poderia, por favor, me passar seu número para eu te ligar amanhã?

— Certo. Vou pegar uma caneta. — Ela desaparece, fechando a porta.

Será que eu deveria dizer algo a mais? Se eu for embora sem explicar onde estou morando, vai ser pior, ainda mais se Patricia me flagrar no apartamento. Mas, sem dúvida, não deveria começar uma conversa séria ali.

A porta se abre, mas não é Patricia. Esta mulher também é alta e loira, e veste um terninho de grife, mas é bem mais jovem.

— Oi, meu nome é Lauren. Entre. — Ela me dá um sorriso amigável.

— Acho que sua mãe está ocupada...

— Não, está tudo bem. Por favor, entre e conheça meu pai.

— Hm, certo. — Sigo Lauren até um saguão de entrada sóbrio, cada superfície é cinza-acastanhada, como do lado de fora. O único enfeite é um vaso de pedra vazio em uma mesinha de canto.

Na casa em que passei a infância, cada cômodo era lotado de cacarecos. A máquina de costura da minha avó vivia na mesa da sala de jantar, e o chão estava sempre coberto de tecidos e novelos. Eu costumava querer ter mais espaço. No entanto, esta casa é tão neutra que é quase como se ninguém morasse aqui.

Ainda assim, foi onde Xander cresceu. Era para ele estar aqui agora, me apresentando aos pais, unindo a família.

Não pense em Xander.

Entramos na sala de estar — mais um panorama cinza-acastanhado. Patricia está perto de uma mesa, um bloquinho de anotações e uma caneta em mãos, acredito que anotando seu número. No sofá, um homem de meia-idade toma golinhos de vinho tinto.

O rosto de Patricia murcha quando me vê.

— Você conheceu minha mãe, e este é meu pai, Dickie — diz Lauren.

— Pai, esta é Eve, a tripulante de Xander no *Joy*.

Dickie fica de pé e aperta minha mão. Ele é mais baixo que a esposa, tem a barba feita e a cabeça lisa, o rosto redondo feito uma bolacha. Eu nunca teria adivinhado que este homem, diante de mim, é o pai de Xander.

— Gostaria de uma taça de vinho, Eve? — Lauren levanta um decantador de cristal do aparador e enche uma taça.

— Não, não posso.

Ela abaixa o decantador com tanta força que o cristal quase se quebra. Patricia parece ofendida. É uma gafe recusar vinho?

— Estou dirigindo — explico. — Desculpa, não vim socializar. Preciso conversar com vocês a respeito de uma coisa.

— Sim, você passou por uma provação e tanto. — Patricia se vira para Lauren e Dickie. — Eve acabou de me contar que estava no carro com Alexander no acidente. — O tom soa estranhamente alto, e ela fala bem devagar, como se tivessem dificuldade para escutá-la. — Ela estava internada. Agora sabemos por que não foi ao velório. Estou chateada pelo hospital não ter nos contado a respeito dela.

Lauren e Dickie trocam olhares confusos. O cômodo está tão quieto, que, pela janela aberta, escuto as ondas quebrando na praia.

— Hm, que horrível — comenta Lauren, afundando em uma poltrona.

— Você se machucou muito, Eve?

Patricia se senta no sofá ao lado de Dickie. Será que eu deveria continuar de pé? Me empoleiro no banquinho mais próximo, esperando ser uma atitude menos grosseira do que me sentar no sofá sem ter sido convidada.

— Estou bem fisicamente, mas tem sido difícil. Desde que tive alta, mal saio de casa. Passo o tempo todo deitada sob a janela azul.

— A janela azul? — Patricia parece espantada. — Você quer dizer que está no nosso apartamento na rua Saint Mary?

— Sim. Por isso vim até aqui. Eu gostaria de explicar.

— Eu tinha esperança de que você fosse entrar em contato — diz Lauren. — Queria saber mais dos últimos meses do meu irmão.

— Agora não — rebate Patricia. — Preciso de uma noite calma em família. E mais, deveríamos pensar duas vezes antes de xeretar a vida de Alexander. Deveríamos apreciar nossas lembranças dele, não pedir que outras pessoas compartilhem as delas. — Ela dá um gole no vinho.

— Na verdade, foi por isso que vim — falo. — Preciso contar a vocês que Xander e eu estávamos namorando. Era um relacionamento sério.

Lauren fica boquiaberta.

— O quê? Desde quando? Achei que ele e Char...

— Eu avisei que não tocaríamos nesse assunto — afirma Patricia. — Eve, com licença. Prefiro sofrer o luto do meu filho da minha maneira. Não preciso saber o que aconteceu no iate. Tivemos um velório lindo com Charlotte.

Imagino que Patricia vá se retirar da sala, mas ela continua sentada. Acho que seu "com licença" significa que ela quer que *eu* me retire.

Me levanto.

— Não queremos parecer grosseiros, Eve — diz Lauren —, mas é informação demais para jogar no nosso colo.

— E, no fim das contas, não importa. — A voz de Dickie soa tão alta, que eu quase pulo de susto. — As pessoas se lembram das coisas de maneiras diferentes. Charlotte acreditava que Alexander estava voltando para se casar com ela. Foi o que disse no velório. Ninguém se magoou. Que sejam águas passadas. Eve, espero que tenha trazido a chave do apartamento. Lauren vai se mudar em breve.

O chão parece vacilar. Isso não está indo nada bem, mas eu sabia que não seria uma conversa simples. Quando ficarem sabendo do bebê, serão mais simpáticos.

— Não posso entregar a chave agora. Todas as minhas coisas estão no apartamento.

— Hm — fala Dickie. — Foi um tanto arrogante da sua parte ficar lá sem a nossa permissão. No entanto, uma noite a mais não vai fazer mal. Buscaremos a chave pela manhã.

— Foi Xander que me deu a chave. Planejávamos morar lá juntos.

Olhares são trocados.

Dickie limpa a garganta.

— O apartamento é meu e da minha esposa. Você entende que seu caso com o nosso filho não configura um relacionamento legal, certo? Não cria obrigações. O iate também é nosso, uma vez que somos herdeiros de Alexander. Já o colocamos à venda, então nem pense em se mudar a bordo.

— Eu... entendo. — Olho para o lado de fora. A praia, agora, está na sombra, mas o sol ainda reluz no mar.

Eles querem que eu me retire, e eu também quero me retirar. Não vejo a hora de passar pelo corredor cinza-acastanhado, pelo saguão de entrada cinza-acastanhado, e nunca mais ver nenhum deles. Não vejo a hora de bater a porta cinza-acastanhada e dar o fora daqui.

Porém, não posso. Estou aqui por causa de algo muito mais importante que meu orgulho ou a emoção de uma saída satisfatória. Não importa o quanto essas pessoas são rudes, devo a elas a verdade.

— Tenho uma notícia importante. — As palavras saem atropeladas. — Eu queria que nos conhecêssemos primeiro, porque o que tenho para contar vai ser um choque. Pensei que, se eu explicasse tudo, me deixariam ficar com o apartamento, mas mais importante que isso: vocês merecem saber a verdade.

— Do que é que você está falando? — Desta vez, Patricia não disfarça a grosseria no tom de voz.

— Xander queria que eu fosse ao almoço no Skipper Jack's naquele dia. Ele queria me apresentar a vocês, porque estávamos planejando guardar dinheiro para navegar pelo mundo juntos. Queríamos construir uma família.

— Ainda que isso fosse verdade, por que nos contar? — pergunta Patricia. — Nada disso pode acontecer agora.

— A questão é justamente essa. Parte dos nossos planos *já* se concretizaram. Eu estou grávida.

Silêncio.

Patricia fica imóvel, olhos arregalados. Está segurando o braço do sofá.

— Se isso for uma brincadeira, é de extremo mau gosto — retruca Dickie.

— Eu não brincaria com algo tão sério.

Junto as palmas das mãos para fazê-las pararem de tremer.

Lauren se apressa até o lado da mãe e esfrega seu ombro.

— Está tudo bem, mãe. Respire.

Patricia tenta falar, mas só sai um grunhido.

— É bom que esteja falando a verdade, mocinha — diz Dickie. — Você chateou minha esposa. Alexander era o filho preferido dela.

— Desculpa, Eve — pede Lauren. — É uma notícia e tanto. Por favor, volte ao apartamento, e amanhã eu te ligo. Qual é o seu número?

— Eu não tenho. Meu celular caiu no mar, e não tenho dinheiro para comprar outro. — Droga, era mais fácil eu ter dito: "Sou uma zé-ninguém que não tem onde cair morta".

— Vou te ligar no telefone fixo.

Olho para Dickie, mas ele não sugere que eu fique. Não querem saber mais nada? Eu preferiria ir embora de bem com eles, mas Patricia parece estar prestes a ter um derrame.

— Eu queria ter encontrado um jeito melhor de contar a verdade.

Saio da casa cambaleando, e sigo pelo caminho até o portão, as bochechas queimando.

Com certeza não é tão ruim quanto parece. Eles precisam de tempo para digerir, tempo para entender que agora faço parte da família e que vão ter um neto. Quando Lauren me ligar amanhã, consertarei a situação.

Por sorte, os portões estão abertos, porque já dei alguns passos para além deles quando me lembro de que queria perguntar onde Xander está enterrado. Os Blair provavelmente escolheram um cemitério próximo daqui. Preciso devolver o Mazda amanhã, então hoje à noite pode ser minha única chance de visitar o túmulo de Xander.

Patricia não chegou a me entregar seu número. Talvez eu possa pedir para Lauren na porta, sem incomodar Dickie e Patricia. Eu me viro em direção à casa. O cachorro levanta as orelhas, mas não late. Estou quase na porta quando ouço uma voz pela janela aberta da sala de estar.

Mal dá para acreditar que é Patricia. Sua voz parece tão diferente. Não há tremor, nem traço algum de sofrimento. Ela está assumindo o controle do cômodo.

— Lauren, sei bem o que aquela menina quer — declara. — Ela quer morar de graça no apartamento enquanto esperamos esse bebê aparecer. Depois, *ah, mas que tragédia*, ela perde o bebê. Não ficaríamos nada surpresos, muito menos receberíamos nosso dinheiro de volta.

— E se ela estiver falando a verdade? — A voz de Lauren soa melancólica.

— Acho que ela não mentiria a respeito de uma gravidez — intervém Dickie. — Ela ganharia a curto prazo, mas acredito que o joguinho dela seja um tanto mais longo que isso.

Patricia bufa.

— Nunca vi uma garota tão magricela. Mal parece capaz de gestar uma criança. Quantos anos ela deve ter? Alexander e eu éramos tão próximos. Se ele estivesse apaixonado por essa vagabunda, teria me contado.

— Mãe — repreende Lauren.

— Meu filho era um homem responsável — rebate Patricia. — Era inteligente demais para deixar os métodos contraceptivos por conta da mulher. Eu não acredito nessa história.

— Mãe, Eve está, *sim*, grávida. Quando ela passou pelo portão, Buster pulou nela. Eu vi pela janela. Ela cobriu a barriga com as mãos na mesma hora. Entendi que ela estava grávida logo de cara.

— Pura atuação — argumenta Patricia.

— Não, mãe. Ela não sabia que eu estava de olho. Foi instintivo.

— Suva é uma cidade de balbúrdia — fala Dickie. Ele tem um jeito estranho de falar, como se estivesse em uma conversa diferente da das outras pessoas. — Quem saberia dizer o que ela aprontou por lá? Talvez o pai de verdade não tenha muito a oferecer, então está tentando a sorte conosco, vendo se o luto não nos deixa de coração mole.

— Se a criança não for do Xander, não teremos com que nos preocupar — conclui Lauren. — Um teste de DNA resolveria tudo.

— Mas só depois de ela ter desfrutado de meses de acomodação gratuita — contesta Dickie.

— Mulheres são ardilosas — diz Patricia. — Furam camisinhas, fingem tomar anticoncepcional. E nós temos que ser responsáveis por uma criança concebida nessas circunstâncias?

Dickie responde:

— Você tem razão. É melhor não exigirmos um teste de DNA. Não que teríamos alguma obrigação financeira para com ela ou *aquilo*.

— O mais fácil seria ela abortar — propõe Patricia. — Você deve dizer isso a ela, Dickie. Deixe nosso posicionamento claro. Alexander não desejaria essa criança, e um acidente inesperado não é nosso neto sob condição alguma. Seria diferente se fosse Charlotte cometendo um deslize e precisando antecipar o casamento. Mas aquela garota? Nunca a vimos, e ela não faz nosso tipo. Lauren, que cara feia é essa? Vai ficar toda sentida por ela?

Lauren vai me defender. Sinto como se a pequena alma dentro da minha barriga saltitasse de felicidade. Titia Lauren se importa. *Sim, mãe e pai, aquela criança é neta de vocês. Eve faz parte da família agora.*

No entanto, ela diz:

— Eu avisei que seria melhor terem contado para a polícia e a assistente social que vocês sabiam quem Eve era. A polícia perguntou três vezes, e vocês mentiram na cara dura.

As palavras dela me atingem como um raio.

Lauren continua:

— Se não tivessem fingido não ter ouvido falar dela, poderíamos ter encontrado uma maneira de evitar que ela surgisse do nada. Foi esquisito pra caramba ter tido que fazer papel de tonta.

Estou prendendo a respiração. Nada do que os Blair me disseram era o que parecia. Por isso Patricia não me queria na casa. Por isso Lauren e Dickie pareceram confusos quando Patricia disse que eu também estava no carro com Xander quando o acidente aconteceu.

Ela não estava contando uma novidade. Ela os estava atualizando acerca das mentiras que tinha me contado à porta, pedindo que entrassem no jogo dela. Eles *sabiam* que eu estava no carro de Xander, e deduziram que ele me levar para o almoço significava que eu era mais do que uma tripulante.

Eu devia ter notado que Patricia era uma mentirosa. Me lembro daquela ligação que Xander fez do México. Ele contou para a mãe que tinha encontrado uma nova tripulante e que seguiria viagem apesar da partida de Charlotte. Pareceu que Patricia se opôs ao plano, porque ele rebateu em um tom firme:

— Posso fazer o que eu quiser, mãe. Estou solteiro.

Ainda assim, Patricia manteve a dissimulação de que ele estava comprometido com Charlotte quando morreu.

— Bobagem, Lauren! — fala ela, agora. — Imagine se a maltrapilha tivesse comparecido ao velório, roubado toda a empatia com sua história triste. Também teria manchado a reputação de Alexander. Lembre-se de que os pais da Charlotte vão doar uma quantia e tanto para instaurar uma bolsa acadêmica em homenagem a ele. Se souberem desse bebê, aposto que arrumarão outra finalidade para o dinheiro. Graças a Deus, Alexander não tinha dinheiro próprio, senão a vagabunda também estaria atrás disso.

Não aguento ouvir mais nem uma palavra. Me afasto devagar da casa. O cachorro late incessantemente, mas ninguém vem atrás de mim.

CAPÍTULO 6

De volta ao apartamento, rastejo até a cama. Talvez até conseguisse me esquecer do encontro terrível com os Blair, se não fosse por uma coisa. E se Xander quisesse mesmo voltar com Charlotte?

Ele disse que me amava. Queria que navegássemos pelo mundo juntos. Xander não era o tipo de cara que se casava com a filha do chefe e queria uma carreira corporativa. Era um aventureiro, como eu.

Fecho os olhos e deixo as memórias da nossa travessia do Pacífico tomarem conta da minha mente. Vilarejos com crianças rindo, corais repletos de peixes brilhantes, tempestades de raios que faziam o céu arder. É como se Xander e eu tivéssemos tido uma vida toda juntos, mas, enquanto me reviro na cama solitária, uma lembrança se destaca.

Foi alguns dias após o Taiti. Nós ainda não éramos um casal. Eu sentia que havia algo crescendo entre nós, mas era algo novo e trêmulo demais para rotularmos. O vento morria lentamente, até que, em uma manhã, acordei e me deparei com calmaria total. O mar parecia um espelho. O céu, com poucas nuvens dispersas, tão imóvel quanto uma foto. Era como se o *Joy* estivesse flutuando no ar.

Ficamos em pé no convés da proa e assistimos à natureza dormir. De repente, da água límpida veio o som de alguém respirando, e o iate balançou enquanto a superfície era perturbada por algo volumoso. Uma silhueta preta surgiu.

— É uma jubarte! — anunciou Xander, olhos arregalados.

A imensidão escura abaixo da superfície assumiu a forma de uma criatura viva. Somente o espiráculo estava acima do nível da água. A respiração soava humana demais.

Xander pulou para baixo do convés, depois apareceu com uma máscara e um tubo de respiração, que jogou para mim.

— Pule!

Olhei para ele com descrença. Xander tinha enfiado na minha cabeça a importância de nunca cair da embarcação. Naquela hora, no entanto, estava sugerindo que eu me jogasse na água? Com um animal selvagem gigantesco a poucos metros de distância?

— Eu garanto que você vai voltar para o iate — prometeu ele. — Ande logo. Pode ser que você nunca mais tenha outra oportunidade.

Senti como se estivesse em um sonho. Colocando a máscara, desci, completamente vestida, para dentro da água. Eu não queria incomodar a baleia, então flutuei parada no lugar, observando-a.

A baleia, no entanto, tinha outros planos. Se eu não chegasse mais perto, *ela* viria até mim. Por um momento aterrorizante, achei que queria me atingir. Só que, com precisão perfeita, ela desviou no último segundo, passando tão perto de mim, que pude ver as cracas em sua pele. Na água azul, ela parecia tão vasta e escura quanto o céu noturno. Um único olho enorme e celestial me observou, e me senti tomada pela sensação do mistério incompreensível de seu mundo.

Irrompi na superfície. O *Joy* tinha se afastado um pouco, e senti por um instante o quanto a membrana entre a vida e a morte era fina. Com exceção do *Joy*, não havia nada ao redor, nada abaixo, a não ser quilômetros e mais quilômetros de oceano.

Comecei a respirar de maneira rápida e entrecortada. Eu era uma astronauta desligada da espaçonave.

Nadei até o iate, como se minha vida dependesse disso. Xander me pegou com os braços e me ergueu ao convés.

— Ela olhou direto para mim! Ela é linda! Você também tem que ir, Xander!

Entreguei a máscara a ele. Xander balançou a cabeça.

— Olhe para o mar.

A água, que até um momento antes estivera cristalina, havia se transformado. Uma leve brisa soprava pelo mar, agitando a superfície.

O orbe do reflexo do sol se quebrava em mil pedaços de luz e dançava, dourado, em meio ao azul.

— O vento voltou — disse Xander. — Você não tem prática puxando alguém de volta a bordo. Não podemos arriscar. Fico feliz por você ter tido a chance. — Ele sorriu. — Teremos que te ensinar os protocolos de homem ao mar e, aí, poderemos continuar navegando até encontrarmos outra baleia num dia perfeitamente calmo. Provavelmente vai demorar só mais uns vinte anos.

Fechei os braços ao redor dele.

— Se você estiver falando sério, eu topo.

— Nunca falei tão sério.

Ele me beijou. Um beijo intenso e profundo.

Para mim, ficou tão óbvio quanto o mar é azul que ele me amava. Então por que tenho dúvidas?

* * *

Acordo com o nascer do sol, determinada a dar o fora bem cedo para não arriscar dar de cara outra vez com os Blair. Vou simplesmente deixar minha chave na mesa de jantar. Se não tiverem a própria chave, o porteiro os deixará entrar.

É melhor eu escrever um bilhete explicando que a outra chave de Xander estava em seu bolso quando ele morreu. A última coisa que quero é que pensem que fiquei com ela.

Ao procurar uma caneta, me lembro de Xander lendo a correspondência na escrivaninha antiga do quarto de hóspedes naquela manhã. Abrindo o móvel, afasto um papel amassado e vislumbro duas palavras: *Querida Charlotte.*

Meu coração quase para.

Afasto os olhos da página antes que eu continue lendo.

Naquela manhã, Xander estava escrevendo para Charlotte. Por quê? Ele sabia que ela estaria no almoço. Será que tinha algo a dizer a ela que não poderia ser dito na frente da família? Na minha frente?

Xander sempre rascunhava cartas. Até um bilhete simples, solicitando para a alfândega a liberação de entrada ou saída de um país do Pacífico, ele planejava em um papel de rascunho. O que achei deve ser o esboço de uma carta que devia estar no bolso dele naquele dia. Vi que tinha riscado várias palavras. E me lembro de Xander dizendo que queria esclarecer seus sentimentos para Charlotte no almoço "sem que minha mãe interfira".

Na época, fiquei me perguntando como exatamente ele planejava fazer isso. Entregar um bilhete a Charlotte para que ela o lesse em particular teria sido a melhor opção.

Tudo dentro de mim grita: "Leia a carta!". Mas eu não deveria. Não é da minha conta, e se ela estiver dizendo o que tenho medo de que esteja, não vou aguentar.

Me forço a devolver a carta para a escrivaninha e fecho o móvel. Começo a empacotar minhas coisas e a limpar o apartamento, mas não consigo parar de pensar naquilo. Duas vezes, me pego colocando a mão no móvel, prestes a apanhá-la e lê-la.

O que é a coisa certa a fazer? A carta não está endereçada a mim, mas, se eu a deixar aqui, a próxima pessoa a encontrá-la não vai ser Charlotte, e sim os Blair, e tudo que descobri a respeito de Patricia Blair ontem à noite me leva a crer que ela lerá as correspondências de Xander sem hesitar. Afinal de contas, ela e *Alexander* eram "tão próximos".

Talvez a melhor forma de respeitar a privacidade de Xander seja queimando a carta... ou eu devo algo a Charlotte e seria melhor entregar o papel a ela? Mas quão esquisito isso seria? Eu teria de explicar como obtive acesso aos pertences de Xander depois que ele morreu. Charlotte sequer sabe que Xander estava namorando comigo.

Arrumo o apartamento de cima a baixo, tirando até mesmo diversos fios de cabelo ruivo do ralo do chuveiro. Não quero que os Blair tenham qualquer outro motivo para me criticar.

Coloco minha chave na mesa e volto ao quarto de hóspedes. Abro o móvel. A carta continua ali, como um pedaço de comida em decomposição.

Sem saber o que carta diz, não posso entregá-la a Charlotte, nem queimá-la, e muito menos deixá-la aqui. Não posso passar o resto da vida sem saber o que o pai do meu bebê sentia por mim quando a resposta pode estar bem aqui, neste papel.

— Desculpa, Xander — sussurro.

Abro a folha, alisando-a, e leio.

Querida Charlotte,

É estranho te encontrar, assim, na frente da minha família. ~~Eu queria ter te mandado uma mensagem, mas, como você me bloqueou, eu~~ Considerando que veio ao almoço, talvez esteja pensando que podemos voltar.

Você é uma pessoa incrível, e sempre me importei muito com você,

As palavras embaçam enquanto lágrimas se acumulam. Minha cabeça lateja. É a minha punição por ler as cartas dos outros. Engulo o choro. Sei o que ele vai dizer. Devia ter voltado do México com ela para casa, e, por favor, ela poderia aceitá-lo de volta? Bastaria pedir, e ele terminaria comi...

Pare de ler. Pare, pare, pare.

Não consigo parar.

mas acho que nós dois sabemos que nunca estivemos apaixonados, e, na minha travessia do Pacífico, percebi que quero ~~viajar~~ ficar com Eve. Eu e ela planejamos viajar o mundo juntos e talvez até nos casarmos um dia. ~~Eu quero.~~ Não estou te contando isso para te machucar, mas para que você possa seguir em frente. Sei que vai encontrar um cara melhor que eu e que será mais feliz do que um dia fomos. Se ~~quiser ir embora~~ não quiser ficar para o almoço depois de ler isto, eu entendo.

Xander

Não consigo me mover. A felicidade indomável que deveria estar me fazendo pular pela casa me é negada por uma nova onda de luto. Já perdi tanta coisa. Se Xander não tivesse morrido, teria se casado comigo. Eu, ele e nosso bebê seríamos uma família.

Agora me sinto mal por Charlotte. A dor que senti com a ideia de que Xander tinha escolhido outra mulher vai ser o que ela sentirá quando ler a...

Não posso dar essa carta a ela. Seria cruel. Também não posso guardá-la. Não foi escrita para mim. Decoro as palavras doces — *nos casarmos um dia* — e queimo o papel na lareira. Escrevo meu bilhete para os Blair, agradecendo por me deixarem usar o apartamento, e o deixo na mesa, ao lado da chave. Coloco a mochila de viagem nas costas e abro a porta.

As palavras de Patricia Blair ecoam sem parar na minha mente. *Um acidente inesperado não é nosso neto sob condição alguma.* Volto para a mesa, pego a caneta e acrescento uma última frase ao recado: *OBS.: Ontem à noite, perdi o bebê.*

Fecho a porta do apartamento antes que eu tenha tempo de reconsiderar a mentira.

CAPÍTULO 7

Saio ao encontro do ar fresco da manhã com uma estranha satisfação ao pensar em nunca mais ver os Blair. Provavelmente vão achar o aborto espontâneo conveniente demais e o interpretarão como prova de que menti a respeito da gravidez desde o começo, mas não me importo. Minha mentira garante que nunca virão atrás do neto. Com certeza, manter o filho de Xander longe de pessoas tão tóxicas é a melhor maneira de honrar sua memória. Como ele se tornou um cara tão maravilhoso é um mistério.

Tenho algumas horas para devolver o Mazda. Preciso passar no meu apartamento antigo, pegar minha mala e ver se ainda há lugar para mim.

No caminho até lá, chuva começa a cair. Quando bato na porta, um pensamento me ocorre: *E se não tiver ninguém em casa?*

Eu deveria ter ligado antes de vir. No ano que morei em Sydney, minhas colegas de apartamento se tornaram minhas amigas, mas estive viajando por muito tempo. Yasmin, do hospital, disse que as pessoas no apartamento não sabiam quem eu era. Talvez inquilinos novos tenham chegado.

Como esperado, um estranho atende à porta, um rapaz magro beirando uns vinte anos e exalando um cheiro pungente de maconha. Recito o nome das minhas antigas colegas um a um, mas ele continua piscando sem qualquer indicação de reconhecimento, depois começa a me contar uma história sobre pessoas traindo umas às outras e, em

Ninguém nunca vai saber

seguida, dando no pé, deixando o aluguel por pagar e devendo dinheiro por drogas. Minha esperança de me mudar de volta vai por água abaixo.

— Será que a minha mala ainda está no forro?

— Não faço ideia. Dê uma olhada. — Ele fecha a porta.

Pego a mala no espaço sob a casa, tomado por teias de aranha, e dirijo de volta ao centro de Sydney debaixo de uma chuva torrencial, lágrimas escorrendo pelo meu rosto. Parece que está tudo desabando. Pessoas traem, pessoas ficam viciadas em drogas, amizades acabam. Pessoas perdem contato. Pessoas morrem.

Para quem posso pedir ajuda? Quando me mudei para a Nova Zelândia, na adolescência, e me acomodei em Napier, onde morei na infância, perdi contato com os meus amigos de escola na Austrália. Se hoje eu fosse para Napier, talvez pudesse me reconectar com o pessoal de lá, mas o voo é caro, e as oportunidades de carreira não são das melhores. Os amigos que fiz no México eram apenas colegas de viagem — e, além do mais, quem saberia dizer onde estão hoje em dia?

Nunca criei raízes. E agora preciso criar um mundo estável para o meu bebê: encontrar um apartamento e um trabalho aqui, em Sydney, onde o salário é bom. Mas, antes de tudo, há outra coisa que tenho de fazer.

No centro, depois de ter devolvido o Mazda, encontro um telefone público e começo a ligar para cemitérios. Algumas ligações depois, descubro que Xander está enterrado no Greyfriars, que fica a uma curta viagem de ônibus daqui. Puxo a mala até o ponto, minha mochila pesando mais e mais nos ombros a cada passo. Estou carregando todos os meus bens terrenos. Seria sensato procurar uma acomodação para passar a noite, mas não posso mais esperar.

Preciso estar próxima de Xander.

O ônibus me deixa do outro lado da rua do cemitério. A chuva está mais fraca quando atravesso a entrada, mas gotas grossas ainda caem das árvores direto no meu rosto. O cheiro de terra úmida preenche minhas narinas. Desço por um barranco em que a névoa matinal persiste.

Este lugar é quieto e acinzentado demais para Xander. Ele não escolheu vir para cá, mas ficará aqui pela eternidade. Odeio isso.

Não demoro a encontrar seu túmulo. Não há lápide, mas uma cruz branca leva seu nome e as datas de nascimento e de morte, apenas vinte e cinco anos de diferença entre elas. O túmulo diante de mim fica sob a copa de um jacarandá. As flores roxas são uma trégua da melancolia.

Estou com meu amor de novo.

Ele está morto e enterrado. Seu espírito não está aqui. Não sabe que vim visitá-lo. Ainda assim, estar perto do que sobrou dele me enche de uma alegria esquisita e dolorosa.

Largo minhas coisas no chão e caio de joelhos. A grama, coberta por pétalas soltas pelo vento, está molhada, mas não consigo me segurar. Eu me jogo no monte de terra.

— Xander, não consigo acreditar que você foi embora. Parte de mim sente como se eu sempre tivesse te conhecido, mas também sinto que a gente acabou de se conhecer. Nunca tivemos a chance de fazer o que queríamos. Eu queria, mais do que tudo, passar o resto da vida com você, navegar o mundo e construir uma família juntos. Eu teria me casado com você, e não só por causa do bebê. Eu teria me casado porque você fez de mim sua casa. Você sempre me pareceu certo. Sempre pareceu ser minha família, a família que eu estava destinada a ter.

Não acredito que estou grávida. Parece errado um bebê nascer depois de um dos pais ter morrido, como se fosse um erro nas leis da biologia, uma piada cósmica de péssimo gosto.

— Me desculpa, Xander. Tentei te salvar, mas foi tudo tão rápido.

Giro de costas e me deito ao lado do túmulo. O jacarandá se estende com os galhos em um círculo amplo acima de mim, as flores vívidas contra o céu. O sol espreita por detrás das nuvens.

Quando me deitava no chão do apartamento, eu esperava pelo momento exato em que o sol ocuparia o centro do vitral de rosa e iluminaria o cômodo. Nesses poucos instantes, eu era transportada de volta ao oceano azul onde Xander e eu fomos felizes. Agora, deixo o brilho sarapintado dançar sobre minhas pálpebras fechadas. Pressiono a palma das mãos na terra.

Uma sombra gélida passa pelo meu rosto.

Abro os olhos e quase grito. Uma mulher mais velha está bem acima de mim.

— Desculpa. — A voz dela é rouca. — Eu não queria te assustar, mas você parecia tão triste. Pode me falar se eu estiver me intrometendo, mas achei que fosse gostar de ter companhia.

A mulher parece ter viajado no tempo, direto da década de 1930. A jaqueta de sarja cinza combina com a saia longa. Há um broche camafeu preso na gola da blusa. Seu cabelo está preso em um coque apertado de professora, e ela tem um guarda-chuva preto em mãos.

— Eu te vi descer do ônibus — fala. — Você percebeu que atravessou com o semáforo aberto? Fiquei preocupada.

Olho para a entrada do cemitério, visível à distância. A parada de ônibus fica do outro lado de uma rua que não me lembro de ter cruzado.

— Você me seguiu até aqui? — pergunto. — Ou também está visitando um túmulo?

Ela assente.

— Sei que é difícil de acreditar, mas, um dia, você virá para cá não se sentindo tão triste quanto hoje. Aprendemos a conviver com a dor.

— Sinto muito pela sua perda.

Fico de pé, batendo a terra da roupa.

— Já faz muito tempo. — Ela aponta para o túmulo de Xander. — Ele era seu marido, querida?

— Não. É o pai do meu filho. — Por mais estranho que seja, é bom dizer as palavras em voz alta.

— Ah, você é tão jovem. Seu filho deve ser um bebê.

— Na verdade, não nasceu ainda. Estou grávida.

A história verte de mim. Conto a ela sobre como Xander era maravilhoso. Conto a ela sobre seus olhos tão azuis quanto o céu de uma manhã de verão, de seu senso de humor travesso, de seu cabelo loiro despenteado.

Conto a ela sobre o acidente.

— O bebê é menino ou menina? — pergunta.

— Não sei.

— Você deve ter família para te ajudar.

— Não tenho. — As palavras machucam. Como fui ingênua por pensar que os Blair podiam virar minha família.

— E amigos? Colegas?

— Não tenho amigos próximos aqui em Sydney. — Não quero dizer que não tenho amigos próximos em lugar nenhum. Isso me faria parecer patética demais. — Vou começar a procurar emprego.

Ela dá uma olhada na minha barriga.

— Pode ser difícil nesta circunstância. Presumo que saiba que a taxa de desemprego está altíssima.

Fico em silêncio.

— Talvez possa trabalhar em uma creche e manter seu filho com você.

Balanço a cabeça.

— Não gostaria de cuidar de crianças?

— Ah, eu amo crianças. Sempre era babá dos filhos da minha vizinha quando estava no ensino médio, mas não tenho habilitação para ensinar.

A estranha toca meu braço.

— Minha querida, você parece ser uma jovem boa que não merece o que aconteceu com você. Eu gostaria de poder ajudar.

Estudo o semblante dela. Será que vale a pena ouvir o que tem a dizer, ou acabei de me abrir para a doidinha da região? Apesar da idade, ela parece forte e ágil. Seu rosto é severo, mas as palavras são gentis. Me sinto puxada em duas direções. Hesito em aceitar um favor de uma pessoa desconhecida, mas, pelo bem do meu bebê, talvez eu devesse ouvir o que ela tem a dizer.

— Meu nome é Zelde Finch — diz ela. — Sou secretária particular de Christopher Hygate, o líder dos Hygate. É uma família ilustre que mora em uma ilha na costa da Tasmânia. Estou em Sydney para encontrar uma babá para o filho deles. Tentei em diversas agências, mas não tive muita sorte. Por conta da riqueza dos Hygate, é um desafio encontrar uma garota adequada. — Ela faz uma pausa, como se tentando encontrar as palavras certas. — Posso soar antiquada, mas não querem uma alpinista social. Os Hygate preferem funcionários mais fechados. Hoje em dia, com as pessoas colocando a vida toda na internet, precisamos ter cuidado. Sinto que você não é esse tipo de pessoa.

— Está sugerindo que eu me candidate para a vaga? Como falei, não sou qualificada.

— Contrato funcionários há muitos anos — diz ela, apoiando-se no guarda-chuva —, e não me importo mais com qualificações. Estou mais interessada em caráter. E gosto do seu. Ter sido babá basta como experiência.

— Duvido muito que alguém queira uma babá grávida.

— Você ficaria surpresa. Não é muito trabalhoso cuidar de uma criança. Hoje em dia, esperam que as babás também façam faxina, mas os Hygate têm uma equipe completa, incluindo domésticas, jardineiros e um chef. São filantropos à moda antiga, que acreditam que a caridade começa em casa. Vão querer eles mesmos te entrevistarem, mas vão ter fé na minha recomendação.

Como devo responder? Os Hygate parecem intimidadores. Além do mais, aposto que, quando sua onda de dó por mim tiver passado, Zelde fará uma escolha mais sensata, e não quero ter de aguentar uma entrevista de emprego por nada.

— Venha conhecer a família — propõe ela. — A viagem vale a pena por causa da propriedade belíssima. Se os Hygate não fossem tão reclusos, poderiam ofertar passeios guiados.

Ela está sugerindo que eu teria o trabalho até meu bebê nascer? O comentário a respeito de os Hygate estarem dispostos a contratar uma babá grávida me deixa pensativa. Talvez queiram que meu filho faça companhia para o deles.

Zelde me entrega um cartão de visita marcado com caligrafia exuberante. O endereço, Ilha de Breaksea, me parece intrigante, mas, como digo a Zelde, não consigo arcar com um voo para a Tasmânia.

— O sr. Hygate vai cobrir suas despesas de viagem. — Ela sacode as gotas do guarda-chuva para longe e se vira para ir embora. — Também preciso mencionar que o salário é excelente, e a acomodação, para a qual não haverá custos, é adorável. Mas lembre-se do que falei a respeito de privacidade. Se quiser o trabalho, é importante não falar dele. Com ninguém.

E ela vai embora, desaparecendo na névoa tão silenciosa quanto um fantasma.

CAPÍTULO 8

Três dias depois, saio de um avião na pista do Aeroporto de Hobart. A pista de pouso está cercada de colinas cobertas por uma densa vegetação verde, e um vento cortante varre o que resta do calor do dia enquanto me apresso em direção ao terminal. Ainda bem que Christopher Hygate me aconselhou a vestir roupas quentes.

A princípio, não quis vir atrás desse trabalho. Eu não queria caridade, não estava segura a respeito de ser babá, e achei estranho não poder contar a ninguém sobre a entrevista. Enfiei o cartão de visita no bolso, aluguei um quarto em um *hostel* para jovens no centro de Sydney e me joguei de cabeça na busca por trabalho. Levaria um tempo para me reestabelecer na indústria de moda, mas qualquer trabalho, até mesmo um de costureira com salário baixo, me ajudaria a segurar as pontas.

Depois de alguns dias sem sorte, eu havia quase me esquecido de Zelde Finch. Na lavanderia, encontrei o cartão no bolso. Esperando pelas minhas roupas, usei o orelhão próximo à porta e liguei para o número por impulso. Parte de mim acreditava estar ligando para recusar o trabalho.

Quando Zelde colocou Christopher na linha, a voz grossa dele foi persuasiva. As referências casuais a "nossa propriedade, aqui na Ilha de Breaksea" e "o vinhedo" e "nossos iates" sugeriram que os Hygate eram diversas vezes mais ricos do que os Blair, apesar de ele falar comigo de igual para igual.

— Me preocupo com a possibilidade de te fazer jogar dinheiro fora, sr. Hygate — disse, quando ele começou a falar de providenciar meu voo. — Eu estou grávida. Não sei como isso ia funcionar.

— Me chame de Christopher — respondeu ele, prontamente. — Zelde mencionou sua condição. Queremos alguém que entenda de verdade o que é ser mãe. Confiamos no julgamento de Zelde. Ela diz que você tem uma certa gentileza que não pode ser ensinada. Acredito que meu filho precisa disso.

Ele falava como um homem íntegro de família. Talvez eu acabasse gostando de trabalhar em outro ramo por um tempo. Fazer vestidos requer criatividade e energia mental, coisas das quais eu não tinha muito no momento. Ser babá poderia me distrair do meu sofrimento.

— Eu mesmo cresci com babás — continuou Christopher. — Elas sempre partiam pelas mais diversas razões. Meus pais não consideravam muito a felicidade delas. É por isso que arrumamos aposentos particulares, uma linda casa só para você. Mas estou me precipitando. Entenderemos se não quiser aceitar a vaga. Só pedimos que venha dar uma olhada com seus próprios olhos. Venha passar um final de semana, assim teremos tempo para nos conhecer melhor. Minha esposa, Julia, está ansiosa para conhecê-la. Ela ficou emocionada com a sua história.

De repente, recusar a oferta pelo telefone me pareceu grosseria.

— Posso perguntar a idade do filho ou da filha de vocês? Zelde disse que têm só um, mas não mencionou se é menino ou menina.

— Isso mesmo, uma criança só — respondeu Christopher, depois, colocou Zelde de novo na linha, e ela me comprou uma passagem para a tarde do dia seguinte.

Eu ainda não tinha celular, então, assim que minhas roupas saíram da secadora, peguei o caminho mais rápido até a biblioteca para pesquisar sobre os Hygate. Se houvesse qualquer indício de que eram um bando de esnobes como os Blair, eu cancelaria. Encontrei matérias de jornal que confirmavam que Christopher era um empresário e um magnata do transporte marítimo de mercadorias, além de ter vinhedos na Tasmânia e em Victoria. A empresa dele havia ganhado um prêmio pela responsabilidade social. Julia estava na diretoria de duas instituições de caridade: uma para crianças necessitadas, e outra para animais ameaçados de extinção.

Encontrei pouco a respeito de suas vidas privadas, mas isso só podia ser um bom sinal. Não levavam o tipo de vida que alimentava as revistas de fofoca. Enfim, caso eu chegasse à ilha e não gostasse deles, poderia simplesmente ir embora. Zelde tinha comprado uma passagem de volta.

Agora, fora da sala de desembarque, um homem de uniforme náutico segura uma placa com meu nome. Parece ter uns trinta anos, mas a pele castigada pelo clima sugere que passa muito tempo no mar.

— Oi — digo. — Sou Eve Sylvester.

O homem ignora minha mão estendida, pegando minha mala em vez disso. Ele a ergue no ar, se vira e sai com pressa do terminal. Me esforço para acompanhá-lo.

— Como devo chamá-lo? — pergunto.

Ele balbucia alguma coisa. Acho que ouvi o nome Joseph.

O uniforme de Joseph está impecável, mas tenho o vislumbre de tatuagens na altura dos punhos e da gola. Parecem tatuagens de prisão. Ele me leva ao lado de fora do terminal, lançando olhares cautelosos para todos os lados como se sondando os arredores para um roubo. Ele passa o ar de alguém que teve uma vida difícil. Joga minha bagagem no porta-malas de um sedan preto e pergunta:

— Você sente enjoo no mar?

— Não sei bem.

Ele franze a testa, como se eu fosse idiota por não saber. Não dá para falar: "Eu achava que sim, mas, no fim das contas, estava grávida".

— Entre na parte de trás — fala ele.

Eu entro, e Joseph sai do aeroporto na velocidade máxima. Dirigimos em silêncio, e logo me perco na paisagem. A estrada abre caminho entre as colinas e uma enseada. Sob a luz fraca do entardecer, a água parece leitosa e amena. A saudade me atinge. Apesar de eu nunca ter visitado a Tasmânia, sinto como se tivesse chegado em casa. Tudo na Austrália continental é luminoso e sólido. O ar aqui é leve, misterioso, convidativo.

Estar na natureza, prestes a pegar uma balsa para uma ilha remota, me faz pensar em Xander, e, pela primeira vez, sua memória me causa algo diferente de pura dor. Me sinto grata pelo tempo que tivemos juntos. Espero que o mar sempre me lembre dele.

Passamos por Hobart e seguimos ao sul. Estamos no meio do nada quando Joseph desvia para dentro de um estacionamento vazio à beira da água. Um iate flutua no fim de um píer — um saveiro bonito e antiquado.

— Aqui não é o terminal de balsas — falo.

— A balsa leva ao norte da ilha. — Essa é toda a explicação que Joseph me dá. — De qualquer maneira, o sr. Hygate quer que eu leve o *Torrent* de volta para casa.

Torrent é o nome pintado na lateral do iate. Um nome estranho. Parece mau agouro, um convite aos deuses para mandar uma chuva torrencial toda vez que ele zarpar.

Joseph me apressa no embarque.

— A maré vai mudar daqui a pouco — murmura ele.

Tudo parece muito mais deserto do que eu esperava quando concordei em vir para a entrevista. Pensei que pegaria a balsa, um serviço regular que transporta passageiros para o Vilarejo de Breaksea, ou seja, se eu não gostasse do lugar, poderia facilmente voltar a Hobart.

— Fique lá dentro, assim você não vai me atrapalhar — fala Joseph, apontando para o convés inferior.

Eu poderia dizer que sei navegar e que não atrapalharia, mas estou cansada, então desço e me acomodo pelo resto da viagem. A cabine é confortável, mais ou menos do tamanho da do *Joy*, com móveis elegantes azuis e brancos.

Joseph conduz o *Torrent* ao canal enquanto observo o mar e o céu por uma escotilha. O círculo de azul me lembra da janela em forma de rosa no apartamento de Xander, embora seja minúsculo em comparação. Ao emergirmos no mar aberto, no entanto, enquanto a luz esmaece, o *Torrent* começa a sacolejar, me embrulhando o estômago. A vista da escotilha escurece e é coberta por espuma e respingos.

O mar aqui é uma fera um tanto diferente da fera tropical no Pacífico ou ainda da dos mares temperados ao redor de Sydney. Este oceano é frio e cruel.

Ao avançarmos a trancos e barrancos pelos golpes da água, noto uma luz pulsando em um ritmo estável, um ponto fixo em um mundo de caos, e meu coração dispara em um pulo.

Um farol.

* * *

Por mais de uma hora, o *Torrent* nos leva em direção ao farol, mal parecendo se aproximar. A silhueta irregular de uma ilha aparece no meu campo de vista — uma escuridão no meio da escuridão.

Apesar dos movimentos bruscos do barco, me sinto bem. Acho que já passei da fase de náuseas da gravidez. Enquanto o tempo piora, ondas quebram na proa, e Joseph abandona o mapa dentro da cabine para mantê-lo seco. Ele deve saber o caminho de cor.

Pego o mapa e o estudo sob a luz do meu chaveiro de lanterna. A Ilha de Breaksea, a alguns quilômetros da costa da Tasmânia, é longa e estreita, com muitos quilômetros de norte a sul, mas pouco mais de um quilômetro de leste a oeste. O único povoado é o Vilarejo de Breaksea ao norte da ilha, mas estamos indo em direção ao extremo sul. Navegaremos e passaremos direto pelo Farol de Breaksea.

Eu gostaria de subir ao convés, mas não quero incomodar Joseph. Pela escotilha, tenho vislumbres do litoral. Sob uma lua intensa, penhascos íngremes surgem, firmes contra um ataque implacável de ondas monstruosas. Espero que o motor não falhe. Estamos tão próximos da terra firme que consigo ver a luz enorme girando dentro da torre, mas não tem a menor chance de conseguirmos nadar até a costa. Se o mar nos jogasse naquelas rochas, seríamos lançados à morte.

Ao passarmos pelo farol, viramos e seguimos pela costa cerrada. Os penhascos dão lugar às praias, mas estas são igualmente hostis para um iate em busca de um lugar para atracar. Abertas ao poderoso Mar da Tasmânia, são atingidas por ondas constantes.

Avisto um porto. Entre dois promontórios, uma abertura estreita leva a águas calmas. Joseph direciona o *Torrent* ao canal. Na mesma hora, o barco para de ser jogado de um lado ao outro pelo mar. A lua desaparece atrás das nuvens, e avançamos na escuridão.

Joseph deve conhecer bem este porto. Eu não consigo ver nada.

Um leve solavanco, e o barco, enfim, para. O motor desliga. Escuto Joseph pulando no convés, amarrando algo.

Acendo minha lanterninha de novo.

— Desligue isso — rosna Joseph, descendo a escada em um pulo. Ele pega minha lanterna, desliga-a e a enfia no bolso. — Vou ficar com isso. Não queremos que caia na água. Me siga. Já peguei suas coisas. Fale baixo até chegarmos à casa. É lá que você vai ficar.

Sigo Joseph ao píer. A noite está silenciosa. Não faço ideia de onde estou. Será que esta é a parte em que Joseph me leva às suas masmorras?

Ele me conduz até a terra firme, e andamos pela praia, chegando a uma casa de madeira de dois andares construída na costa. Com acácias-pretas ao redor, a residência parece algo saído de um conto de fadas sombrio. Joseph destranca a porta e me apressa a entrar e subir por degraus mal iluminados.

No topo da escada, mexo em um interruptor, mas nenhuma luz se acende. O brilho das estrelas flui pelas janelas, revelando um cômodo arejado que dá para uma sacada com vista para a baía. Consigo ver uma mesa de jantar, um sofá e uma estante de livros. Uma tela divide a área principal de uma alcova. Vejo uma cama atrás dela, arrumada com cuidado.

— A luz não funciona — comento.

— Faz anos que ninguém se hospeda aqui. Precisamos trocar as lâmpadas. Vou trazê-las amanhã.

— Não tem nenhuma que eu possa usar hoje?

— Preciso buscá-las no vilarejo. Se eu fosse você, dormiria de uma vez. Vá para o casarão às onze amanhã.

Joseph coloca minha bagagem no chão.

— Onde fica o casarão?

— Nós passamos por ele.

Eu não conseguia ver nada no escuro, mas a casa deve ter vista para a praia pela qual Joseph me guiou. Acho que vai ser fácil encontrá-la à luz do dia.

— E o café da manhã?

— Tem comida na cozinha. — Ele aponta para a porta oposta à sacada. — Sirva-se. A porta ao lado dessa é a do banheiro.

— Cadê o sr. e a sra. Hygate?

Joseph já está descendo a escada.

— Tudo que me disseram é que era pra você ficar aqui até amanhã às onze. Acho que vai ser quando irá conhecê-los. De qualquer forma, não estão aqui. Deveriam estar, mas...

O resto de suas palavras se perde quando ele fecha a porta ao passar.

Abro a porta da sacada e saio. Na escuridão lá embaixo, vejo a silhueta de Joseph se afastando. Alguns minutos depois, deve acender alguma luz na marina, porque a cena se ilumina como um milagre de Natal.

A sacada, bem à beira-mar, praticamente flutua acima da baía. Ao longo da praia, um píer iluminado se estende sobre a água. Não consigo ver o "casarão" nem qualquer construção, porque as árvores de madeira escura chegam até a beira da areia, mas a marina por si só é pitoresca. Vários iates, presos com cordas grossas, vão de um lado a outro com a maré na brisa da noite, o movimento fazendo as luzes refletidas dançarem na água. As embarcações, todas brancas com uma bandeira vermelha no topo do mastro, exalam uma sensação de energia em descanso, como um bando de cisnes adormecidos.

Então foi isso que Christopher quis dizer com "nossos iates". Os Hygate devem ter um serviço de frete além dos vinhedos. E eu achando que os Blair eram ricos.

Mas alguma coisa não me parece certa. Por que tive de andar pela marina na escuridão? Por que Joseph me disse para falar baixo? Por que não arrumaram as luzes antes da minha chegada?

Coloco a mão no bolso para pegar a lanterna. Droga. Não a peguei de volta com Joseph. Tateio ao redor em busca de uma lâmpada, mas não encontro nada. Também parece não haver um telefone.

Será que minha presença nesta ilha é um segredo? Existe um serviço de balsas, mas os Hygate me buscaram com um iate privado. Zelde me instruiu a não contar a ninguém a respeito da entrevista de emprego.

Minha jornada aqui nesta ilha parece planejada para não deixar pistas. Se eu nunca mais fosse vista, será que alguém descobriria aonde fui parar?

CAPÍTULO 9

Acordo com um clique-clique metálico vindo do lado de fora da casa. A luz cor-de-rosa do amanhecer invade as janelas. Jogo a manta grossa de lado, tateio tudo ao atravessar o quarto e saio na sacada.

A baía se estende diante de mim, brilhando sob a luz da manhã. Areia branca se curva ao redor da água, formando um arco perfeito. Protegida do mar, a água nos promontórios é de um azul pálido.

Através das acácias-pretas, vejo um estacionamento com espaço para cinco ou seis carros. Uma placa diz BEM-VINDOS À BAÍA DO PARAÍSO. É o nome perfeito. Ao longo da praia, depois das árvores, vejo uma construção branca gigantesca. Será ali a casa dos Hygate?

Clique-clique. Eu me viro em direção à marina. Joseph está no topo do mastro, suspenso em uma cadeira de contramestre e mexendo em um cata-vento. Ele é o retrato de um marinheiro diligente. Talvez eu estivesse sendo paranoica ontem à noite.

De volta à casa, admiro o estilo praiano discreto da área de estar, com as paredes brancas e os móveis de madeira clara. Avistando uma porta que deixei passar despercebida ontem à noite, tento girar a maçaneta, mas está trancada. Pela inclinação do telhado, imagino que haja um cômodo espaçoso e voltado para o norte atrás dela. É uma pena eu não conseguir ver o que tem dentro.

Esta casa é tão bonita, é do tamanho perfeito para uma mãe e seu filho. Será que os Hygate vão querer que eu continue trabalhando como babá após o parto, morando aqui com o meu bebê? Mesmo se o trabalho durar apenas seis meses, com moradia e refeições gratuitas eu poderia guardar uma quantia decente.

Algumas horas depois, já tomei banho, comi, arrumei a cozinha pequena, tentei abrir a porta trancada de novo e passei tempo demais escolhendo minha roupa. Dou uma olhada na minha aparência no espelho. Escolhi um vestido que eu mesma fiz. Espero que o linho creme seja formal o bastante, enquanto a gola boneca me faz parecer amistosa e acessível. Na maior parte do tempo, usar minhas criações ajuda a me sentir confiante — mas hoje não.

Faltando quinze minutos para as onze, desço a escada, passo pelo depósito do térreo e sigo pela praia em direção à casa. Quando ela aparece no meu campo de visão, respiro fundo.

A mansão parece ter caído do céu. Um caminho de arenito leva da praia até a entrada. Um lado do gramado tem três piscinas turquesa planejadas para se acomodarem no declive, cada uma derramando água na seguinte. Vapor sobe delas. O outro lado exibe uma extensão de grama verdejante cercada por canteiros de flores cor-de-rosa exuberantes.

E a casa. Três andares de mármore branco disparando aos céus. Pilares ornados foram posicionados diante da entrada, indo até o topo da mansão. Janelas arqueadas dão para sacadas, onde mais flores coloridas enfeitam seus potes e se entremeiam pelas grades de ferro forjado.

A criança dos Hygate poderia muito bem ser um príncipe ou uma princesa. Não sei se sou chique o bastante para cuidar dela. Imagino um jovem Sebastian ou Clarissa que come caviar no café da manhã enquanto discute preços de ações com o papai.

Meus sapatos fazem barulho na varanda conforme me aproximo da porta. Respiro fundo algumas vezes. Toco a campainha e espero uns bons cinco minutos. Estou começando a cogitar tocar de novo quando a porta é aberta.

— Chegou cedo. — É Zelde, vestindo um paletó cinza de novo. Parece tão ameaçadora quanto na primeira vez que a vi. — Acho melhor você entrar e esperar na sala rosa. O clima atrasou o retorno do sr. e da sra. Hygate à ilha.

Entro em um átrio iluminado. A luz do sol flui por claraboias três andares acima de mim e reflete em um lustre enorme. De um lado, um cômodo vasto e decorado em um tom de violeta brilhante se abre para o gramado.

Zelde me leva escada acima e ao longo de um corredor repleto de tantas pinturas quanto uma galeria de arte.

— Esta é a ala norte, onde ficam os quartos e as áreas comuns. A ala sul abriga os empregados.

Vejo cômodos com paredes pintadas de magenta, laranja e verde, os pisos adornados com mais carpetes persas. Tento não deixar o queixo cair. Amo cores vibrantes, mas é preciso bom gosto para usá-las sem parecer extravagante — aprendi isso com algumas das minhas criações nem tão bem-sucedidas.

Estou procurando pistas sobre a família que mora aqui, mas não encontro nada. Os Hygate não parecem pendurar fotos da família. A casa é belíssima, mas me parece impessoal, como um museu.

Zelde para na porta.

— Espere aqui.

Então, começa a se afastar.

Entro no cômodo, depois me viro.

— Zelde! O nome da criança. Eu ainda não sei.

Ela responde sem se virar:

— Vou deixar que o sr. e a sra. Hygate expliquem.

Os Hygate são mesmo reservados. Provavelmente não querem que eu saiba o nome até ter aceitado o trabalho.

É melhor eu não ser tão crítica. É melhor eu nem *pensar* em nada muito crítico.

Vou até a janela. Este cômodo fica na parte de trás da casa, sem vista para o mar, mas o que vejo me deixa boquiaberta. Uma estrada atravessa os vinhedos e vai até o cume. Videiras enfileiradas despertam para a primavera, brotando novas folhas de um inocente tom de verde. Uma quadra de tênis se estende em direção a um círculo de asfalto pintado com um *H*. Um heliporto.

Eu me sento em uma poltrona de chita, minha cabeça zunindo. O silêncio recai ao meu redor. Embora Zelde tenha mencionado funcionários que moram aqui, não escuto nem um pio sequer.

Meia hora se passa, e meu nervosismo começa a afetar minha bexiga. Será que tenho tempo de passar no banheiro?

Vou para o corredor.

— Zelde? — chamo. — Onde fica o banheiro, por favor?

Nenhuma resposta. Acho que consigo encontrá-lo sozinha. Sigo pelo corredor, bisbilhotando três ou quatro cômodos esplêndidos antes de me deparar com a visão bem-vinda de um banheiro, todo com detalhes dourados no mármore preto.

No caminho de volta, noto um quarto no fim do corredor. Parece algo saído de um sonho. Eu me aproximo e espreito à porta.

O cômodo enorme está banhado de luz do sol. Um tapete tão macio e dourado quanto manteiga se estende até as janelas de canto com vista de tirar o fôlego para o mar. Ao lado do sofá, há uma girafa de pelúcia mais alta que eu, e, no meio, feito de madeira de eucalipto vermelha, está um berço.

Fico paralisada, digerindo a perfeição. Aqui tem tudo de que uma criança poderia precisar: um baú de brinquedos, um cavalo de balanço, uma estante repleta de livros ilustrados. É grande o bastante para um orfanato inteiro.

Nenhum nome pintado agracia as paredes amarelas, e nada aponta o sexo do bebê.

Antes que eu possa me impedir, me aproximo da cômoda e abro uma gaveta. Ela explode com vestidos cheios de babados.

Uma menina. Vou ser babá de uma menininha.

Agora, minha ficha cai. Invadi o quarto dela e fuxiquei suas coisas. É claro, ela é um bebê, mas isso não quer dizer que tudo bem bisbilhotar.

Empurro a gaveta para fechá-la, mas ela emperra em algo. Abro a gaveta de baixo para mover o item. Esta gaveta está cheia de pequenas bermudas e camisetas azuis — roupas de menino.

Será que são gêmeos? Não, Zelde disse que havia uma criança só.

— O que raios você pensa que está fazendo?

Eu me viro.

Zelde está parada à porta, o rosto contorcido de fúria.

— Como você ousa! Depois de todo o cuidado que tive explicando a necessidade de privacidade! Depois de eu ter oferecido esta oportunidade por pena!

Minhas bochechas estão queimando. Como pude ser tão idiota?

— Desculpa.

Bato as gavetas, fechando-as. Estraguei tudo. Que burra. Eu deveria ter adivinhado que este lugar era adorável demais para um dia ser parte da minha vida.

— Acho que não faz mais sentido fazermos a entrevista. Eu te pago pelas passagens assim que conseguir. Desculpa mesmo.

— Um pedido de desculpa não...

Um som cadenciado vindo de cima a interrompe. Olhamos para o teto. O som é tão alto que parte de mim acha que vai conseguir vê-lo através do telhado. Um helicóptero. Os Hygate estão chegando.

Zelde leva a mão até a cabeça, como se o cabelo estivesse correndo perigo de cair por pura indignação. Ela parece estar prendendo a respiração. Por fim, diz:

— Eve, aceito sua desculpa. Este incidente ficará entre nós, mas esteja avisada: você não terá outra chance. Volte ao quarto cor-de-rosa e fique lá. Não diga sequer uma palavra sobre isto.

— Obrigada. É muita generosidade da...

— Vá!

Fujo, passando por Zelde, em direção ao quarto cor-de-rosa, onde volto a me sentar na poltrona. Meu coração bate tão rápido e alto quanto as hélices do helicóptero.

Sou uma idiota. Eu tinha sido alertada de que privacidade era essencial para os Hygate, e atropelei a privacidade deles no instante em que fiquei sozinha — apenas para descobrir o que estavam prestes a me contar.

O som do helicóptero cresce e se transforma em rugido. A aeronave aparece na janela, próxima e enorme, antes de descer e sair do meu campo de visão. Se eu me debruçasse, conseguiria ter um vislumbre da família desembarcando, mas fico grudada à poltrona, como se pudesse compensar meu comportamento de antes sendo obediente agora.

Logo, Christopher e Julia Hygate entram no cômodo, tranquilos e confiantes. Julia, cujo vestido cambraia azul abraça seu corpo esbelto, estende a mão. Eu me sinto uma criança ao me levantar para cumprimentá-la.

Seus olhos verde-água encaram os meus.

— Pedimos desculpa por tê-la deixado esperando, Eve — diz ela, o tom amigável. Seu cabelo ruivo, de um vermelho tão escuro quanto o meu, emoldura o rosto em formato de coração, e ela tem uma daquelas bocas que se curvam para cima nas pontas, dando a impressão de que sorri enquanto fala. — Talvez não tenha sido tão ruim assim você ter visto em primeira mão como o tempo influencia a rotina da ilha. Ontem à noite, o vento estava forte demais para usarmos o helicóptero. — Ela gesticula para o céu cerúleo fora da janela. — Não está lindo agora?

Aperto a mão dela e me viro para cumprimentar Christopher. Alto e bonito, com olhos azuis gélidos, Christopher tem um sorriso tão caloroso quanto o da esposa. Sua altura e presença me fazem lembrar de Xander, mas, enquanto ele tinha cabelo dourado, o de Christopher é loiro-avermelhado. Christopher também é mais velho. Eu chutaria uns quarenta e poucos. Ele tem uma idade que Xander nunca terá.

— Nossa, tem uma certa semelhança — comenta ele. — Zelde não estava errada.

Levo um segundo para entender que não está se referindo a ele próprio e Xander. Está falando que me pareço com Julia. Quase rio da observação lisonjeira. É verdade, o cabelo de Julia e o meu são do mesmo tom raro e escuro de castanho-avermelhado, e temos olhos claros e pele pálida, mas Julia é deslumbrante. Espero que ela não se incomode com o comentário do marido.

Tudo que ela diz é:

— Eu sou mais alta.

— Todo mundo é mais alto que eu. — Dou de ombros.

Eles se sentam de frente para mim, e Christopher segura a mão da esposa. Tento não encarar o vestido maravilhoso de Julia. O decote redondo e a saia angular foram feitos sob medida.

— Então, você está grávida, Eve — começa Christopher. — Zelde nos contou que está com uns dois ou três meses e que ainda não sabe o sexo do bebê. A gestação está indo bem?

— Está, obrigada.

— Fiquei sabendo que você quer colocar o bebê para adoção — diz ele.

O quê? De onde ele tirou essa ideia? Lágrimas surgem nos meus olhos quando entendo suas palavras. Por isso não se importam em contratar uma babá grávida.

— Parabéns por colocar as necessidades da criança em primeiro lugar — continua Christopher. — Crianças precisam de dois pais.

É claro que não querem uma babá com um bebê. Como fui burra. Zelde é claramente uma mulher das antigas. Deve ter deduzido que era evidente uma mãe solo optar pela adoção. Seco uma lágrima.

Julia se inclina para a frente, e sinto o aroma do perfume de jasmim.

— Não é essa a sua intenção?

— Não. Meu noivo e eu queríamos este bebê. Pelo menos, Xander desejaria, mas morreu antes da confirmação da gravidez.

Aqui estou eu, na minha entrevista de emprego, já mentindo. Xander não era meu noivo, mas fico com vergonha de chamá-lo de namorado. Já me sinto julgada.

Uma parte de mim espera que os Hygate me mostrem a porta depois da descoberta de que vou ficar com o bebê, mas, em vez disso, Julia diz:

— Zelde nos contou a respeito de Xander. Christopher e eu sentimos muito pela sua perda. Esperamos poder ajudar...

— Julia — interrompe Christopher. — Ainda não. — Ele se vira para mim. — Zelde nos disse que você não tem amigos nem familiares, e que você não contou a ninguém sobre a gravidez.

Um arrepio desce pela minha espinha. Esta entrevista é bizarra. Nem Zelde nem os Hygate fizeram nenhuma das perguntas de praxe. Estão focados na minha gravidez.

— Só contei à família de Xander.

Christopher e Julia trocam olhares.

— Eu não sabia — declara Julia. — O que eles acham da situação?

— Eles não querem saber de mim, então eu... eu disse a eles que tive um aborto espontâneo.

Ótimo. Não só menti para os Hygate, como estou contando a eles as mentiras que contei a outras pessoas. Preciso ter mais cautela com o que sai da minha boca.

— Decisão inteligente — comenta Christopher. — Me contaram que você é estilista. Por que escolheu essa carreira?

— Sempre amei costurar. Fui criada pela minha avó, e passávamos muito tempo fazendo roupas juntas. Ela me ensinou tudo que sei.

— Vocês parecem ter sido bem próximas — diz Julia.

Eles fazem mais algumas perguntas, às quais consigo responder, encorajada pelos sorrisos de Julia. Sim, eu amo crianças. Tenho muita experiência como babá.

— Você tem alguma pergunta para nós? — questiona Julia.

Sinto que tenho milhares de perguntas. Minha mente gira, e falo sem pensar direito:

— Hm, por que vocês moram aqui? — Opa, isso soou grosseiro. — Quer dizer, é tão remoto. Vocês precisam viajar a trabalho?

— É uma pergunta justa — responde Christopher. — Nossos vinhedos estão aqui, como deve ter visto, e tive a sorte de comprar esta casa por um bom preço quando eu estava entrando no ramo de comércio de vinhos. Com o passar dos anos, comprei vinhedos em Victoria, mas nunca quis me mudar. Amo a quietude, e criei a marina como um negócio secundário, mais para alimentar meu hobby de navegar...

— E achamos que é um lugar ideal para constituir uma família — interrompe Julia. — Tem uma escola adorável no vilarejo, e queremos que nossos filhos aproveitem a paisagem belíssima. Vamos sempre a Hobart para as reuniões de negócios de Chris e meu trabalho de caridade, mas não leva mais que vinte minutos de helicóptero.

Christopher assente, concordando.

— Foi um prazer falar com você — conclui ele. — Por favor, nos dê licença. Julia e eu precisamos conversar em particular. — O casal se levanta e vai em direção à porta, ainda de mãos dadas.

Quando a porta se fecha, consigo ouvi-lo dizer:

— A aparência dela é...

É o quê? Infantil demais? Nunca vou saber, mas, com base em seu tom satisfeito, tenho a impressão de que estava prestes a dizer: "A aparência dela é exatamente o que procuramos".

O cômodo esfria. Tem alguma coisa acontecendo. Ninguém sabe onde estou. Os Hygate não se importam com a minha falta de experiência como babá. Zelde foi de uma abordagem amigável a uma reprovação voraz, e ainda tem o comportamento misterioso de Joseph.

Encantada com os meus arredores ostensivos, ignorei as preocupações da noite passada, só que agora todas estão reemergindo. É claro, eu não estava trancada na casa — mas também não haveria motivo para isso. Estou em uma ilha. Tem um vilarejo em algum lugar, mas eu não saberia chegar lá.

A porta se abre com tudo, e Christopher e Julia entram outra vez.

— Obrigado por esperar — diz ele.

Não posso fugir. Minha melhor chance é manter a postura amigável e entrar no jogo do que tiverem a dizer. Só que, de uma coisa, agora eu tenho certeza.

Christopher e Julia não têm um bebê.

CAPÍTULO 10

Agarro os braços da poltrona. Meia hora atrás, eu estava com medo de não conseguir este emprego. Agora estou quase com medo de consegui-lo.

Julia retoma seu assento. Christopher fecha a porta e anda de um lado para o outro do cômodo. Com seu suéter de tricô e calça jeans, parece uma estrela de cinema nórdica — talvez do tipo que acaba sendo revelado como o vilão.

— Eve, eu deveria explicar que minha esposa e eu não pudemos ser sinceros quanto ao papel que gostaríamos que você desempenhasse em nossas vidas.

Mal consigo me impedir de fugir.

— Não se assuste — continua Christopher. — Temos uma proposta atípica, mas cabe a você aceitá-la ou não. Se recusá-la, pagaremos pela sua volta para casa, e te pagaremos mil dólares pelo seu tempo.

Não deve haver vaga de babá coisa nenhuma. Estou decepcionada, mas, se ele estiver dizendo a verdade, mil dólares só para fazer um bate e volta aqui vai ser o dinheiro mais fácil que já ganhei.

— Quando posso voltar?

— Amanhã — diz Julia.

— Por que não hoje?

— Joseph não estará livre até amanhã de manhã.

— E o helicóptero? Ou a balsa?

Julia olha para o marido.

Ninguém nunca vai saber

Christopher diz:

— Não posso te levar de helicóptero para o Aeroporto de Hobart. Não podemos arriscar que uma pessoa sequer te veja. E a balsa está fora de cogitação. Vai entender quando ouvir nossa proposta.

Sinto a pele formigar.

— Não há maneira simples de dizer isto. — Christopher se senta ao lado de Julia e me encara. — Minha esposa e eu temos um bom casamento, temos tudo que o dinheiro pode comprar. Nossas vidas são perfeitas, exceto por uma coisa. — Ele faz uma pausa. — Seu encontro com Zelde não foi ao acaso. Quem passou seu nome para nós foi uma assistente social, a quem pedimos para encontrar alguém como você.

Yasmin. Eu sabia que tinha algo errado com aquela mulher.

Por isso Zelde não se importou com as minhas qualificações. Eles não estavam procurando uma babá.

Tudo faz sentido.

— Vocês não podem ter filhos — concluo.

Christopher assente.

— Isso mesmo.

Julia se inclina para a frente.

— Queremos adotar o seu bebê.

* * *

Christopher está falando sobre a "dor" da infertilidade, mas não consigo assimilar nada.

Eles querem meu bebê. Precisam de sigilo. Estou aqui nesta ilha, sozinha.

Como foi que conseguiram fazer Yasmin contar a eles sobre mim? Isso deve ser contra a lei. E, então, mandaram Zelde fingir ter me encontrado ao acaso? Será que ela me seguiu do apartamento de Xander, ou estava de tocaia no túmulo dele?

— Estamos preparados para pagar uma quantia significativa por seus serviços como mãe biológica — fala Christopher.

Nossa. Estão colocando a carroça na frente dos bois. Estão presumindo que vou entregar meu bebê desde que me ofereçam grana o suficiente?

Julia parece ler minha expressão. Ela interrompe o marido:

67

Rose Carlyle

— Por favor, Eve, nos dê a chance de explicar.

— O jeito correto de fazer uma adoção é através de uma agência — declaro.

Christopher balança a cabeça.

— Acredite em mim, adoraríamos adotar pelos meios oficiais. Infelizmente, a família de Julia dá muito valor à linhagem. Se importam com sangue no sentido tradicional. Se descobrirem que adotamos, nosso bebê sofreria um prejuízo financeiro seríssimo. Somos forçados a agir em segredo.

— Que tipo de prejuízo?

— Julia nasceu na Romênia, onde a família é dona das mesmas propriedades há muitos séculos. O descendente de Julia está na linha de herdeiros da terra, mas filhos adotados são excluídos da sucessão.

— A questão não é o dinheiro. — Julia enrubesce. — É a injustiça. Embora eu more aqui agora, parte do meu coração ainda está na Romênia. Eu não aguentaria a perda do meu lar de infância.

Eu me mexo, desconfortável.

— Não quero colocar meu bebê para adoção, mas, se eu fosse optar por esse caminho, eu optaria pela adoção aberta, o tipo em que a criança mantém contato com a mãe biológica. — Estou tentando manter a voz estável. — Vejo que meu filho teria uma vida privilegiada com vocês, mas não ligo para dinheiro. Só quero que meu bebê cresça em um lar feliz. Tenho certeza de que proporcionariam isso, mas eu também consigo. A ideia de esta criança crescer sem nem saber que foi adotada...

— Nós planejamos contar. — Agora, as bochechas de Julia estão escarlate. — Vamos explicar tudo aos dezoito anos. Se, ao atingir a maioridade, ele ou ela revelar a adoção aos meus parentes e for deserdado, será escolha dele.

Eu me sinto como um animal de fazenda sendo avaliado por sua fertilidade.

— E se meu filho acabar não se parecendo com vocês?

— Fizemos pesquisas — diz Julia. — Você contou a Zelde o nome de seu noivo, confirmando as suspeitas de Yasmin de que Alexander Blair era o pai do seu filho. Sabemos que ele era alto, loiro e que tinha olhos azuis, razoavelmente parecido com Chris. E você, é óbvio — ela aponta para o meu cabelo e, depois, para o dela —, combina perfeitamente comigo.

— Não posso simplesmente entregar meu bebê, nunca o ver de novo e confiar que ficará bem.

— O poder está nas suas mãos, Eve — fala Christopher. — Se não aprovar nada do que fizermos, pode pedir o bebê de volta, porque ele ou ela não terá sido adotado legalmente. Um teste de DNA vai provar seu parentesco.

Eu me viro para a janela e apoio a cabeça nas mãos. Então, eu poderia aparecer de vez em quando para observar a criança de longe, tentando deduzir se ele ou ela está feliz? Quem se sujeitaria a isso? Eu sabia que o emprego era bom demais para ser verdade.

— Por favor, pense bem — pede Julia. — Amaríamos muito ser pais. Amaríamos seu filho como se fosse sangue do nosso sangue.

Julia é tão gentil e tem um coração tão grande. Eu queria poder dizer sim, mas a ideia de abrir mão do meu bebê...

— Não preciso pensar. Não posso fazer isso. Já perdi Xander. Não posso perder meu bebê.

Para minha surpresa, Julia gargalha.

— Eve, você não entendeu? Não queremos que você abra mão da oportunidade de acompanhar seu bebê crescendo. Também não gostamos do extremismo da adoção. Queremos que você e a criança façam parte da vida um do outro. Zelde não estava te enganando quando ofereceu o trabalho. Queremos que você seja a babá da criança.

CAPÍTULO 11

Estou esparramada no chão da casa quando ouço uma batida tímida no andar de baixo.

Passei a tarde toda deitada aqui, esperando que alguma ideia surgisse no meu cérebro para resolver meus problemas de dinheiro e de bebês em uma tacada só. Após ter rejeitado a oferta dos Hygate pela manhã, eles me deram mil dólares em dinheiro vivo, e Christopher me acompanhou de volta até aqui. Ele se ofereceu para me mostrar a propriedade, mas não vi motivo para isso. Nenhuma paisagem, por mais idílica que fosse, me faria mudar de ideia.

Assim que ele saiu de vista, me apoiei na porta e sussurrei para o meu bebê:

— O nome do seu pai era Xander Blair. — Apoiei a mão na barriga. — Não importa o que aconteça, prometo que vai saber o nome do seu pai.

O que eles tinham sugerido era horrível. Eu veria meu filho todos os dias, veria a criança crescer, mas nunca poderia lhe contar a verdade. *Eu te dei à luz. Eu sou sua mãe.* Eu lamentava ter decepcionado os Hygate, mas não conseguiria fazer o que estavam me pedindo.

Tinham traçado um plano meticuloso. Eu moraria escondida nesta casa até o bebê nascer. Enquanto isso, Julia anunciaria sua gravidez e começaria a usar uma barriga falsa. Zelde, que é parteira, está disfarçada de secretária de Christopher aqui na propriedade, mas seu trabalho verdadeiro seria monitorar minha saúde durante a gestação e assistir o parto do bebê em sigilo aqui — enquanto Julia encena um parto caseiro na mansão.

Agora entendo por que Zelde me deu outra chance quando me pegou bisbilhotando. Encontrar uma substituta para mim não será tarefa fácil. Os Hygate querem pais biológicos que se pareçam com eles, e não podem divulgar a vaga. Julia explicou que Yasmin é um contato de confiança, mas, embora o trabalho dela envolva se encontrar frequentemente com mulheres grávidas em circunstâncias difíceis, eu fui a primeira que ela encontrou cujo bebê talvez pudesse se passar pelo filho de Julia e Christopher.

— Se precisar de cuidados de emergência durante o parto, te mandarei para Hobart de helicóptero — falou Christopher. — Não colocaríamos sua saúde em risco. Não somos pessoas ruins.

Essa é a pior parte. Os Hygate não são pessoas ruins, apenas estão desesperados. Eles claramente se amam e anseiam por uma família. Apesar de o comportamento misterioso deles ser desconcertante, eu entendo, parando para pensar agora. Deram os mil dólares sem nem titubear assim que deixei claro que não tinha interesse. Julia pareceu desolada. Eu estava chocada demais para entender os detalhes do motivo de não poderem conceber, mas está óbvio para mim que é um caso sem solução.

Mais uma batida. Desço as escadas e abro a porta. Julia está na varanda, segurando uma travessa coberta por papel alumínio. Parece ter envelhecido desde hoje de manhã. O rubor nas bochechas sumiu. Por mais rica que seja, sinto mesmo pena dela. Ouvi dizer que a infertilidade pode deixar as pessoas loucas.

— Podemos conversar? — pergunta ela. — Não estou aqui para tentar te convencer nem nada disso, mas não quero me despedir com um clima estranho entre nós.

— É claro.

Eu a levo para o segundo andar.

— Estou arrependida por termos feito a oferta. — Julia coloca a comida na mesa e se senta no sofá. —Estou morrendo de vergonha.

Eu me sento ao lado dela.

— Imagino que a ideia tenha sido do Christopher.

— Não. É por isso que eu queria falar com você. Não queria que fosse embora com a impressão errada do meu marido. — Julia é muito mais alta que eu, mesmo sentadas, mas, então, ela se permite relaxar a postura. — Quero que saiba que é tudo culpa minha.

— Não é culpa de ninguém. Você só está dando seu melhor para ter uma família.

— Homens, às vezes, abandonam as esposas. — Julia encara a parede. — Chris sempre quis ser pai. Ele escolheu esta casa porque tem sete quartos, e a vida na ilha é maravilhosa para as crianças. Ele queria ensinar o filho a navegar, e a andar a cavalo, e a assumir o negócio. — Ela encontra meu olhar. — Você deve estar pensando que ele me culpa, mas nunca fez isso.

— Não é antiquado culpar a mulher?

— *É* culpa minha, Eve. Chris me pediu para não cavalgar naquele dia. Achei que ele estava sendo cauteloso demais. Eu estava decidida. Tínhamos ido para a Mongólia justamente para andar a cavalo.

Christopher tinha dito algo a respeito de uma viagem à Mongólia, mas não me atentei aos detalhes.

— Por que Christopher não quis que você cavalgasse?

— Ele estava com medo de eu colocar em risco... — Julia esconde o rosto nas mãos. — Eu não ia te contar.

Sinto os pelos da minha nuca se arrepiarem.

— Você estava grávida?

Ela assente.

— Perdi Angel. Meu anjinho.

É por isso que os Hygate têm um quarto de bebê lindíssimo e pronto. Achei estranho já o terem montado antes de acharem um bebê para adotar. Todas aquelas roupas eram para ser do bebê que perderam.

— Eu sinto muito. Não tem como você engravidar de novo?

Julia balança a cabeça.

— O cavalo me deu um coice. Os danos internos foram terríveis. Eu quase morri. Nas semanas seguintes, Chris salvou minha vida de mais de uma maneira. Insistiu que poderíamos ser felizes só nós dois, e, no começo, eu também acreditei, mas, conforme o tempo foi passando, a vontade de ter um filho... — Ela prende a respiração.

— Não precisa explicar. Não estou brava com você. — Na verdade, sinto uma pontada de culpa. Fingi um aborto espontâneo para afastar os Blair da minha vida. Tratei uma tragédia avassaladora como uma desculpa conveniente.

— Conversamos sobre adoção. Chris ficou dividido. Ele queria que eu tivesse a chance de ser mãe, mas sabia como minha família reagiria. Então, tive a ideia da adoção secreta. Chris falou que era loucura. Ele nunca fica bravo, mas surtou naquele dia, dizendo que enfrentaríamos um escândalo tremendo se descobrissem. Quando se tem um negócio tão bem-sucedido quanto o nosso, tudo o que você faz acaba virando notícia. Eu falei que deixaria a ideia de lado, mas fiquei tão deprimida... Tentei esconder o que estava me chateando, mas Chris sempre sabe o que se passa na minha cabeça.

— Xander também era assim. Você tem muita sorte de ter esse tipo de relacionamento.

Julia tira um lenço bordado do bolso e seca os olhos.

— Você tem razão. Eu tenho sorte. Tenho um marido que me ama o suficiente para concordar com as minhas ideias idiotas. Sabia que eu comprei as barrigas falsas? De três tamanhos. Dei um passo maior que a perna. Comprei roupas de bebê, e encontrei Zelde. Ela parou de ser parteira há muito tempo, e poucas pessoas sabem que é treinada, então pensei que seria perfeita para o trabalho, mas ela ficou horrorizada com o meu plano. Zelde é tão honesta.

Acho que isso explica os olhares de reprovação. Talvez Zelde não seja tão maldosa quanto pensei, apenas desconfortável com o que lhe foi pedido para fazer. Mais uma reviravolta na minha percepção da mulher de lábios finos.

— Você está falando como se já fosse um caso perdido — comento. — Não dá para encontrar outra mulher grávida?

— Não vou fazer Chris passar por isso de novo. Eu tinha certeza de que você concordaria. Quem diria não a ser paga para criar o próprio filho? Esta casa é tão linda, e nós a construímos especialmente para... Mas quando vi a expressão no seu rosto, percebi que Chris estava certo desde o princípio.

Queria que Julia não fosse uma pessoa tão boa. Ela abriu o coração para mim e expôs sua vulnerabilidade... Isso porque, se alguém vazasse o esquema deles, os Hygate poderiam ser chantageados.

A luz está esmaecendo. Por instinto, mexo no interruptor, e, para a minha surpresa, funciona.

— Não tinha lâmpadas aqui ontem — comento.

Julia parece envergonhada.

— Sinto muito por isso. Mandamos os funcionários que moram aqui para o hotel do vilarejo por alguns meses, assim seria mais fácil você ficar escondida durante a gestação. Dissemos a eles que queríamos mais privacidade. Nosso plano era que, toda noite, quando eles fossem embora, você pudesse sair e tomar um pouco de ar fresco. Também demos a todos folga no final de semana, mas Antoine, nosso chef, é tão perfeccionista que ficou até mais tarde ontem para arrumar a cozinha. Joseph estava preocupado de que ele notasse as luzes acesas aqui, então tirou as lâmpadas.

— Então Joseph sabe do plano de vocês?

— Deus, não! — Julia estremece, e seu maxilar tensiona. — É de extrema importância que Joseph não descubra.

— O que ele acha que estou fazendo aqui, então? Que motivo deram a ele para me manter escondida do resto dos funcionários?

— Joseph não faz perguntas. Teria sido impossível esconder você dele, porque ele dorme na marina. Alguém precisa ficar de olho nos iates durante a noite, caso o clima fique ruim. Consideramos realocar os barcos para outro lugar, mas não tem outro porto adequado na ilha.

Os Hygate se esforçaram tanto. Viraram a vida de cabeça para baixo para fazer a ideia dar certo. Se ao menos existisse outra forma de terem um filho...

— Já cogitaram maternidade de substituição?

— Não vou causar mais tensão ao meu casamento. Chega. — A voz dela falha, tomada pela emoção.

Ficamos em silêncio. Dá para ouvir as ondas quebrando na praia.

— Julia, a casa na Romênia, você disse que era especial para você, que era seu lar de infância. Então não se trata do valor da propriedade?

Julia me olha de relance. Droga, alimentei as esperanças dela. Ela ergue as palmas no ar.

— Não vou mentir. A terra vale *muito*, mas não é por isso que quero que fique de herança para o meu filho. Se trata de família e de se sentir acolhido. Não vou suportar se a criança for excluída injustamente. Algumas coisas são mais importantes que dinheiro. Sinto que *você* entende isso melhor do que ninguém.

Dou de ombros. Meu embate com os Blair me deixou com dúvidas de que pode haver uma relação saudável entre dinheiro e felicidade. Ainda assim, os Hygate seriam ótimos pais. Os dois claramente são devotados um ao outro, e qualquer mulher tão desesperada quanto Julia para ser mãe seria perfeita no papel.

O problema dela é um espelho das minhas dificuldades com a família de Xander. Os Blair me julgaram por estar grávida, enquanto a família de Julia vai excluí-la por não poder engravidar. As situações parecem igualmente injustas.

— Talvez eu possa reconsiderar — digo —, mas não posso prometer nada. Darei minha resposta definitiva amanhã.

O rosto de Julia se anima. Ela faz menção de me abraçar, mas se impede.

— Tudo bem. Vou embora.

Ela se levanta e segue em direção à escada.

Eu a chamo.

— Mais uma coisa: por quanto tempo eu trabalharia como babá?

— Pelo tempo que você quiser.

— Não se esqueça de que não aceitei.

Ela praticamente voa escada abaixo, e ouço a porta ser fechada.

Levanto o papel alumínio da travessa. Peixe cozido, uma salada exótica e *crème brûlée*.

Não consigo comer. De alguma forma, isso selaria o acordo para mim. O que faço, então, é ir me deitar.

O sono não vem. A manhã me encontra ainda desperta. Vinte e quatro horas atrás, acordei neste lugar lindo e pensei que tudo o que eu queria era criar meu filho aqui. Na verdade, minha felicidade exigia outra condição: meu bebê crescer sabendo que eu sou sua mãe e que Xander era seu pai.

Criar uma criança sem ajuda não vai ser fácil. Vou precisar colocá-la na creche não muito tempo depois de ter nascido. Ela não vai crescer cercada de luxos, isso é certo. Quanto às minhas enxaquecas, não faço ideia de como vou lidar com elas quando chegarem.

Ela não vai ter pai.

Como babá, eu passaria o dia todo com a minha criança. Haveria trabalho a fazer, mas também haveria tempo para brincar. Todas as noites, ela dormiria naquele quartinho lindo com vista para o mar. Conforme fosse ficando mais velha, faria aulas de música e de tênis, e teria todos os animais de estimação que quisesse... nunca precisaria se preocupar com dinheiro para a faculdade...

Rolo na cama e afofo o travesseiro pela centésima vez. É inútil ansiar por algo que nunca vai acontecer. Não posso criar meu filho com base em uma mentira. E ainda estou um pouco incomodada por ter sido trazida para cá sob falsas pretensões, apesar de que, acredito eu, os Hygate não mentiram para mim de fato. *Existe* uma vaga para babá, e nunca fingiram ter um filho. Eu presumi. Os sinais de alerta que vi ontem à noite — a falta de lâmpadas na casa, a ausência de funcionários na mansão, a jornada misteriosa com Joseph —, tudo faz sentido agora.

Fecho os olhos e me lembro da viagem até aqui. O *Torrent* parecia fácil de navegar. Se eu conseguisse escapulir para o mar, não precisaria tomar decisão alguma. Eu poderia cruzar o oceano...

Enquanto a luz da manhã se esgueira pelas janelas, sou levada pelo torpor da exaustão. Acordo pouco tempo depois, mas alguma coisa mudou enquanto eu dormia. Todas as peças se encaixaram.

O peixe está frio no molho especial, mas não paro para limpar nada. Visto uma calça jeans e saio da casa.

Caminho pela praia até a marina, onde o *Torrent* está preso ao píer. A entrada da Baía do Paraíso garante uma visão do mar ao longe. Observando o horizonte dourado, me imagino navegando em direção ao sol.

Mas a vida boa de verdade ficou para trás.

Viro e sigo rumo ao casarão. Nem se eu passasse mil anos procurando, eu não encontraria um lar mais belo para o meu filho.

Julia atende quando bato.

Minha voz sai baixa, mas nítida:

— Eu escolho o nome do bebê.

CAPÍTULO 12

O brunch servido ao lado da piscina é um festival de confeitos e frutas tropicais. Christopher, Julia e eu estamos sentados entre dois braseiros abertos, aproveitando seu calor. A praia ao longe reluz como se alguém tivesse polvilhado diamantes na areia. Sinto como se um novo mundo de luxo tivesse se aberto.

— Você precisa fazer um ultrassom imediatamente — fala Christopher. — Depois, podemos te colocar na folha de pagamentos e cancelar seu voo de volta a Sydney.

— Um ultrassom já? Por quê? — gaguejo.

— Você precisa voltar a Sydney? — pergunta Julia.

— Na verdade, não. — Seria vergonhoso admitir que eu basicamente não tinha vida lá.

— Ótimo. Pode simplesmente ficar aqui, se preferir — diz Christopher, colocando abacaxi recém-picado no prato. Ele parece mais relaxado que ontem, vestindo uma calça cáqui e uma camisa branca. O sol acentua os tons avermelhados do seu cabelo; até as sobrancelhas e cílios parecem ruivos. — Quer dizer, desde que o resultado do exame seja satisfatório.

Julia nota minha expressão confusa.

— Você disse que não sabia quando o bebê nasceria.

— O exame pode determinar a data — diz Zelde, saindo de dentro da casa com um bule de café. — Quanto antes o fizermos, mais precisão teremos.

— Faça logo após o brunch, Zelde — fala Christopher.

É uma sensação estranha, a ordem de fazer um exame, mas vou ter que me acostumar a receber ordens dos Hygate. Concordei que o bebê é deles, não meu. Mas por que Christopher está tão apressado para fazer o ultrassom? Para descobrir o sexo?

Faz um tempo que quero perguntar a Julia por que a casa na Romênia vai ser passada para o filho ou a filha dela, e não para ela. Ela tinha dito que a família tem valores tradicionais. Será que só filhos homens podem ser herdeiros? Uma ou duas vezes, Julia se referiu ao bebê como "ele".

Tomo um gole do meu smoothie de maracujá. Talvez os Hygate só queiram meu bebê se for menino. Quando conheci Zelde, a primeira coisa que me perguntou foi se eu sabia o sexo. Talvez não tenha sido conversa fiada. Talvez já estivesse tentando extrair informações de mim.

Acho que logo vou descobrir, se for uma menina e eles cancelarem o acordo.

Pego um ovo cozido e começo a descascá-lo.

— Pode me passar o sal, por favor, Zelde?

Ela me entrega o saleiro.

— Isso é pimenta — digo.

— Hm... pimenta é melhor para mulheres grávidas. Sal demais pode causar pressão alta.

— Certo. Obrigada. — Com relutância, salpico pimenta no ovo. Espero que Zelde não fique obcecada pela minha dieta. Se bem que, por outro lado, pareceu que tinha me passado o pimenteiro por engano.

Mal terminei de comer quando Zelde fica de pé e diz:

— Venha, Eve, vamos fazer logo esse exame.

Seguimos para a casa em que estou hospedada.

— Quer que o sr. e a sra. Hygate estejam presentes para o ultrassom? — pergunta ela, enquanto caminhamos.

Não consigo impedir a careta. A ideia de compartilhar meu primeiro vislumbre do bebê com Christopher e Julia é desconcertante. E se quiserem estar presentes no parto? Isso seria esquisito.

Eu devia ter pensado melhor nas minhas requisições. Só pedi o direito de escolher o nome. Senti que Julia e eu havíamos nos dado bem e conseguiríamos resolver qualquer problema com uma conversa, mas e se não conseguíssemos chegar a um acordo?

— Eles não pediram para vir — acrescenta ela.

— Precisamos fazer isso hoje?

Ela me lança um olhar duro.

— O sr. e a sra. Hygate confiam nas pessoas, mas têm o direito de uma prova de que você está gestando um feto viável. Além disso, uma mente curiosa como a sua já deve ter se perguntado a respeito deste cômodo.

Agora, estamos na casa, e Zelde vai em direção à porta trancada e insere uma chave na fechadura.

— Prepare-se. É o tipo de coisa que não se vê todo dia.

Ela abre a porta. Eu arregalo os olhos. O cômodo está repleto de equipamentos médicos. É uma suíte de parto de última geração, completa até com um leito hospitalar.

— Não pouparam custos para garantir um parto seguro e confortável — declara Zelde.

Os Hygate gastaram tanto dinheiro... É justo quererem que eu faça um exame de ultrassom, mas será que estão só checando se o bebê está vivo?

Entro no cômodo, que está banhado pela luz do sol que atravessa as folhas das árvores do lado de fora da janela da sacada. Subo na cama, Zelde tateia o interruptor, e um monitor ganha vida. Ela passa gel na minha barriga e mantém uma sonda contra minha pele. Uma figura pequena e escura aparece no monitor. Pulsa depressa.

O coração dela batendo.

Eu não acreditava nela de verdade até agora.

Não pense em Xander. O mundo turva.

— Está vendo isto? — pergunta Zelde.

— Não consigo ver nada. — Tento manter a voz estável.

Zelde me entrega um lencinho.

— Você pode escutar. — Ela aperta um botão, e um sopro toma conta do quarto.

— São os batimentos dela? É tão rápido.

— Isso é normal.

Seco os olhos, e o monitor volta a ficar em foco. Meu bebê, nadando na escuridão, é a coisa mais linda que já vi.

Zelde coloca a sonda de lado, limpa o gel com um papel toalha e apalpa minha barriga. Ela posiciona uma fita métrica na minha pele, a cabeça inclinada.

Rose Carlyle

— Você está com onze semanas.

— Foi a máquina que descobriu isso ou foi você?

— A máquina, é óbvio, mas gosto de confirmar as datas à moda antiga. O parto deve ser no dia 25 de abril, no Dia ANZAC. Tudo parece estar progredindo como esperado.

Seis meses e meio pela frente.

— Ela vai nascer no outono — falo.

— Ela ou ele... É cedo demais para descobrir, uma pena.

— Por que é uma pena?

Zelde balança a cabeça.

— Por nada. Saberemos em dezembro. Quando chegar a hora, faremos o exame de novo. Por que não vai contar ao sr. e à sra. Hygate a data do parto? Vou arrumar as coisas aqui.

Volto caminhando para a mansão. Christopher e Julia ainda estão sentados à piscina.

— Menino ou menina? — pergunta Christopher.

— Zelde não soube dizer.

— E quando nasce? — questiona Julia.

— 25 de abril.

Julia pula e dá um gritinho de felicidade.

— Perfeito! Mal posso esperar! Eve, nunca vou conseguir te agradecer o suficiente. Vamos comemorar!

— Não sei como — fala Christopher. — Não podemos estourar uma champanhe nem fumar charutos, e já comemos. Talvez possamos te mostrar o restante da casa, Eve?

Concordo, e nos levantamos para o passeio.

Ao entrarmos, Christopher para e abraça Julia, e vejo que ela está tremendo. Estranho. Fico surpresa pela data importar tanto para ela.

A mansão é ainda maior do que eu pensava. Há cômodos dos quais eu não fazia ideia de que as pessoas precisavam: uma biblioteca, um cinema, uma sala de música — embora nem Christopher nem Julia toque instrumentos musicais. Nossas vozes ecoam no silêncio incomum. Sinto a tristeza da família grande que este casal queria ter, a qual nunca vão conquistar. Fico feliz que não ficarão sem filhos.

Zelde interrompe nosso passeio para contar que cancelou meu voo e que precisa cuidar de uma papelada. Ela nos leva a um escritório no andar do meio, onde configuramos os pagamentos automáticos do meu "salário". Mal posso acreditar que estou recebendo tão bem só para ficar fora de vista. Quando terminamos, Christopher e Julia apertam a minha mão.

— Seja bem-vinda à Baía do Paraíso — fala Christopher. — Quer que te mostremos a parte externa da propriedade?

— Eu gostaria de caminhar sozinha, se não tiver problema.

— É claro — diz Christopher. — Só não saia da propriedade. Lembre-se de que, amanhã às sete da manhã, os funcionários chegam, e vão embora toda noite, às dezenove. Sempre dê uma olhada se a minivan ainda está aqui antes de sair. Vai dar para vê-la pela janela da sua casa.

Pouco tempo depois, estou me esforçando para subir por uma trilha abandonada, cheia de arbustos, em direção ao extremo sul da Ilha de Breaksea. Me parece tolice querer a solitude quando estou prestes a passar meses escondida, mas esta é minha única oportunidade de explorar a ilha em plena luz do dia.

Christopher me deu um mapa, que mostra uma única estrada até o Vilarejo de Breaksea, uns cinco ou seis quilômetros ao norte. Me conforta saber como voltar à civilização. Christopher e Julia parecem confiáveis o bastante — um tanto excêntricos, porém inofensivos —, mas, ainda assim, tenho um mau pressentimento em relação a Joseph.

Ao sul da estrada, tudo é propriedade dos Hygate. Julia mencionou que uma lápide fora colocada no Rochedo do Farol em memória a Angel, o bebê que perdeu, mas não tenho planos de ir até o túmulo. Estou indo em direção ao farol.

Passei a amar faróis quando Xander e eu cruzamos o Pacífico. Ele me ensinou a nunca depender unicamente da navegação por GPS. Xander conseguia medir o sol, a lua e as estrelas com seu sextante para garantir que estávamos em águas seguras, e sempre que nos aproximávamos de terra firme, ele procurava um farol.

— Cada luz é única — disse ele para mim uma noite, sua voz calorosa e entusiasmada, enquanto navegávamos em direção ao farol que marcava a costa de Samoa. Ele acendeu a luz da cabine, o cabelo loiro caído sobre seu rosto enquanto ele se curvava por cima do mapa. — Olhe, esta luz pisca duas vezes a cada oito segundos, então dá para ter certeza de qual é.

Xander tentou me ensinar a calcular nossa distância da luz quando ela apareceu da primeira vez, com base na curvatura da Terra, mas eu estava feliz demais para me concentrar.

— Queria poder agradecer às pessoas que construíram os faróis — falei. — Deve ter sido trabalho pesado construí-los em lugares tão remotos. E as pessoas se mudam para os confins da terra para manterem as luzes acesas. Tudo isso para nos manter em segurança.

Xander passou um braço ao meu redor, me puxando para perto.

— Os faróis na Oceania não são mais ocupados por homens, mas o trabalho desses construtores ainda salva a vida de pessoas que nasceram muito tempo depois de sua morte. Humanos são incríveis.

Ele prometeu me levar para visitar um farol, mas, durante todo o percurso através do Pacífico, nunca conseguimos fazer isso. Os faróis sempre tinham sido construídos nas partes mais perigosas do litoral — era o propósito deles. Não era prático se aproximar em um iate.

Agora, emerjo da vegetação em um penhasco tomado pela ventania e com o mar de ambos os lados. A calma ensolarada da manhã não durou muito; o mar está tão tumultuado quanto na minha jornada para cá. Árvores não crescem nesses penhascos tempestuosos, mas alguns arbustos e tufos de grama robustos resistem. O mar e o céu parecem sombrios, e as aves marinhas circulam em busca de presas. À minha frente, firme contra as perturbações dos elementos, está o que vim encontrar. A torre listrada de vermelho e branco do Farol de Breaksea.

Quero tocá-la, e, enquanto desço por um barranco rochoso, ela parece estar ao meu alcance, mas não vou conseguir o que quero. Um desfiladeiro estreito me separa do meu objetivo. O farol fica em sua própria ilhota de rochas, tão alta e íngreme quanto Breaksea. Impossível de tocar.

Eu devia ter percebido que o Rochedo do Farol era uma massa de terra separada. Acho que por isso Julia e Christopher colocaram o túmulo de Angel lá. Sem dúvida, são privativos a respeito da perda.

Virando-me para ir embora, noto um lampejo cor-de-rosa e verde entre as samambaias do Rochedo do Farol. Um lagarto brilhante feito uma joia corre pela área descoberta e desaparece na folhagem. Ao caminhar de volta à casa para dar início à minha prisão voluntária, quase me pergunto se não imaginei a criatura. Estar segura, saber que o futuro do meu filho está seguro, parece um sonho. Só torço para que o retrato que os Hygate pintaram do meu futuro nesta ilha seja fiel. Algo na oferta deles parece bom demais para ser verdade.

CAPÍTULO 13

Ser paga para não fazer nada é mais difícil do que imaginei. O clima do fim da primavera é idílico, mas cada dia é uma eternidade passada encarando o relógio e observando o céu azul pela janela, esperando a minivan ir embora para eu poder sair antes que escureça.

Eu até poderia achar que o tempo que passei no *Joy* tinha me preparado para viver confinada, mas são situações bem diferentes. No mar, eu sempre podia ir ao convés para tomar um pouco de ar fresco, e tinha a sensação de estar em um novo lugar todos os dias, ainda que fosse só mais uma porção de oceano azul. Há muito a se fazer em um iate, desde regular as velas a preparar refeições, e eu tinha a companhia de Xander.

Agora, estou presa sozinha em uma casa durante o dia, completamente à toa. Talvez eu devesse estar grata pela oportunidade de descansar, já que a gravidez tem me deixado cansada, mas com Zelde me trazendo as refeições logo cedo e levando a louça suja embora à noite, quase não tenho o que fazer. Vou cedo para a cama, durmo até tarde da manhã e faço uma faxina meticulosa todos os dias, só que, ainda assim, morro de tédio.

Uma noite, cerca de três semanas após a minha chegada, encontro Julia ao caminhar pela praia. O pôr do sol está forte, seu tom parecendo de pêssego, e o mar e a areia brilham com luz iridescente.

— Você parece feliz — comenta Julia. — É uma pena ter que parar com essas caminhadas em breve. Não podemos arriscar que Joseph te veja quando a barriga começar a crescer.

Ninguém nunca vai saber

A ideia de não poder mais sair é demais.

— É uma pena transferirem os outros funcionários da propriedade todas as noites, mas não transferirem Joseph. Se ao menos tivessem alguém de confiança cuidando da marina, eu poderia continuar tomando ar fresco e me exercitando até o parto.

O rosto de Julia endurece.

— De jeito nenhum. Não podemos substituir Joseph, e confiar nele está fora de cogitação. Por favor, nunca mais toque nesse assunto.

Ela começa a falar de outra coisa, mas, ao seguirmos ao longo da maré alta, é difícil prestar atenção. A expressão dela e o tom abrupto me deixaram pensativa. Será que tem medo de Joseph? Se sim, por que ela e Christopher ainda o têm aqui?

— Não posso continuar assim — ponho para fora. — Não tenho livros para ler, nada para costurar. Não tenho celular, e, de qualquer maneira, não tem acesso à internet. Estou subindo pelas paredes daquela casa, e mal completei catorze semanas de...

Paro. Falei mais do que queria. Está, *sim*, difícil ficar trancafiada o dia todo, mas é claro que posso continuar. Arrumei um jeito de dar ao meu bebê uma vida maravilhosa. Posso lidar com um pouco de tédio.

Julia para de andar e assente, pensativa.

— Tenho certeza de que podemos pensar em uma solução. Vou falar com Christopher. Ele está em Melbourne, mas vou ligar para ele. Deixe comigo.

Não tenho muita esperança de que Julia vá resolver meu problema, mas, às seis da manhã do dia seguinte, Zelde bate na porta da casa e manda eu me vestir para embarcar no *Torrent*.

— Joseph vai te levar para passar o dia em Hobart. — O tom ríspido de Zelde sugere que ouviu minhas queixas e que me acha uma criança mimada. — Ele vai te levar duas vezes por semana, até sua barriga começar a aparecer. Isso não deve demorar muito, então é melhor aproveitar enquanto puder. Lembre-se de não mencionar sua gravidez para ele. Ele vai te levar aonde quiser na Tasmânia. Precisa ter embarcado antes da chegada da minivan. Você vai ficar fora até depois de ela ter partido à noite. Não se canse demais.

Estou vestida e a bordo do *Torrent* em um piscar de olhos, e não demora muito até Joseph e eu atracarmos no píer na Tasmânia. Aproveito ao máximo meu dia de liberdade. Tomo um café da manhã de boa qualidade em uma cafeteria da cidade, dou uma caminhada com vistas lindas colina acima em Hobart e faço compras impulsivas na livraria.

Não posso comprar roupas de grávida com Joseph por perto, mas compro sutiãs novos para acomodar meus seios maiores. Por fim, visito uma loja de costura e compro tecido, linha e uma máquina de costura nova em folha, que a dona da loja — uma mulher tagarela de meia-idade — oferece levar para mim até o carro.

— Obrigada. — Aponto pela janela para o carro que os Hygate têm em Hobart, estacionado do outro lado da rua. Joseph está ao lado do veículo, fumando um cigarro. — É o sedan preto.

A mulher pega a máquina, e eu, as sacolas com as minhas compras, e saímos da loja. Estamos atravessando a avenida, paramos quando o segundo sinal fecha, e ela pergunta:

— Para quando é o bebê?

Quase derrubo as sacolas. Para quando é *o bebê*? Droga. Como é que ela sabe? Minha barriga já cresceu? Olhei no espelho pela manhã, e não havia protuberância alguma. Talvez as pessoas saibam que estou grávida por causa da minha pele. Não dizem que grávidas têm um certo brilho?

— Eu não... Eu não...

Minha cabeça vira em direção a Joseph. Será que ele a ouviu? Está abrindo o porta-malas, tendo nos visto ir até ele. O trânsito na avenida passou, e é ridículo impedir a mulher de dar os últimos passos até o carro, mas não posso arriscar que a conversa continue.

— Pode deixar que eu levo. — Colocando as sacolas nos braços, arranco a máquina de costura dela. — Vi outra cliente chegar. É melhor você voltar para a loja.

Que desculpa mais esfarrapada. A loja está atrás de nós. Estou fingindo ter olhos atrás da cabeça. Deixo a mulher com uma expressão atordoada no meio da avenida e me apresso até o carro, encolhendo a barriga feito uma doida.

Dou uma olhada dentro das sacolas enquanto Joseph pega a máquina de costura e a coloca no porta-malas. O tecido para pijama com estampa de patinhos amarelos deixa tudo na cara. Pior ainda, as lombadas dos livros estão viradas para cima, incluindo um chamado *Gravidez natural*. A lojista deve ter visto minhas compras.

As mãos de Joseph se fecham nas alças das sacolas.

— Não! — Puxo-as para longe do alcance dele. — Vou levar essas aqui comigo. — Cambaleio até o banco de trás.

Joseph apaga o cigarro, afunda no banco do motorista e sai com o carro.

Ainda bem que eu o impedi de ver minhas compras. Mas e se aquela lojista o encontrar por aí e mencionar minha gravidez? Depois da forma como Julia e eu conversamos na praia, parece que Joseph descobrir seria desastroso.

Respiro fundo. Preciso me acalmar. As chances de aquela mulher falar com Joseph são uma em um milhão. Ainda assim, queria que os Hygate não estivessem usando alguém em quem não confiam para me levar para cima e para baixo.

* * *

À noite, é Julia quem me traz o jantar.

— Zelde tirou a noite de folga? — pergunto quando abro a porta.

— Não, mas eu queria conversar com você. Podemos comer juntas? Chris ainda está em Melbourne, e eu queria companhia. Ficar sozinha com Zelde pode ser uma experiência bastante peculiar.

Quando me mudei para cá, achei que jantaria no casarão todas as noites depois que a minivan fosse embora, mas não tem sido assim. Christopher e Julia comem antes de os funcionários partirem, para que possam ser servidos à mesa. Esta é a primeira vez que ela sugere que comamos juntas.

Desocupo uma parte da mesa, que está coberta pelos meus novos tecidos de bebê, e saboreamos a torta de coalhada.

Julia pega um vestidinho rosa que comecei a cortar.

— Que amor. Posso ver o molde?

— Eu não uso moldes. Prefiro criar meus próprios designs.

— Incrível! Te incomoda que esse vestido pode não ser usado se você acabar tendo um menino?

— É menina — falo.

— Como sabe? Você fez outro ultrassom? — Julia vira a cabeça na direção da suíte de parto, como se suspeitasse que ando entrando ali sem permissão.

— É claro que não, sra. Hygate.

— Julia — corrige ela, sorrindo.

— Desculpa. *Julia*. Eu não faria um exame sem contar para vocês.

— Então é só um palpite?

Enquanto penso, coloco uma garfada de torta na boca. Preciso que este bebê seja uma menina. Não pode ser um menino. Sinto muita saudade de Xander, e não vou saber lidar se nosso filho for uma lembrança constante de sua aparência.

— Vai ser uma menina de cabelo ruivo e olhos verdes, como eu. O cabelo vai ser da cor exata, e os olhos vão chegar bem perto. Verde é bem próximo dos seus olhos verde-azulados. Mas talvez as pessoas se perguntem como você e Christopher tiveram uma filha tão baixinha. Você acha que Christopher espera ter um menino?

— Querida, Chris só quer um bebê. — Julia dá seu sorriso encantador. — Amaremos sua filha independentemente de qualquer coisa. Não nos importa se ela for pequeninha, mas sabemos que seu noivo era alto.

Assinto.

— Era. Vamos torcer para o DNA alto dominar em relação ao baixo. Falando de corpos, você acha que minha barriga está aparecendo? Fiquei preocupada em Hobart hoje. — Fico de pé e pressiono a saia contra a barriga.

— Eve, sua barriga está tão chapada, que você poderia ser uma modelo de biquínis. — Os olhos de Julia reluzem. O rosto dela recuperou o rubor de felicidade desde que concordei com a adoção. — Mas você percebeu que estou usando a primeira barriga falsa? Coloquei-a hoje de manhã. Estamos pensando em anunciar a gravidez logo, e seria bom se parecesse que ganhei uns quilinhos.

Julia se levanta e gira. Ela está usando um vestido branco de cintura alta, a saia esvoaça quando ela rodopia. Poderia estar escondendo um elefante ali embaixo e ninguém saberia.

— Eu não tinha percebido — digo quando ela volta a se sentar.

— É muito pequena, não acha? A próxima é enorme. Queria ter um meio-termo.

— Tenho certeza de que vai dar certo. A barriga das grávidas parece crescer do nada, não é?

Julia parece não estar escutando. Ela mastiga lentamente, olhando para a comida.

— Está tudo bem? — pergunto.

O rosto dela se franze todo.

— Na verdade, não. Tenho más notícias. Pelo visto, as pessoas estão suspeitando de que alguém esteja se escondendo aqui, nesta casa.

— O quê? — Meu estômago embrulha. — Quem? Como?

— Minha empregada, Sarah, esqueceu a bolsa na mansão e voltou para buscar uma noite. Ela viu as luzes acesas. E Antoine comentou que estamos comendo demais. Culpei Zelde. Disse que ela tinha o apetite de um cavalo e que gostava de cear de madrugada. Pior de tudo, alguns funcionários do vinhedo estavam em Hobart de folga hoje. Por azar, estavam dirigindo pela estrada da costa quando viram você e Joseph embarcando no *Torrent* na volta para casa. Passaram o resto do dia enchendo o saco dele por causa da *amiga* nova.

A atmosfera no cômodo pesa. Julia está sendo gentil, mas aquilo é um problema. Se as pessoas acharem que tem alguém se escondendo aqui, algum intrometido vai acabar se esgueirando e me espionando pelas janelas. Se isso acontecer quando minha barriga estiver maior, vai ser a fofoca do século: uma mulher grávida confinada em uma casa ao mesmo tempo que a sra. Hygate anuncia sua gravidez. Isso deixaria qualquer um curioso.

Eu estava desesperada por um pouco de liberdade, mas a que custo? Se alguém descobrir o que está acontecendo, Julia e Christopher não terão alternativa senão cancelar tudo. E esta oportunidade estará perdida para sempre. Nunca vou encontrar uma chance como essa de novo. Sou tão burra. Por causa de um dia tolo de compras, coloquei em risco...

Deixo o garfo cair. Está claro demais aqui. Coloco uma mão sobre os olhos, mas a luz não diminui. Ela fica mais forte. Linhas pretas e brancas ziguezagueiam pela minha visão. Um orbe dourado pisca diante dos meus olhos.

Uma aura. Estou ficando com enxaqueca.

Que momento horrível para se ter uma crise. Tudo está indo por água abaixo. Vou ter que ir embora e criar meu bebê sozinha, e minhas enxaquecas estão voltando.

É melhor enfrentar isso tudo. Antes que eu perceba, já atravessei o cômodo e peguei minha mala. Coloco-a na cama e a abro.

— O que você está fazendo, Eve? — pergunta Julia, a voz aguda. — Espere, já está desistindo?

Tenho medo de falar. Quando fico com enxaqueca, às vezes as palavras erradas saem. Chamo uma escova de dentes de caneta ou desejo "feliz aniversário" em vez de falar "oi".

Não contei a Julia sobre minhas enxaquecas. E agora me parece um péssimo momento para fazê-lo.

Se tomo codeína assim que a aura aparece, às vezes a enxaqueca nem chega.

— Banheiro — balbucio. Vou direto para lá. Trancando a porta, tiro a codeína do armarinho e engulo dois comprimidos com água da torneira.

Fecho os olhos e apoio a cabeça no espelho. O orbe dourado está tão claro quanto o sol.

— Está tudo bem aí? — soa a voz de Julia.

Preciso dizer a ela que me excedi hoje.

— Só estou cansada. Preciso dormir.

Será que eu devia ter tomado codeína estando grávida? Provavelmente não.

— Você teve um dia longo. Eu volto amanhã. Descanse.

Ouço os passos dela se afastando. A porta se fecha em um baque no andar de baixo. Saio do banheiro. Por que raios peguei a mala? Sou tão impulsiva quando tenho enxaqueca. Coloco a mala com tudo no chão e me deito.

Durante a noite, oscilo entre uma agonia desperta e a bênção do sono, mas não me atrevo a tomar mais codeína.

Como meus sentimentos mudaram. Mal posso acreditar que fiquei mesmo relutante em deixar os Hygate adotarem minha criança. Eu me acostumei a ter um futuro seguro, sabendo que verei minha filha crescer com todo e qualquer privilégio. Se eu tinha alguma esperança de que poderia me virar sozinha, essa enxaqueca acabou de matá-la. Esta adoção precisa acontecer.

CAPÍTULO 14

Na manhã seguinte, a enxaqueca desapareceu. Passo o dia desesperada para conversar com Julia sobre os problemas que ela pontuou ontem, mas ela só volta à noite.

— Está se sentindo melhor? — pergunta ela, me entregando uma tigela de salada caesar.

— Muito. Obrigada.

Eu me sento para comer à mesa.

— Ótimo. Escute, tenho notícias fantásticas. — Julia vai até a porta da sacada e para sob um raio de sol rosado. — Liguei para Chris, e ele teve um plano brilhante. Minha avó virá passar o fim de semana aqui, e sabemos que ela adoraria ser a primeira a ouvir as notícias sobre a gravidez. Vamos dar uma festa no sábado à noite. Não vai ser nada grandioso, mas vovó Meg gosta das coisas do jeito dela. Ela é uma verdadeira dama, a matriarca da família. Eu gostaria que você a conhecesse.

Endireito as costas.

— Você está falando sério? Não tinha dito que sua família não pode descobrir a adoção?

— É por isso que precisamos de uma história falsa. É tarde demais para fingir que não tem ninguém morando aqui. Precisamos mudar de tática. Chris decidiu contar para todo mundo que você é uma prima e está reclusa porque está em um retiro de meditação.

— Mas sua avó vai saber que eu não sou sua prima.

— Você vai ser prima do Chris. Sei que se parece mais comigo do que com ele, mas você tem razão, a vovó saberia que não é parente minha. Ela conhece toda a nossa árvore genealógica do último milênio, praticamente. Vamos dizer a ela que preferimos ter gente da família cuidando do nosso bebê, em vez de um estranho, então te contratamos. Depois de conhecer a vovó, você "irá embora" da ilha. — Julia faz aspas no ar. — Vamos dizer a todo mundo que você vai voltar quando meu bebê nascer. Depois de fingirmos sua partida, teremos de ser mais cuidadosos em te manter escondida. Nada mais de viajar para Hobart, obviamente.

Viver confinada está se mostrando muito complicado.

— E quanto à comida extra que o chef notou? E como vou evitar acender as luzes à noite?

— Vamos pensar em algo.

— Julia, você não é nada boa com subterfúgios.

Ela ri.

— Eu sei! Por sorte, Chris é mais inteligente. Ele está escrevendo um histórico familiar para você, *Eve Hygate*. Já pensou em tudo. Foi ideia dele você conhecer a vovó. Quando for apresentada a ela como parte da família, ninguém vai cogitar que você não seja. Mas, por favor, não se esqueça de me chamar de Julia, nunca de sra. Hygate. E diga Chris, não Christopher.

Não estou nada segura quanto a esse desenrolar. Pensei que os Hygate tivessem um plano meticuloso. Agora estão querendo improvisar. Quais outros problemas eles subestimaram?

Brinco com a salada na tigela, a testa franzida.

— Você tem fingido enjoo matinal? Sua empregada notaria esse tipo de coisa.

Julia balança a mão, despreocupada.

— Estou recusando o café da manhã desde que você chegou. Venha ao casarão, e te mostrarei meus preparativos. — Ela fecha a porta da sacada e vai até a escada. — Seu retiro de meditação acabou. Você precisa passar um tempo na mansão, agir de maneira casual, fazer refeições com a gente. Mas lembre-se: não seja educada demais. Aja como se nos conhecesse há anos.

Julia não me convenceu de que conhecer a avó dela é uma boa ideia, mas estou me coçando para sair de casa, então o convite é bom demais para resistir. Vamos para o lado de fora. A minivan está no estacionamento.

— Os funcionários ainda estão aqui — digo. — Acho que estamos comprometidas com o plano, então. Você vai me apresentar como Eve Hygate?

— Os funcionários não esperam ser apresentados a visitas. Zelde vai contar que uma prima nossa chegou para passar um tempo.

Entramos no átrio quando três empregadas de uniforme preto e branco estão indo embora. Elas balbuciam:

— Boa noite, senhora.

Julia assente. Ela sobe as escadas depressa e segue o corredor até o quarto do bebê. Entramos, e Julia fecha a porta.

Admiro a perfeição dourada do quarto em que minha criança vai crescer — as janelas altas com vista para o mar, o tapete caramelo, a pelúcia alta de girafa.

— Guardo as barrigas falsas em uma gaveta secreta — fala Julia, apoiando-se no guarda-roupa. Um painel de madeira se levanta, revelando uma gaveta. Julia tira dali um adereço do tom de sua pele. — Estou usando a menor. Este é o tamanho seguinte.

Ela me entrega a peça. O monte claro é preso por alças finas nas costas de quem o usar. Quase afasto a mão da substância que se parece com pele.

— Parece pele — comento. — Muito convincente.

— É silicone, sem costuras que possam ficar evidentes sob tecido. Fiquei tão aliviada quando chegaram. Encomendei do Reino Unido. O anúncio dizia serem adereços cenográficos, mas os vendedores devem saber que existe um lado suspeito no negócio deles. — Ela inclina a cabeça. — Sinto vergonha por enganar todo mundo. É um alívio desabafar com você. Chris não entende bem, sabe? Quer dizer, ele está de acordo com o plano, mas trata as barrigas um tanto como piadas. Não é *ele* que precisa usá-las.

Um som ritmado a interrompe. O helicóptero.

— É ele — anuncia Julia.

— É melhor eu voltar para minha casa.

Entrego a barriga falsa a Julia.

— Chris vai querer ver você. Fique e beba uma taça de vinho.

— Eu não posso beber vinho.

— É claro que não. Que idiota da minha parte.

Você também não deveria, quero acrescentar. Será que Julia não pensa nos empregados encontrando taças de vinho usadas?

— Este quarto é o lugar mais seguro para guardar as barrigas? — pergunto.

— Desde o meu aborto espontâneo, deixo o quarto trancado.

— A porta estava escancarada no dia da minha entrevista. Além do mais, espero que esteja sendo discreta com o uso de produtos de higiene pessoal. As pessoas não podem te ver comprando absorventes quando deveria estar grávida, e precisa descartá-los com cuidado. Do jeito que me ofereceu vinho agora, parece que você também continua bebendo.

Julia fica em silêncio enquanto enumero as maneiras como falhou. Não acredito que estou ousando falar assim, mas o descuido dela está colocando o plano em risco.

— É preciso evitar um monte de comidas durante a gravidez. — Minha voz fica mais alta. — Sem falar na maneira como subiu correndo as escadas agora há pouco, na frente de três empregadas. Você parece não ter se dado conta de que os funcionários têm olhos. É com *eles* que precisa se preocupar, não com sua avó. Eles terão adivinhado que sua gravidez é falsa antes mesmo de você tê-la anunciado!

O silêncio perdura no ar. Passei dos limites, falei demais.

Julia desaba em um choro descontrolado, bem quando a porta se abre com tudo atrás de mim.

CAPÍTULO 15

Christopher toma toda a passagem da porta, com sua jaqueta de couro de piloto e calça de sarja. Ele dá uma olhada na esposa chorando e pergunta:

— O que está acontecendo?

— Está tudo uma bagunça — choraminga Julia.

Christopher entra e tranca a porta. Conforme Julia lista as questões que apontei, eu me encolho. Fiquei parecendo uma encrenqueira.

— Isto é um problema sério. — Chris gesticula para mim. Será que está dizendo que *eu* sou o problema?

— Não sei se consigo consertar a situação — falo —, mas tenho algumas ideias.

— Que bom, porque você acertou em cheio. — O olhar de Christopher se volta para Julia. — Ninguém diz a verdade ao chefe. Isso significa que você e eu não fazemos ideia do que as pessoas pensam sobre nós. Demitimos todos os funcionários grosseiros, então só nos restam os bajuladores. — Ele cruza os braços e se encosta na parede. — Perdemos a noção da realidade. Nossos funcionários nunca sonhariam em te alertar para não beber durante a gravidez, então esquecemos que reparam nesses detalhes. Se as coisas não fizerem sentido, as más línguas vão comentar.

— Chris, eu devo ter bebido apenas uma taça de vinho no último mês...

— Foi demais — fala Christopher.

Julia balança a cabeça.

— Isso é muito mais difícil do que imaginei.

Christopher atravessa o cômodo e me segura pelos ombros.

— Nos diga o que precisa dizer, Eve.

Ele tem um aperto firme, e embora esteja do meu lado, acho seu gesto um tanto intimidador, mas eu o olho nos olhos.

— Se vou ser vista pela ilha antes de a minha barriga crescer, devo me comportar como uma mulher que não está grávida. Talvez eu possa tocar vídeos de exercícios bem alto e ser vista na sacada com calça de ioga, secando suor da testa como se tivesse acabado de terminar um treino pesado. Posso ir ao vilarejo comprar absorvente. Vou ser vista levando garrafas de vinho para casa. Julia deveria fazer com que todos percebam que *ela* não está bebendo nada alcoólico.

— Bingo! — Chris vai até a esposa e a abraça. — Querida, com certeza encontramos a pessoa certa. Eve, você é inteligente, honesta e não tem medo de falar o que pensa. De agora em diante, vamos te consultar a cada etapa. Suba conosco, e conversaremos. Parece que Julia e eu *podemos* beber aquela taça de vinho, desde que deixemos duas taças e um copo para Sarah lavar.

Chris e Julia me levam para o terceiro andar. Tento não deixar o queixo cair com a magnificência da suíte principal, que ocupa boa parte deste piso superior. A cama é vasta feito um campo de pouso. Um arco aberto conecta o quarto a uma sala de estar mobiliada com um conjunto de sofás brancos e uma espreguiçadeira do mesmo tom. As paredes azul-esverdeadas e o aquário repleto de peixes passam um ar de que o mar veio varrendo tudo até parar no quarto.

Julia gesticula para eu me sentar. Olho pela janela para o céu delicado da noite.

Christopher vai até o barzinho encostado em uma parede.

— Suco de laranja? — oferece ele.

Assinto.

— Vou querer um Chardonnay, amor — diz Julia. Ela tira um livro de uma gaveta e se senta ao meu lado. — Este é meu calendário de gravidez. Escrevi as datas da sua gestação com base nos cálculos de Zelde, e o calendário me diz o que aconteceria a cada semana se eu estivesse grávida. O quanto meu quadril expandiria, quais sintomas eu teria. Que dia é hoje, 28 de outubro? — Ela folheia as páginas. — Nós estamos aqui. É para eu estar com catorze semanas. — Julia começa a ler em voz alta: — "O enjoo matinal começa a se atenuar para a maioria das mulheres. Muitas começam a ter um pouco de barriga." Tomei café da manhã hoje pela primeira vez em semanas, e, como já tinha dito, estou usando a barriga pequena.

Chris traz nossas bebidas. Ele tira algumas páginas manuscritas do bolso e as joga para mim.

— Aqui está o histórico familiar que inventei. Você vai ser minha prima de terceiro grau, então não vai ter problema se você se esquecer de alguns sobrenomes, contanto que tenha uma ideia geral.

Enquanto leio a respeito de como meu tataravô, William Hygate, chegou à Austrália no século XIX, respiro com mais tranquilidade. Os Hygate são mais organizados do que eu pensava. Talvez, trabalhando juntos, nós três consigamos fazer isso funcionar.

Chris ergue sua taça.

— Um brinde a Eve, a garota mais esperta da ilha e a primeira pessoa a nos dizer a verdade em muito tempo.

* * *

Três dias depois, estou em uma fila do lado de fora da mansão com Zelde e os funcionários. Estamos de frente para o mar, de olhos semicerrados para o sol da manhã enquanto esperamos vovó Meg chegar.

O comentário de Julia de que a avó gosta das coisas "do jeito dela", na verdade, foi o eufemismo do século. Eu achava que o casarão era impecável, mas, pelo visto, estava mais para um chiqueiro. Desde que sua visita tinha sido anunciada, tudo foi virado de cabeça para baixo em preparação. Nunca vi tantos esfregões e espanadores. Os funcionários subiram em escadas para polir o lustre até que ficasse tão reluzente, que pensei que eu poderia ficar cega. Flores frescas foram colocadas em cada canto da casa, e a mobília foi reorganizada para que a senhora pudesse ficar no quarto vermelho no meio do segundo andar, no estilo com o qual, sem dúvida, ela está acostumada.

Em meio a toda essa atividade, minha presença na mansão mal foi notada. Comi com os Hygate todas as noites, fazendo um curso intensivo acerca de qual talher usar observando meus anfitriões. Assisti a filmes no cinema caseiro e passei horas encolhida na biblioteca com um livro. Fui até o vilarejo com o carro de Chris, onde comprei absorventes, vinho e queijo não pasteurizado, como uma mulher que com certeza não está grávida.

De um jeito estranho, me senti mais solitária nos últimos dias do que confinada na casa. Zelde estava mesmo dizendo a verdade quando falou que os Hygate gostavam de contratar funcionários mais fechados. As empregadas, em sua maioria, são mulheres mais velhas, que ficam em silêncio toda vez que adentro uma sala e respondem às minhas perguntas de maneira monossilábica, enquanto Antoine é o típico chef mal-humorado e, como a cereja do bolo, mal fala inglês. Os jardineiros que cuidam do vinhedo e do terreno são trabalhadores imigrantes que também falam pouco inglês. Ouvi dizer que uma nova equipe é contratada todo ano. Quanto aos Hygate, Chris passa o dia todo trancafiado no escritório, e Julia vive ocupada com preparativos para festas.

Talvez os funcionários não se aproximem de mim porque sou vista como parente dos empregadores, não como colega de trabalho. Nunca são grosseiros, apenas taciturnos. Sarah, a empregada pessoal de Julia, parece que pode ser divertida. É uma mulher gorducha e energética, com olhos brilhantes e uma risada contagiosa — mais nova que o restante dos funcionários. Embora não tenhamos conversado muito, ela sempre me cumprimenta com um sorriso.

Agora o cascalho estaleja conforme uma limusine entra no estacionamento da marina. Os empregados, que foram avisados por Zelde para se comportarem, estão com a cabeça erguida. Estou ao lado de Sarah, e ela se inclina para sussurrar no meu ouvido:

— Minha gola está certa? Meu bebê jogou comida em mim hoje de manhã.

— Ah, você tem filho? Que leg... — Paro. Eu não deveria parecer tão interessada. Por meio segundo, sinto que encontrei um ponto de conexão com alguém, mas não posso me conectar com Sarah por sermos mães.

— A gola está certa, sim — sussurro.

No mesmo instante, Zelde murmura:

— Parem de tagarelar.

Nossa visão do estacionamento está obstruída por um eucalipto, mas escuto a porta da limusine ser aberta, e uma voz imperiosa anuncia:

— Deixe de se alvoroçar, Julia. Posso muito bem sair de um veículo sem ajuda.

Nossa convidada surge à vista como um navio em plena navegação. Eu esperava uma mulher idosa e frágil, mas vovó Meg é escultural e esbelta, com um cabelo escuro e luxuriante, e mais maquiagem no rosto do que uma dançarina de cabaré. Vestida com um terno de viagem cor de vinho feito de caxemira fina, ela anda pela praia e sobe pela trilha até o casarão, mal olhando para a fila de funcionários. Julia e Chris a seguem.

— Quem é esta criaturazinha? — pergunta vovó, seu tom agudo, quando chega a mim.

— Eve Hygate. — Quase sinto que deveria fazer uma reverência.

A vovó dá um passo à frente.

— Fale mais alto! Sou um pouco surda.

— Eve Hygate. Sou uma prima distante de Chris. — Enquanto repito o nome, vejo a lógica do plano de Chris. Agora que os empregados ouviram a avó de Julia ficar sabendo que sou parte da família, nunca questionarão esse fato.

— Eve vai ficar conosco até segunda-feira — explica Julia, enquanto ela e Chris a alcançam.

— É um prazer conhecê-la, prima Eve — fala a senhora com um tom britânico de classe alta. — Pode me levar aos meus aposentos, por favor. — Seus olhos brilham, e é inevitável que eu sorria para ela.

— Por aqui. — Mal consigo acreditar que tenho coragem de sair andando com esta grande dama, mas não seria ainda mais rude da minha parte recusar? Zelde me encara quando passo. Talvez estivesse esperando se aproximar dessa convidada importante. Espero que seja mais gentil comigo quando eu estiver em trabalho de parto.

Vovó sobe as escadas a uma velocidade surpreendente, mas, assim que entramos no quarto vermelho, ela se afunda na cama.

— Estou ficando velha demais para viajar. Eu gostaria de estrangular com as minhas próprias mãos quem aboliu a primeira classe em voos domésticos. Feche a porta e afofe os travesseiros para mim, querida. Vou descansar por um tempinho.

— Espero que a cama esteja confortável — respondo enquanto a obedeço.

— É macia demais.

— Sinto muito. Quer que eu peça para uma empregada vir ajudar? Ou Julia?

— Eu não quero uma empregada em cima de mim sendo que posso passar um tempo com a minha família. Mandei Julia ir se deitar. — Ela tira os sapatos bordô, fazendo careta e mexendo os dedos do pé. — Querida, já está sabendo das novidades de Julia? Ela não se aguentou! Me contou tudo antes mesmo de eu sair da área de desembarque.

— A senhora deve estar muito feliz. Vai ser bisavó — digo, antes de cair a ficha de que, mais uma vez, estou mentindo para uma pessoa que acabei de conhecer.

— Julia é minha única filha. Eu já estava pensando que a família ia acabar por aqui.

— Neta, a senhora quis dizer.

— Hm? Ah, sim, neta. Falei errado. Ela não devia ter ido me buscar no aeroporto. Grávidas têm que ir com calma. Você não se importaria de me fazer um favor, se importaria, pequena Eve?

O comentário dela é irônico, mas gosto da ideia de me manter ocupada depois de semanas relaxando na outra casa.

— Eu amaria, vovó.

Assim que as palavras saem da minha boca, eu queria poder enfiá-las de volta para dentro.

— Hm, quer dizer, como devo chamar a senhora?

— Já que é da família, pode me chamar de Margareta. Agora, procure na minha bolsa meus comprimidos e feche as cortinas. Preciso do meu sono de beleza.

Depois de atender aos pedidos de Margareta, eu me viro para ir embora.

— Vou deixá-la descansar.

— Desde que você volte à tarde para me ajudar a me vestir para a festa. Gosto de ter alguém jovem e cheia de energia por perto. Vamos nos dar muito bem. Ah, Eve, estou tão feliz que Julia finalmente vai ter um herdeiro. A ideia de ninguém herdar o castelo estava me fazendo perder o sono.

CAPÍTULO 16

Estou perambulando pelo corredor, as palavras de Margareta ainda ecoando na minha mente. Subo as escadas, passando por uma empregada que carrega um cesto de roupa suja. Normalmente, eu não iria ao quarto de Julia sem ser convidada, mas estou desesperada para entender o que Margareta acabou de dizer. Ela tem mesmo um castelo, ou não passa de uma senhora senil?

Paro na entrada da suíte principal.

— Julia? Posso entrar?

— É claro — soa a resposta.

Entro e fecho a porta. Julia está esparramada na cama, uma revista em mãos.

— Vovó me disse que grávidas precisam descansar — fala ela, sorrindo. — Estou investida na personagem.

— Você não mencionou que sua avó tem um castelo.

Julia suspira.

— Ela não te contou isso, contou?

— Não é verdade?

— Bem... é.

Engulo em seco. É uma revelação e tanto, mas ela fala de maneira tão casual, como se o castelo fosse só um detalhe que se esqueceu de mencionar.

— Então... esse castelo é o motivo pelo qual você não quer fazer uma adoção aberta.

— Deve parecer tolice — diz ela. — Já temos dinheiro suficiente para atender a todas as nossas necessidades, mas é importante para mim que meu filho não seja privado de sua herança.

— Você não poderia pedir para Margareta mudar o testamento?

— Não cabe a ela. O terreno está assegurado por um fundo fiduciário firmado no século passado, junto da carteira de ações, das joias e de uma pilha de obras de arte antigas. Ela não tem nenhum outro parente próximo, então, se eu não tiver um bebê, vai ficar tudo para um primo distante. As regras não podem ser mudadas. — Ela se recosta no travesseiro de cetim com uma expressão sonhadora. — Eve, você não acha que seria maravilhoso para o nosso filho — ela aponta da barriga dela para a minha, como se nós duas estivéssemos gestando a criança — passar os invernos da Austrália em um castelo na Europa?

É difícil acreditar que esse é o futuro que Julia está oferecendo ao meu bebê. Tem muita coisa em jogo com sua gravidez falsa.

— Existe mais alguma regra? Tipo, importa se o bebê for menina?

— Não. O que te fez pensar isso?

— Só verificando. — Tento soar despreocupada. — Já considerou contar a verdade à Margareta? Assim, não precisaria mentir para ela.

— Jesus, não! Vovó defende as tradições. Do ponto de vista dela, se eu não conseguir ter um filho ou filha, meu primo distante é o herdeiro legítimo. Além disso, agora é tarde demais. Já contamos a ela que estou grávida. Ela nunca me perdoaria por mentir.

Talvez seja porque está deitada na cama, mas Julia parece confortável demais com a ideia de estar mentindo para todo mundo ao seu redor.

— Por que correu o risco de apresentar Margareta a mim? Não seria mais seguro se nunca nos conhecêssemos?

— Eve, você é tão magra quanto um palito. Como ela descobriria?

Não estou satisfeita, mas não vejo por que discutir. Volto para o andar de baixo.

Julia age como se um castelo fosse um segredo vergonhoso, mas ela se importa o bastante para inventar uma gravidez falsa para que o filho possa herdá-lo. E o que mais ela mencionou de passagem, como se mal tivesse valor? Uma carteira de ações, joias e obras de arte.

Ela está falando de uma quantia exorbitante. A casa e os negócios de Christopher valem milhões, mas, comparado a Margareta, ele é um plebeu.

Ninguém nunca vai saber

* * *

No fim da tarde, Zelde aparece na minha casa para repetir o pedido de Margareta, de que eu a ajude a se vestir. Não me resta dúvidas de que Zelde não acha que sou capaz. Ela até me lembra de dizer "por favor" e "obrigada".

Na mansão, o térreo está agitado feito um formigueiro. As portas do quarto violeta estão totalmente abertas, e mesas e cadeiras suficientes foram colocadas ali para acomodar um exército que aparecesse sem aviso. Empregadas vêm e vão, fazendo ajustes de última hora.

Lá em cima, bato à porta do quarto vermelho.

— Entre — ordena Margareta.

Do lado de dentro, eu a encontro desarrumada. O cabelo está uma bagunça, e ela está enrolada em um robe tão transparente, que a roupa íntima roxa está visível.

— Nunca ficarei pronta a tempo — constata ela. — Você está bonita, Eve. Que vestido lindo.

— Obrigada.

Estou com um vestido de seda verde que costurei para o casamento de uma amiga. Julia ofereceu me emprestar um vestido, mas a silhueta império deste disfarça minha barriga. Hoje à tarde, meu quadril parecia maior.

— Julia arranjou um colchão melhor para mim — diz Margareta. — Vai chegar a qualquer momento. Preciso me vestir. — Ela abre uma caixinha de joias, pega uma tiara brilhante, e a coloca na cômoda. Se os diamantes forem reais, aquela coisa deve valer milhares de dólares. — Julia a acha muito espalhafatosa, mas foi presente do meu amado marido. Ele morreu há anos, e ainda tenho saudade dele. Meu filho, pai de Julia, morreu logo depois. Julia é tudo que me resta.

— Sinto muito. — Queria dizer a ela que entendo como é perder alguém, mas isso seria um território perigoso.

Margareta pega o vestido de festa e examina o corpete.

— Minha nossa, a renda está rasgada. Vou precisar de algo para cobrir isso. Se ao menos eu ainda tivesse meu broche de ametista... mas o dei para Julia.

— Aposto que ela não se importaria de emprestá-lo.

— Vou perguntar. Onde ela está, você sabe?

— A senhora não está vestida. Eu vou atrás dela.

— Você faria isso, querida?

Sigo pelo corredor. Na escada, ouço leves batuques abaixo de mim. Joseph está arrastando um colchão escada acima.

No andar mais alto, a porta da suíte principal está aberta. Julia não está aqui, mas, na cama, em plena vista, está uma das barrigas falsas.

No que Julia está pensando, deixando-a onde qualquer pessoa poderia vê-la? Com todos os preparativos para a festa, dezenas de pessoas estão zanzando pelo casarão. A maioria está no térreo, mas alguém pode aparecer aqui em cima a qualquer momento. Entro correndo no quarto, pego a barriga falsa e a enfio embaixo de um travesseiro. Um barulho de dentro do banheiro me faz virar a cabeça. Chris está na porta, uma toalha enrolada na cintura, o torso nu ainda molhado do banho.

Calor sobe ao meu rosto, mas não tenho tempo para me desculpar por ter invadido o cômodo.

— Por que Julia deixou aquela coisa à vista? — sussurro, alto. — E por que ela não a está usando? Cadê ela?

— Ela disse que não é grande o suficiente. Foi pegar o tamanho seguinte.

Que momento horrível para fazer a troca. Lá de baixo, a voz de Margareta ressoa:

— Meu rapaz, sabe onde posso encontrar a sra. Hygate? Preciso conversar com ela.

Joseph responde alto e claro:

— Ela deve estar no quarto amarelo.

— Qual é o quarto amarelo? — grita Margareta.

— O do canto. Bem no fim do corredor.

Encaro Chris horrorizada. Julia é tão descuidada. Agora, deve estar no quarto do bebê com a gaveta secreta escancarada e as barrigas falsas espalhadas pelo chão para qualquer um ver.

Será que ela trancou a porta?

Desço voando.

Joseph sumiu, deixando o colchão encostado em uma balaustrada. Margareta está caminhando de robe pelo corredor. Corro atrás dela, quase tropeçando nos saltos altos. Ela leva a mão até a maçaneta na porta do quarto do bebê. Seguro-a pelos ombros e a viro.

— Vovó, pode deixar que eu pego o broche para a senhora! Seria uma honra. — Minhas palavras não fazem sentido. E eu não deveria chamá-la de vovó, mas estou tão afoita que não me lembro de seu nome.

Apresso-a de volta pelo corredor, tagarelando sobre como ela não quer que os funcionários a vejam de robe. Quase a empurro outra vez para dentro do quarto vermelho.

— Onde está o broche? — questiona ela.

Esqueci o maldito broche.

— Espere aqui! Vou pegá-lo agora!

Fecho a porta com um baque, como se isso fosse magicamente manter Margareta lá dentro, e me apresso para voltar ao andar de cima. Chris já vestiu uma calça.

— Rápido, onde está o broche de ametista da Julia? Margareta quase a flagrou agora.

Chris vai até a penteadeira e abre uma caixinha de joias.

— Está aqui, em algum lugar — murmura ele, erguendo a mão cheia de joias. — De que cor é uma ametista? Será isto aqui?

Ele me mostra um broche de safira.

— Não! Me deixe dar uma olhada.

Enquanto avanço, ele desenterra um broche roxo enorme.

— E este?

— Sim! Jogue!

Chris joga o broche. Eu o pego no ar e desço as escadas correndo.

A voz de Joseph ecoa lá de baixo.

— A senhora a encontrou? Oi, tem alguém aqui? — Ele está indo em direção ao quarto do bebê. — Quanto ao colchão...

Estou no andar correto e atravessei o corredor em segundos, mas é tarde demais. Joseph abriu a porta do quarto. Ele está parado na entrada, imóvel, boquiaberto.

Corro para o lado dele.

Julia está de pé no meio do quarto, usando apenas calcinha e sutiã, um colar de diamantes, sapatos de salto agulha cor-de-rosa e uma enorme barriga de silicone falsa.

CAPÍTULO 17

Estendo o braço para além de Joseph e fecho com tudo a porta do quarto do bebê.

— Venha comigo — sussurro, mas ele continua paralisado, o rosto congelado.

A chave se vira, ruidosa, na fechadura. *Só agora, Julia?* Um barulho afobado lá dentro me leva a crer que a mulher está se vestindo depressa.

— Venha logo, vamos sair do corredor antes que Margareta nos veja — digo entre dentes.

Agarro o braço tatuado de Joseph e o levo para dentro de um quarto vazio. Como raios eu vou conseguir me safar dessa com uma conversa? Com sorte, Joseph ficou atônito demais ao ver a dona da casa seminua para processar a barriga falsa.

— O que era aquela coisa de plástico? — pergunta ele, alto demais. — Ouvi dizer que ela está grávida. Ela está fingindo? Por que ela faria isso?

— Não é o que você pensa. E fale baixo. — Tranco a porta. — Posso explicar, mas é de extrema importância que Margareta não descubra.

Estamos na sala de música. Joseph se apoia no piano, o cenho franzido. Apesar do uniforme de marinheiro impecável, ele parece deslocado nesses arredores suntuosos. Os dentes estão desgastados, sugerindo uso prolongado de drogas. Por que os Hygate contrataram este criminoso?

— O patrão sabe? — indaga ele.

— É claro que Christopher sabe.

Ninguém nunca vai saber

— O que ela planeja, então?

Respiro fundo. Não sei o que acontece entre Joseph e os Hygate. É melhor eu dizer o mínimo possível. Mostro o broche a ele.

— Preciso ajudar Margareta. Ela está me procurando. Vai bater na porta aqui a qualquer instante.

— Mas a porta está trancada, não está? — questiona Joseph. — Você tem todo o tempo do mundo para me explicar. — Ele parece pensativo. — Estão dizendo que a madame vai anunciar que está grávida hoje à noite. É fácil fingir uma gravidez, mas nem tão fácil fingir um bebê. Qual é o plano dela?

— Cabe ao sr. e à sra. Hygate explicarem.

— O que eu quero que você me explique, garota, é como sabe disso tudo. O que você tem a ver com isso? Tenho me perguntado o que veio fazer em Breaksea. E agora descubro que sra. Hygate está fingindo uma gravidez e que sabe de tudo. Como?

Estou confusa. Joseph nunca se interessou por mim. Agora, parece ter virado um detetive particular. Se bem que dar de cara com uma barriga falsa faz isso com as pessoas.

— Sou da família — respondo, a voz fraca.

— É, ouvi dizer. Quando foi que isso aconteceu? Quando foi que eles mudaram seu nome, srta. Sylvester-ou-melhor-Hygate? E pelo visto vai ser a babá também.

— As notícias voam por aqui.

— É estranho como você passa o tempo todo costurando roupas de bebê. Já escutei sua máquina de costura zumbindo até tarde da madrugada. Você é bem dedicada.

Meu queixo cai. Então Joseph me ouviu costurando, mas como sabe que estou fazendo roupinhas de bebê? Será que viu o tecido nas minhas sacolas de compra, ou entrou na casa quando eu não estava? Ele entrou para trocar as lâmpadas no dia em que eu cheguei. Deve ter uma chave. E se ele viu meu livro sobre gravidez?

— A questão, amor, é como que você vai cuidar de um bebê falso? — Os olhos de Joseph descem pelo meu corpo. Ele encara meu abdômen. As dobras generosas de tecido no meu vestido escondem a barriga, mas, ainda assim, a encolho até praticamente senti-la tocar minha coluna. Dou um passo para trás e quase derrubo um suporte de partitura. — Deve ter um bebê aí, não? Se a madame não pode ter um... Dizem que ela perdeu um bebê faz um tempo. Ela deixou o quarto pronto, como se quisesse outro, mas nada aconteceu. Daí, você chegou, toda quieta e misteriosa. Eu sabia que tinha alguma coisa acontecendo.

Joseph está com os olhos semicerrados. Por que está tão interessado?

— Desculpa por não ter te contado. — Tento soar despreocupada. — Não é nada pessoal. Os Hygate contratam pessoas que respeitam a privacidade deles, não contratam?

— Só porque fico de boca fechada, não significa que gosto do que está acontecendo. Ela merece coisa melhor. O patrão é rico, mas isso não significa que uma mulher tenha que aturar esse tipo de coisa.

— Está falando da Julia? Não sei se entendi o que você acha que ela está aturando.

— No começo, fiquei meio aliviado por saber que você é prima do patrão. Agora, espero mesmo que seja mentira.

— Como assim?

— Sempre achei que ele andasse na linha, mas todos nós temos falhas. Acho que ele gosta de jovens como você. Pode parar de se fingir de inocente. Eu entendi tudo. Você é a vagabunda do Hygate, e ele te engravidou.

Uma pancada na porta. A voz de Chris reverbera através da madeira:

— Abra!

Joseph abre a porta, e nós três trocamos olhares desconfortáveis.

— Joseph sabe que estou grávida — falo, vomitando as palavras. — Ele pegou Julia com a barriga falsa.

A voz de Margareta soa em seguida:

— Eve!

Saio de uma vez para o corredor. Margareta se aproxima, ainda de robe. Será que essa mulher nunca vai parar de andar por aí seminua? Era de se pensar que a dona de um castelo seria menos depravada, ainda mais com um criminoso como Joseph espreitando o lugar.

— Eu a distraio — murmuro para Christopher.

Parece que Joseph quer proteger Julia. A última coisa de que preciso é ele acusando Chris de me engravidar na frente de Margareta.

Sussurro no ouvido de Chris:

— Precisamos manter os dois separados.

Ele assente e entra na sala. Agarra o braço de Joseph, o rosto sério.

— Ei, o que... — As palavras de Joseph são interrompidas quando Chris fecha a porta.

Levo Margareta de volta para o quarto dela com um sorriso falso.

— Encontrei o broche. Vamos terminar de vestir a senhora. — Eu queria poder ter ficado para ouvir o que Chris vai dizer a Joseph. Será que vai admitir a verdade? Ou será que vai subornar Joseph para ficar quieto?

Preciso confiar que Chris vai lidar com as coisas. Ele é um homem inteligente, e é chefe de Joseph. A prioridade é manter Margareta longe. Já é ruim o bastante Joseph saber da gravidez falsa, mas, se Margareta descobrir também, já era. Não vou ter onde morar e, quando minha barriga ficar evidente, vai ser impossível arranjar um emprego.

Ajudo a mulher a colocar o vestido, ajeito o broche no corpete e prendo seu cabelo para cima, torcendo para que ela não note minhas mãos trêmulas.

Margareta leva tanto tempo para finalizar a maquiagem, que posso ouvir os convidados chegando. Estou desesperada para descobrir o que aconteceu com Joseph, mas ela não me deixa sair do quarto.

Uma batida na porta. É Julia. Ela está usando um vestido que vai até o chão, de cetim cor-de-rosa encantador — uma cor que eu jamais ousaria usar sendo ruiva, mas ela está maravilhosa. A barriga evidente.

— Está na hora de irmos para a festa, queridas! Vocês duas estão lindas, mas, vovó, você ainda não calçou o sapato! Ah, bem, desçam quando estiverem prontas. Vai ser uma noite muito divertida!

Julia parece tão relaxada, que meus níveis de estresse praticamente caem até algo perto da normalidade. Ela parece sair flutuando enquanto ajudo Margareta a calçar os sapatos brilhantes. Pouco tempo depois, eu e ela descemos a escada de braços dados. Somos recebidas por uma cena reluzente, repleta de homens de smoking e mulheres de vestido de gala.

Zelde está parada ao pé da escada.

— Boa noite, senhora — diz ela para Margareta. Então, se vira para mim. — Sra. Hygate, que vestido notável.

— O qu... Sou a Eve — comento, meus olhos arregalados de espanto. Sei que Julia e eu temos feições e tons de pele parecidos, e que nossa diferença de altura é menos óbvia quando estou no degrau da escada, mas eu jamais teria pensado que alguém poderia confundir uma pela outra.

Parecendo envergonhada, Zelde se vira e pega uma taça de champanhe, que entrega para mim.

— Especialmente para você, *srta*. Hygate — diz ela, me lançando um olhar afiado.

— Minha nossa, está quente demais aqui — reclama Margareta.

Encontro uma cadeira para ela, próxima das portas abertas. Arquejo ao ver o gramado iluminado feito o reino das fadas. As piscinas, transformadas com luzes submersas em lagoas de outro planeta, estão cercadas por mais convidados bebericando champanhe.

Margareta e eu nos sentamos e admiramos a vista. Nuvens do tom de merengue flutuam no céu do crepúsculo, e a lua paira sobre o mar como um topázio gigante, derramando uma trilha de luz pela água. O tilintar das taças e a conversa animada dos convidados se misturam com a música animada tocando no sistema de som de ponta.

Isso que é vida.

Margareta engata uma conversa com um casal de idosos. Escapo de fininho para procurar Julia e Chris, esperando descobrir o que aconteceu com Joseph. Será que concordou em ficar quieto?

Estão na ponta mais distante do salão, cercados por convidados. Parecem o casal perfeito. O corpo forte de Christopher é realçado pelo smoking feito sob medida. Julia, próxima dele, está radiante. O cabelo está preso em uma profusão de cachos castanho-avermelhados, e o colar de diamante reluz.

Chris segura uma taça de champanhe, mas Julia está com uma lata de refrigerante. Foge do estilo da festa sua bebida não ter sido servida em uma taça. Acho que ela quer que todos saibam que não há rum em sua Coca-Cola.

Chris nota Margareta. Ele pede silêncio, e a confusão de vozes se extingue.

— Senhoras e senhores — começa ele —, a maioria de vocês sabe que não preciso de desculpa para dar uma festa.

Um murmurinho de risada se espalha pelo salão.

— No entanto, estou muito feliz em dizer que tenho dois ótimos motivos para a festa de hoje. O primeiro é receber a avó da minha esposa, Margareta, em nossa casa. É sempre um prazer passar um tempo com a senhora, vovó Meg.

Pessoas aplaudem. Cabeças se viram para Margareta, que se levanta para fazer uma reverência profunda. Em seu vestido roxo com a tiara luxuosa, ela parece uma rainha.

— Agora, o segundo motivo: é uma honra anunciar a vocês que minha bela esposa e eu estamos esperando um bebê.

A multidão irrompe em gritos de comemoração — embora ninguém soe surpreso. A saliência na barriga de Julia havia entregado o jogo.

— Um brinde a Julia! — grita alguém.

Julia ergue a lata de Coca com um sorriso arrependido.

— Nove meses sem Chardonnay! — brinca um homem, o tom jovial.

— Você consegue, Julia?

Levo minha taça à boca e finjo dar um gole. Imagino que Zelde tenha me dado champanhe falso para manter as aparências. Tem cheiro de suco de uva.

Quando o discurso termina, as pessoas vão até o casal para felicitar Julia e Chris. Eu deveria ficar longe e esperar por um momento mais tranquilo, mas estou ansiosa demais para saber como estão as coisas com Joseph. Não vou conseguir ficar sabendo de tudo, mas uma palavrinha ou duas de Chris me deixariam mais tranquila.

O círculo social dos Hygate é impressionante. Pela maneira como os convidados estão vestidos, duvido que sejam do vilarejo, que é o tipo de lugar onde a população usa botas de trabalho para ir ao bar. Não, essas pessoas vieram à ilha só para comparecer à festa. A riqueza delas está evidente em suas roupas, nas vozes confiantes, em como se portam.

Eu me aproximo do grupo que cerca Chris e Julia. Duas mulheres, ambas muitíssimo grávidas, enchem Julia de beijos e abraços. Elas esbanjam joias.

Levo um instante para perceber que os homens mais velhos com elas são seus maridos.

— A Suprema Corte não dá licença paternidade para os juízes — resmunga uma delas, em um tom queixoso. Ela tem glitter no cabelo e unhas falsas, e não para de oscilar nos saltos altos, como se perdendo o equilíbrio por conta da barriga.

— Não se preocupe, Ming. — O homem de barba grisalha acaricia a barriga dela, que protubera por baixo do vestido trapézio vermelho. — Eu te falei que vou tirar um ano sabático quando o Olly chegar.

— Opa! Escapuliu. — Ming se alegra. — Vamos ter um menino. Espero que você também, Julia! Eles serão melhores amigos!

A outra grávida, cujo bronzeado artificial e cabelo platinado a fazem parecer uma fotografia negativa, acrescenta:

— Eu queria que Spencer pudesse tirar um ano sabático. Quando se é o CEO de uma empresa tão lucrativa, é difícil escapar. — Ela gira o bracelete adornado ao redor do punho com um ar de presunção.

O homem rechonchudo e calvo ao lado dela, provavelmente Spencer, dá uma risada.

— Ainda bem. A última coisa que você vai querer quando o bebê chegar, Emma, é que eu fique em casa enchendo sua paciência.

— Seria como ter que cuidar de duas crianças — brinca Ming, com uma piscadela simpática.

Mais pessoas fabulosas se aproximam para dar os parabéns, e sou obrigada a me afastar. Circulo pela festa, procurando alguém com quem conversar, mas eu não sei como puxar papo. Alguns dos convidados não são muito mais velhos que eu, mas parecem já ter nascido na meia-idade. Escuto pedaços de conversas sobre "preços médios de casas" e "muitos internatos particulares aceitando meninos *e* meninas".

Margareta me dá um sorriso amigável quando passo, mas não paro para conversar. Já menti demais para ela em um dia.

Esta noite é luxuosa pra caramba — luz baixa, comida suntuosa, roupas sofisticadas —, mas estou evolvida demais com a enganação para aproveitá-la. A música aumenta, e Julia e Chris vão para a pista de dança. Está óbvio que não vou conseguir conversar a sós com eles hoje à noite. Saio e dou a volta na piscina, mas, em vez de ir para minha casa, me viro em direção à marina. Talvez seja burrice da minha parte tentar extrair de Joseph o que aconteceu, mas, se eu o encontrar por aí, ele pode acabar contando alguma coisa por livre e espontânea vontade.

Ouço passos atrás de mim. Eu me viro. A silhueta de um homem está marcada contra as luzes da festa.

— Aonde você vai, Eve?

— Chris! Eu queria falar com você. O que aconteceu com Joseph?

Chris avança, e um feixe de luz recai em seu rosto, mas não consigo interpretar sua expressão.

— Por que a pergunta?

Falo baixinho:

— Estou começando a achar que não vamos conseguir nos safar. Julia não sabe mentir muito bem. A lata de Coca foi muito óbvia, e a barriga, grande demais. Alguns dias atrás, ela não estava usando barriga nenhuma.

Chris está calmo e composto.

— Já não passou da hora de parar de desconfiar?

— Talvez não. Margareta não parece ser o tipo de pessoa crítica. Ela ama Julia e não tem nenhum outro parente. Será que ela não a perdoaria?

— Você está sugerindo que contemos a Margareta que mentimos para ela? Talvez eu deva pegar um microfone, então. Senhoras e senhores, meu anúncio de mais cedo foi um tanto equivocado. Minha esposa não está grávida, mas esta jovem está! Peço desculpa pela confusão.

— Não foi isso que eu quis dizer. — Balanço a cabeça. — Foi um erro eu estar aqui hoje. Eu devia ter ficado escondida direito desde o começo. Não naquela casa. Em algum lugar longe e recluso. Agora Joseph sabe...

— Porque você contou a ele.

— Eu só confirmei o que ele suspeitava...

— Me pergunto o que mais você planeja contar. — Ele indica a marina com a cabeça. — Está indo atrás dele agora.

— Só para descobrir... Eu queria ter certeza de que ele vai ficar quieto.

— Não precisa se preocupar com Joseph. Ele não é o elo fraco da nossa corrente. Estou prestes a ir fazer um acordo com ele. Você, vá dormir. Ficar acordada até tarde não é bom para o bebê.

Não tenho alternativa, a não ser ir embora. Piso duro igual a uma criança levada que os pais mandaram para o quarto. Ainda assim, é um alívio saber que Chris tem tudo sob controle.

Na cama, meu corpo dói com a fadiga, mas meu cérebro está a mil. É ruim o bastante eu estar enganando todas aquelas pessoas. É ainda pior que nosso esquema pareça prestes a ser descoberto, mas isso não é o pior de tudo.

O pior de tudo é a coisa da qual Joseph me chamou. *Vagabunda do Hygate.*

Será que Chris contou que o bebê não é dele? Eu não suportaria alguém pensando que meu filho é o produto de um caso imundo. Enquanto caio no sono, o mesmo pensamento ecoa na minha mente. O nome de Xander está sendo enterrado em mentiras, e estou deixando que isso aconteça.

— Ei! Acorda!

Desperto do sono e me deparo com a escuridão total. Sinto um movimento. Tem alguém ao pé da cama.

— Cadê o maldito interruptor de luz, Eve?

É Joseph.

Eu me levanto da cama em um pulo.

— O que você está fazendo no meu quarto?! — Olho para o relógio. São quatro e meia da manhã.

— Calma, garota. Não estou interessado no rabo de saia do patrão. Não sei o que ele vê em você, sinceramente. Pode acender a desgraça da luz?

Meus dedos tateiam em busca do interruptor acima da cama. Luz inunda o quarto, revelando Joseph uniformizado e com uma mala em mãos.

— É para você levantar e arrumar as malas — diz ele. — Pegue tudo que tiver. Aqui, uma mala extra para todas as quinquilharias que comprou desde que veio para cá. Querem você fora daqui antes de o sol nascer.

CAPÍTULO 18

O quarto está girando. Não consigo processar as palavras de Joseph. Foi isso que Chris quis dizer ontem à noite quanto a fazer um acordo com ele? Vão me mandar embora?

Não querem mais o meu bebê. Sinto meu coração sair do corpo.

Algumas vezes ontem à noite, me perguntei se eu queria mesmo aquela vida esnobe para o meu bebê, mas, como filha dos Hygate, ela poderia escolher a vida que quisesse. Que tipo de vida eu poderia oferecer a ela?

— Dá para se apressar? Você vai no *Torrent*.

— Joseph, eu não posso ir embora sem falar com os Hygate.

— Não posso deixá-la chegar perto do casarão.

— Eles acham que vou contar a alguém sobre Julia? Eu nunca faria isso. Quero que o plano siga adiante.

Joseph semicerra os olhos. Será que tem nojo de mim? Ainda deve achar que dormi com Chris. Estou desesperada para corrigir seu engano, mas não posso correr o risco de piorar as coisas. O que quer que Joseph pense, ainda está seguindo as regras de Chris.

Ele assente.

— Vai ficar feliz, então. O patrão não vai te demitir, mas acha que você está gorda demais para as pessoas continuarem te vendo. Devo te levar para longe. O patrão vai dizer para todo mundo que você pegou um voo de manhã. Depois que os convidados forem embora, você voltará para a ilha, mas, desta vez, fique escondida de verdade.

O ar fica mais leve. Eu estava prendendo a respiração. Agora, quero dar um gritinho de felicidade. Eu quase poderia abraçar Joseph.

— Arrume tudo — instrui ele. — Chega de mentiras meia-boca. Se quer enganar as pessoas, precisa mergulhar de cabeça. Vou esperar lá fora. Você tem dez minutos.

Visto roupas quentes e começo a enfiar os pertences na minha mochila e nas duas malas. Meu coração ainda está disparado pelo choque de achar que os Hygate estavam cancelando o acordo. Será que Joseph me passou essa impressão de propósito? Ele parece não gostar de mim. Talvez gostou de me ver em pânico.

Estou fechando as malas quando Joseph reaparece.

— Hora de irmos. Deixe a porta destrancada. As empregadas virão limpar.

Ele pega minha bagagem.

A caminho da marina, olho para a mansão com suas janelas escuras, desejando que Chris ou Julia aparecessem. Tenho um mau pressentimento com essa partida repentina. Chris acredita que fofoquei com Joseph. Talvez pense que eu planejava contar a Margareta também. Eu queria poder tranquilizá-lo.

Ninguém nos vê embarcar no *Torrent*. Joseph não dá partida no motor. Ele hasteia as velas, e o iate desliza para fora da baía em silêncio total.

* * *

O Torrent sacoleja pelo litoral enquanto a manhã chega. Joseph está ao leme.

— Poderíamos revezar, se quiser — grito da cabine do piloto. — Eu sei navegar.

— Fique fora de vista — responde a voz rouca.

— Falta quanto tempo para os convidados irem embora? Vamos esperar em Hobart até terem partido?

— Tá falando sério? Você não pode ficar saltitando por Hobart. Vocês não sabem mesmo dar um golpe, sabem? Acham que não sabemos nada sobre vocês.

— Meu Deus, mais alguém sabe que Julia não está grávida de verdade?

Joseph solta o ar pelo nariz.

— Pelo jeito que vocês andam se portando, não vai demorar. Desça, antes que alguém te veja e eu precise inventar mais mentiras para te acobertar.

Volto escada abaixo. Apesar de tudo, o balanço do iate me faz sonhar acordada. Me deito no sofá da cabine, fecho os olhos e imagino minha filha adulta, vivendo em seu castelo. Eu moro com ela — em segredo, ela sabe que sou sua mãe. Ela participa de festas ainda maiores que a de ontem à noite, festas nas quais todo mundo tem classe demais para falar de dinheiro. Ela herda as joias da família e usa a tiara de Margareta em ocasiões especiais. Os filhos de Ming e Emma queriam ser amigos dela, mas minha filha é rica e fabulosa demais...

Sei que estou sendo ridícula, mas preciso imaginar alguma recompensa por toda essa falcatrua.

Estou quase dormindo quando ouço a voz de Joseph. Ele deve estar falando ao rádio.

— Partimos há uma hora. Não, ela não consegue me ouvir daqui. Está dormindo lá embaixo.

Começo a prestar atenção.

— É, a casa cairia se Silas descobrisse, mas estou de olho nele. — Joseph faz uma pausa. Identifico a voz de um homem do outro lado da linha, mas não consigo entender as palavras. — Não, eu não acho que você esteja exagerando. É sério. Não quero nem pensar de que maneira criativa Silas se vingaria se ficasse sabendo... Mas ele nem na Tasmânia está. Não tem a menor chance de ele mostrar aquela cara feia, cheia de cicatrizes, por agora. Estamos seguros. Enfim, preciso zarpar. — Escuto-o desligar o dispositivo de rádio.

Meu cérebro está zunindo. Fico de olhos fechados, fingindo dormir, mas, quando Joseph reassume o controle do iate, ele dá um solavanco em direção ao porto, e eu praticamente rolo pela sala. Agarro a mesa para me equilibrar.

Do que raios Joseph estava falando? Quem é esse tal de Silas que não pode descobrir certa coisa, senão "a casa vai cair"?

Parecia que Joseph estava falando sobre ele descobrir o esquema de adoção, mas não pode ser isso. As pessoas com quem precisamos ter cuidado para que não descubram é a família de Julia, e sua única parente viva é Margareta.

A conversa de Joseph provavelmente não tem nada a ver comigo. Duvido que estivesse falando com Chris. Deve ser algum esquema suspeito do qual os Hygate não sabem . Talvez venda de drogas.

Vejo um lampejo vermelho na portinhola. Estamos próximos de terra firme. O farol está bem do lado de fora da janela.

Subo ao convés. Joseph levou o *Torrent* até a Enseada do Farol. Ele está na proa, lutando com a âncora.

— O que estamos fazendo aqui? — pergunto.

— Seguindo ordens. — Joseph lança a âncora no mar. A corrente dela faz um estrondo enquanto desenrola.

— Vamos ficar aqui até os convidados terem ido embora?

Estamos rebocando um bote. Tomara que haja tempo para remar até a costa. Enfim vou conseguir visitar um farol.

Joseph passa por mim e volta ao leme. Ele dá a partida e faz o barco andar de ré.

— Tenho que fincar a âncora.

Espero enquanto ele acelera o motor para confirmar que a âncora está firme. Ele o desliga, e o silêncio da enseada se acomoda ao nosso redor.

Olho em volta. A extensão silenciosa de água está cercada por penhascos brancos, como se a natureza tivesse construído uma catedral a céu aberto em homenagem ao mar. Quase não há brisa para invadir a cena, e a água é de um azul onírico. A vegetação é tão verde, que quase vibra.

— Quanto tempo até voltarmos à Baía do Paraíso?

Joseph começa a enrolar as cordas.

Por mais que eu quisesse ver o farol, não acho que isso vá acabar bem.

— Quanto tempo vamos ficar aqui? Me diga!

Joseph franze o cenho.

— Não comece a me dar ordens, garota. O patrão pode até ter fingido que você era da família na frente daqueles idiotas, mas não tem ninguém aqui pra você enganar. Sei bem qual é a sua.

— Você não sabe de nada! Eu não... — Paro. Quero dizer que não sou a "vagabunda do Hygate", mas talvez seja melhor ficar quieta. Joseph não ousaria causar mal ao que ele acredita ser o bebê de Chris. Engulo meu ultraje. — Não foi minha intenção te dar ordens. É só que você não me falou que pararíamos aqui.

Joseph gargalha.

— É claro que ninguém falou! O patrão não queria você fazendo furdunço, mas já deveria ter entendido. Pelo visto, foi ideia sua ir para um lugar remoto.

— Me explique direito. O que está acontecendo?

— Tanto faz agora. É tarde demais para você reclamar. O patrão não quer que ninguém saiba que você continua na região, então você conseguiu um lugar novo pra morar.

Ele aponta para trás de mim, e me viro para ver. O local que eu tanto queria visitar, mas onde eu certamente não queria morar.

O Farol de Breaksea.

CAPÍTULO 19

Joseph carrega minha bagagem até o bote.

— Não posso morar no farol! — protesto. — Tem eletricidade? Tem banheiro?

— Você vai sobreviver — diz Joseph. — É um teto sobre a sua cabeça. Ninguém está te cobrando aluguel. Pare de reclamar. Temos muita coisa para levar até a orla. Deve ter comida pra uma semana aqui.

— Vou passar uma semana aqui, então?

— Isso é com o patrão. E com você. Precisa convencê-lo de que vai se comportar. — Ele vira a cabeça para o bote. — Suba.

Hesito. Subir nesse bote é a última coisa que quero fazer. Quando estiver nele, não terei mais esperança de reembarcar no *Torrent* e voltar à Baía do Paraíso. Joseph está tão disposto a negociar quanto uma onda voraz. Só que, se eu fizer um alarde, o que Joseph fará? Esperar que eu me acalme? O mais provável é que resolva isso com as próprias mãos e me obrigue ir até a terra firme.

Já sou uma prisioneira. O melhor que posso fazer é cooperar. Como Joseph disse, preciso convencer Christopher de que vou me "comportar".

Subo no bote.

Em terra firme, subimos por uma trilha laboriosa até o farol. Joseph destranca a porta, e ela se abre com um rangido digno de filme de terror, revelando um quarto mal iluminado e mofado com uma cozinha rudimentar.

Subo a escada em espiral. No topo, há um cômodo circular com janelas que proporcionam uma vista panorâmica do mar. O cômodo é dominado pela grande luz, envolta por uma esfera de vidro. Esse olho que tudo vê me lembra o de um inseto gigante, posicionado bem no meio do lugar. É inevitável admirá-la, mas onde é que vou dormir?

Joseph aparece com um colchão de acampamento e o larga no chão.

— A roupa de cama está no caixote verde — resmunga.

Ele empilha os caixotes de comida na despensa ao lado do farol. Depois, explica que o telhado coleta água da chuva e serve de apoio para painéis solares. O vaso sanitário fica em um anexo. Tudo funciona, apesar de velho e decrépito. Quem quer que morava aqui partiu há um bom tempo.

Enquanto começo a arrumar o lugar, observo Joseph. Estou agindo como se não fosse um problema eu estar aqui. Não sei se estou esperando que ele abaixe a guarda ou se estou simplesmente evitando a humilhação de reconhecer que estou à mercê dele. Seja como for, não posso exagerar. Não há muito a ser elogiado.

— Que bom que tem uma cozinha — falo, minha voz aguda. — O lugar vai ficar bem agradável depois de uma boa limpeza.

Joseph resmunga. A expressão dele não me dá indícios de se acredita na minha pose animada, mas o tempo todo em que descarregamos as coisas, ele não vira as costas para mim. Nunca me deixa chegar mais perto do *Torrent* do que ele mesmo. E não me dá chance alguma de fugir correndo.

Ele me mostra como conferir o nível da água no tanque e como monitorar os painéis solares para que eu não fique sem eletricidade. Então, voltamos a descer em direção à praia.

— Escute — fala ele, empurrando o bote para a água. — Mantenha a porta fechada. Não deixe nada do lado de fora que possa fazer alguém achar que você esteja aqui. Se um barco aparecer na enseada, fique dentro do farol. O tipo de embarcação que atraca aqui, acredite em mim, você não vai querer conhecer.

Ele está falando sério? Se Joseph conhece as pessoas que navegam por estas águas, e ele, dentre todas as pessoas, as acha de caráter duvidoso, é bom eu não cruzar caminho com elas. Assinto.

— Estou indo embora. — Ele enfia a mão no bolso, depois me joga um pedaço de pano preto: uma máscara de dormir. — Vai precisar disso para dormir quando a luz estiver acesa.

— Espere! Eu não posso ficar sozinha aqui. Estou grávida. E se o bebê tiver algum problema?

— Finch virá ficar com você. Ela terá um celular para emergências.

Fico boquiaberta quando entendo o que ele quis dizer. Vou ficar aqui com Zelde? Isso não é nada bom. Se o plano fosse me deixar sozinha, obviamente seria algo de curto prazo. Julia e Chris não arriscariam a gestação, mas com Zelde aqui...

Joseph não está *me* oferecendo um celular. Não me deixarão ligar para pedir ajuda.

Antes que eu possa dizer qualquer outra coisa, ele já está remando até o iate. Acho que, quanto antes ele for embora, mais cedo vai encontrar Zelde. Cada trajeto de ida e volta leva cerca de uma hora. Ela deve chegar no horário do almoço.

Volto à sala da luz para observar o *Torrent* partir da baía. Aqui estou eu, até que enfim dentro de um farol. Nunca imaginei que seria nestas circunstâncias.

Fico parada à janela por um bom tempo, olhando para o círculo azul de mar e para a redoma do céu idílico. Um único albatroz sobrevoa as ondas. A fadiga me atinge, e me deito no colchão fino e durmo instantaneamente.

Quando acordo, é de tarde, e estou faminta. Faço uma salada de ovos na cozinha, dando uma olhada no lado de fora a cada poucos minutos.

Cinco e meia, e ainda nada de Zelde. Subo outra vez até o topo para aguardar o retorno do *Torrent*. Observo até que o sol poente pinta o céu com seus dedos rosados, deixando meu mundo cor-de-rosa. A vista é maravilhosa, mas não sinto alegria. Cadê Zelde?

Estou sozinha neste afloramento rochoso, sem qualquer chance de me comunicar com outro ser humano, dependendo de um potencial criminoso ranzinza para voltar à civilização. Se alguma coisa acontecer com meu bebê, como poderei arranjar ajuda?

A escuridão cai, e a grande luz se acende. Quando vista de longe, me pareceu piscar, ligando e desligando, mas, na verdade, é uma luz contínua que gira em alta velocidade.

É brilhante. Brilhante como a superfície do sol.

Ao menos, o mecanismo está bem lubrificado. A luz gira em silêncio, mas, à exceção disso, eu poderia muito bem estar em uma boate com um estroboscópio turbinado. Eu poderia passar a noite na cozinha, mas não tem janelas lá, nem um lugar confortável em que eu possa me sentar. No fim das contas, acabo me deitando no colchão e coloco a máscara. Está óbvio para mim que Zelde só chega amanhã.

Estou quase dormindo quando penso em algo. Me sento em um sobressalto.

E se Chris e Julia não souberem onde estou?

Noite passada, Chris falou que ia "fazer um acordo" com Joseph. Quando Joseph apareceu para me buscar, deduzi que estivesse seguindo ordens de Chris. E se não estivesse?

Aquela ligação via rádio que Joseph fez a caminho daqui... Não tenho razão alguma para acreditar que estava falando com Chris. Ele mencionou um cara com cicatrizes feias, chamado Silas, que se vingaria de maneira criativa, o que não me parece algo com que Chris estaria envolvido.

Será que estou sendo paranoica? O motivo óbvio para um homem aprisionar uma mulher não parece valer para Joseph. Ele não teria interesse em mim nem se eu fosse a última mulher na face da Terra.

Tiro a máscara e deixo a luz ofuscar meus olhos enquanto revisito os acontecimentos de ontem à noite. E se Joseph tiver me sequestrado? Ele pode acreditar que Chris estaria disposto a pagar milhões pela segurança do bebê.

Joseph disse que Zelde viria, mas talvez tenha sido apenas para me despistar.

Como posso escapar? Não tem como atravessar o desfiladeiro entre o rochedo e a ilha. Eu teria de descer pelo penhasco íngreme e, por um milagre, se conseguisse chegar à base, as ondas me espremeriam contra as rochas.

Na manhã seguinte, acordo cedo, esperando, mesmo sem esperança, encontrar uma rota para atravessar o desfiladeiro que não precise de habilidades de alpinismo. Não tenho sorte. Não dá para acreditar no quanto é estreito o espaço entre onde estou agora e o penhasco conhecido como Mirante do Farol. Parece que foi ontem que eu estava do outro lado, mas o espaço poderia muito bem ter milhares de quilômetros de largura.

Eu me afasto do farol, em direção à outra ponta do rochedo. No meio do trajeto, abrindo caminho entre a relva alta, me deparo com as ruínas de um chalé, completo com lareira.

Agora entendo por que o farol é tão básico. Quando a luz era supervisionada por pessoas, ninguém morava lá dentro. É por isso que mal há espaço para uma cama. Que presunçoso da parte de Chris esperar que eu fique aqui — *se* isso foi ideia dele.

Chego ao ponto mais distante do farol, onde agrupamentos de arbustos quase secos estão dando o seu melhor para se agarrar ao topo do penhasco, apesar da exposição ao vento e às ondas. Procurando um lugar onde me sentar, vislumbro uma placa cinza enterrada no chão.

A lápide castigada pelo vento está marcada simplesmente com a palavra *Angel*. É o túmulo do bebê de Chris e Julia.

Suspirando, caio de joelhos. A aparência abandonada do túmulo parece arrancar o ar dos meus pulmões. Entendo os Hygate não quererem expor sua perda, mas como é triste enterrar um bebê no topo de um penhasco isolado. O horizonte atrai meu olhar. Espero que o espírito de Angel esteja livre para sobrevoar o vasto deserto azul do Mar de Tasman.

Tiro as ervas daninhas do túmulo abandonado. Quando levanto uma pedra, um lagarto sai saltitando. Fico com medo de que me morda, mas ele desaparece na vegetação. É o mesmo tipo de lagarto que vi no dia em que fui andando até o Mirante do Farol. Suas escamas formavam um padrão de arlequim: diamante verde-floresta em um fundo coral. É uma criatura muito bonita.

Pego o caminho de volta ao farol. O sol fica quente assim que saio do vento, e a água azul da enseada é convidativa.

Não posso passar cada minuto aqui esperando Zelde se materializar. Não nado desde que passei pelos trópicos. Quem se importa se está frio? Quero me lembrar de como eu me sentia quando Xander estava vivo.

Deixo as roupas na areia e entro aos poucos. A água está gelada, mas ao mesmo tempo me acalma. Deslizo para baixo da superfície.

Eu havia me esquecido do quanto o mar pode ser tranquilo. Andei com medo do oceano feroz desde que cheguei à Tasmânia, mas o verão vai domá-lo. As tempestades serão mais fracas. A água está esquentando mais a cada dia. Se Joseph não reaparecer, talvez eu *possa* voltar nadando.

Fico de costas, fechando os olhos contra a luz do sol. Ganhei peso o suficiente nos quadris para não ter de mover os pés para flutuar. Continuo no lugar, aproveitando a frieza energizante da água salgada.

Sinto uma vibração dentro de mim. Será que foi minha imaginação?

A vibração é leve, mas real.

Meu bebê está chutando.

Ela está viva. Ela tem vida, e movimento, e vontade própria.

E, agora, minha ficha cai: tem duas pessoas presas neste lugar. Se eu tentar fugir a nado, de maneira irresponsável, colocarei a vida do meu bebê em risco.

Saio tremendo da água e me apresso para me vestir. Volto para o farol, deito no colchão e encaro o teto.

Estou presa, não só pelos penhascos intransponíveis e mar hostil, mas pelo amor que sinto pela minha filha.

CAPÍTULO 20

Quando o dia nasce na manhã seguinte, estou na praia, explorando a costa. É improvável que alguém tenha deixado um bote escondido nos arbustos, mas não tenho mais nada para fazer.

Estou bem no fim da praia quando ouço o barulho de um motor. Lembro de Joseph dizendo que eu deveria me esconder no farol caso alguém aparecesse para visitar a enseada.

Eu me agacho em meio aos arbustos. O barco entra na enseada. Reconheço o gurupés e a popa da canoa. É o *Torrent*.

Bisbilhoto o iate que se aproxima. Quem está a bordo? Se Zelde veio, isso significa que Joseph não está me mantendo em cativeiro para pedir resgate. Se ele estiver sozinho, isso não é bom, mas pelo menos veio ver como estou. Talvez Chris tenha pagado o resgate e Joseph tenha vindo me buscar.

Uma figura masculina corre até a proa e lança a âncora ao mar. Joseph. Não há sinal de outra pessoa. Talvez Zelde esteja abaixo do convés.

Espero. Joseph volta à cabine. Ele desliga o motor. Espero-o chamar Zelde para o convés, mas não o faz. Carrega mais alguns caixotes no bote.

Ele está me trazendo mais comida.

Meu coração aperta. Isso só pode significar uma coisa: Joseph não tem planos de me levar embora hoje. Ainda espero que Zelde apareça, mas agora Joseph sobe no bote e começa a remar para terra firme.

É isso. Ele está sozinho.

Uma onda de náusea me atinge quando Joseph para de remar e analisa a costa. Eu me encolho mais ainda na folhagem enquanto seu olhar passa por mim, sem ver nada.

Quando Joseph me trouxe aqui, ele ficou de olho em mim o tempo todo. Não consegui fugir dele e voltar para o iate. Só que, hoje, ele não sabe onde estou. E não tem motivo para adivinhar que estou passeando logo cedo. Ele vai achar que estou dormindo.

Esta é a minha chance.

O bote chega ao baixio. Joseph pula dele e o arrasta até a praia. Ele o deixa na marca da maré alta e sobe rápido a trilha até o farol, carregando um caixote.

Minha respiração acelera, curta. Assim que ele entrar, vou ter que correr.

O problema é que Joseph deixou o bote logo abaixo do farol. Está mais próximo dele do que de mim. Se ele sair enquanto eu arrasto o bote pela praia, vai me alcançar em um piscar de olhos.

Joseph bate à porta do farol, abre-a e desaparece lá dentro.

Espere. Eu poderia nadar até o iate.

Não tenho tempo a perder. Preciso ir agora. Eu me levanto em um pulo e corro na direção da água. Estou imersa até as coxas. Meu peito arfa de pânico. Inspiro fundo uma vez e mergulho.

Parece que eletricidade corre pela minha pele quando atinjo a água fria. Mergulho ainda mais fundo, nadando próximo ao chão.

Joseph deve ter descoberto que não estou no farol, mas, se ele olhar pela janela, vai ver que o bote continua onde o deixou. Com sorte, a ondulação onde mergulhei na água vai estar disfarçada pelas leves ondas causadas pela brisa. Ele vai achar que estou em algum lugar mais para cima no penhasco.

Abro os olhos. Através da água cristalina, vejo o fundo pálido do mar, as formas embaçadas de rochas espalhadas pela areia. Mais à frente, a sombra do casco do *Torrent* é uma silhueta escura no fundo do mar.

Estou perto do iate. Meus pulmões queimam. A escuridão aparece nos cantos da minha visão, mas não posso desistir agora. Não posso emergir para respirar até estar atrás do iate.

Minha cabeça acerta a escada que flutua na água. Eu a pego e chego à superfície enquanto meus pulmões me obrigam a inspirar. Escondida atrás do *Torrent*, respiro fundo, fazendo barulho.

E se Joseph já estiver voltando? Talvez eu nem tenha tempo de puxar a âncora.

Vou cortar a corda. A brisa sopra em alto-mar. O *Torrent* vai velejar em direção ao oceano. Vou correr até a popa e dar partida. Estarei livre. Não existe a menor chance de Joseph remar mais rápido do que o motor do iate.

Recolho a escada e cambaleio para dentro da cabine. Tenho dificuldade para me levantar.

— Quem é? — pergunta uma voz feminina.

Fico paralisada. Julia?

Como eu pensava, Julia sai da cabine, olhos arregalados.

— Eve? O que você está fazendo, pelo amor de Deus? — Ela está vestindo uma roupa esportiva de maternidade com a barriga falsa.

Uma parte descontrolada de mim quer empurrá-la do iate e dar continuidade ao meu plano de fuga, mas quão estúpido seria isso? Se Julia está aqui, Joseph não me sequestrou. Mas por que ele me trouxe mais comida?

— Eu que pergunto — falo. — Me leve de volta para a Baía do Paraíso.

— Ah, querida, é claro! Mil desculpas por Joe ter precisado te trazer para este fim de mundo. Você está bem? Mal consigo dormir sabendo que está aqui. — Ela aponta para o farol, como se ele pudesse ser culpado por tudo que aconteceu.

— Por que não vieram me buscar?

— Vou arranjar uma toalha para você — diz Julia. — Descanse.

Eu me sento, e Julia pega uma toalha. Enquanto me seco, ela sobe para o convés e acena para Joseph, que reapareceu na praia.

— Eve está aqui! — grita ela. — Ela nadou até o *Torrent*. — Ela faz isso parecer tão casual, como se eu apenas tivesse tido vontade de mergulhar pela manhã e acabado a bordo.

— Por que Joseph me trouxe para cá? — pergunto.

— Eve, não sei como te contar isto. — Julia se senta de frente para mim e pega minha mão. — Chris está com o pé atrás. Agora que Joseph descobriu, está um caos, e Chris perdeu a confiança em você. Ele colocou na cabeça que você ia contar a verdade a Margareta. Na noite da festa, ele decidiu que tínhamos que desistir da adoção. Disse para Joseph te levar a Hobart e te colocar em um avião de volta para Sydney, mas consegui intervir. Joseph te trouxe aqui, foi ideia dele, e estive, bem, negociando com o meu marido. Além do mais, vovó ficou doente ontem. Foi por isso que Zelde e eu não pudemos vir. Ela era a única pessoa por perto com conhecimentos médicos.

Eu sabia que Chris tinha entendido errado minhas intenções.

— Posso falar com Chris? Tenho certeza de que consigo convencê-lo a confiar em mim.

Ela abana a mão no ar.

— Não precisa. Eu o convenci a seguirmos com a adoção, mas com uma condição. Ele... ele quer que você fique aqui.

Encaro-a boquiaberta, olhos arregalados.

Julia abaixa a cabeça.

— Vou entender se quiser desistir, Eve. Tem sido um desastre atrás do outro. Mas não podemos arriscar que mais ninguém te veja de novo. Quer dizer, você já está...

Ela olha para a minha barriga. Com a camiseta e o short ensopados, estou parecendo bem mais redonda do que há alguns dias.

Observo o mar. O que eu quero? Um minuto atrás, eu estava planejando roubar o iate e navegar até Hobart. Pensei que precisava escapar de um sequestrador. Mas eu nunca fui sequestrada. Estou livre para partir. Só preciso pedir.

Achei que eu odiava aqui, mas talvez o que eu odiava era a sensação de estar aprisionada. O rochedo é solitário, mas idílico. Tenho mais liberdade aqui do que na casa. Posso sair durante o dia. Posso nadar quando eu quiser.

Mas passar seis meses em uma ilhota desabitada? Sem dúvida, isso seria difícil demais. Balanço a cabeça.

— Não posso.

— O problema é que, se voltar hoje, Chris disse que seria o fim. Você não poderia ficar só mais um pouquinho? Pelo menos tire um tempo para pensar melhor na ideia. — Julia aperta a minha mão. — Você pode mudar de ideia quando quiser, e simplesmente fingirei ter tido um aborto espontâneo... — A voz dela vacila. — Está nas suas mãos.

Suas palavras mexem com o meu coração. Ela está tentando não demonstrar o quanto vai ficar devastada se o plano falhar. Me sinto mal por ela. Julia não é boa mentindo, mas não é a culpada por toda a onda de azar que tivemos.

129

— Certo — digo, com uma firmeza que não sinto. — Vou ficar.

— Ah, obrigada, Eve. Você é uma garota maravilhosa. Me avise se precisar de qualquer coisa. Zelde pode ficar com você. Ela está aqui. Pedi para esperar lá embaixo enquanto eu conversava com você. Ela está na cabine, arrumando o ultrassom portátil. Joseph foi te buscar no farol para vermos como o bebê está. Não imaginei que viria nadando. Você já estava no mar quando chegamos? Por que estava nadando de roupa?

— Eu estava muito animada para te ver — balbucio —, e não tenho roupa de banho de grávida.

— Resolveremos isso rapidinho.

Julia me envolve em um abraço perfumado.

Enquanto ela me leva para baixo do convés, olho para Joseph, que está fumando um cigarro na praia. Ainda bem que não precisei confessar minhas suspeitas vergonhosas a respeito dele. Não acredito que cogitei nadar para um lugar seguro. Eu poderia ter arriscado a minha vida — e a do bebê — sem necessidade.

Passamos pela sala azul e branca do *Torrent* e entramos na cabine onde Zelde espera. Ela veste seu terno cinza, o cabelo em um coque, como se estivesse em um escritório na cidade, não em um iate. Ela me cumprimenta com a cara feia de sempre e me diz para deitar na maca. A máquina que arrumou é uma geringonça estranha de plástico.

— Dá mesmo para fazer o exame com essa coisa? — pergunto.

— A imagem não é tão nítida quanto à da máquina maior, mas continua sendo útil. — Zelde passa o transdutor pela minha pele, e uma imagem turva aparece na tela.

Julia arqueja. É a primeira vez que ela vê o bebê.

— Está crescendo bem — comenta Zelde. — Gostaria de saber o gênero?

— Sim! — grita Julia.

Ao mesmo tempo, digo:

— Não, obrigada.

Julia franze o cenho.

— Você não quer saber?

Não consigo explicar o que sinto. Eu me viro para Zelde.

— Não é cedo demais para saber? Você tinha dito que só descobriríamos em dezembro. Ainda falta um mês. Não consigo enxergar nada na tela.

Zelde dá um sorriso de boca fechada.

— É preciso prática para interpretar imagens radiográficas, mas, com quinze semanas, eu com certeza consigo discernir o sexo.

A visão dela deve ser melhor do que eu pensava.

— Não estou vendo nada que se pareça com partes de menino — falo —, então acho que meu palpite estava certo.

Zelde responde de maneira seca:

— Se escolhe não saber, sugiro que pense se vai conseguir se adaptar caso a criança não seja o que você espera.

Julia se vira imediatamente — algo difícil na cabine tão apertada.

— É menino! Eu sabia! Que maravilha! — Ela me envolve em um abraço eufórico. — Eve, você quer um filho, não quer?

Zelde parece confusa. Será que não percebeu que suas palavras deixaram óbvio que eu estava errada a respeito do gênero? Minha incerteza quanto a ela se cristaliza em antipatia. Ela deveria ter respeitado o fato de que a paciente preferia não saber.

Xander, você vai ter um filho.

— O que foi, Eve? — pergunta Julia. — Você não está feliz?

— Estou feliz da vida — minto.

PARTE II

CINCO MESES DEPOIS

PARTE II

CINCO MESES DEPOIS

CAPÍTULO 21

É uma manhã ensolarada de abril, e estou parada à janela do farol, acariciando minha barriga enorme enquanto vejo Joseph remar para trazer Julia e Zelde até terra firme.

Aprendi a amar aqui. Posso sair sempre que quiser, em vez de ficar quieta dentro de casa, temerosa de acender a luz. O rochedo tem uma beleza gritante, e estar na natureza me ajudou com o luto. Zelde me visita regularmente para ver como minha gestação está, e Julia quase sempre a acompanha, mas os longos períodos de solidão não me incomodam. Sem ninguém por perto, me sinto mais próxima de Xander.

Levanto-me com o nascer do sol a cada manhã para uma caminhada e um mergulho. Conheço o rochedo como a palma da minha mão — mas o clima e estado do mar estão sempre mudando. O lugar está repleto de pássaros e criaturas marinhas. Amo quando avisto uma espécie incomum — um albatroz diferente sobrevoando os penhascos ou um grupo de golfinhos se divertindo nas águas vibrantes fora da enseada. Em terra, vejo com frequência os lagartos rosa e verdes. Ocasionalmente, se encontro uma concha bonita na praia, levo-a ao túmulo de Angel e a coloco na lápide.

Dentro do farol, passo o tempo costurando ou crochetando roupas de bebê e lendo livros. Me demoro com o preparo das refeições, aproveitando a variedade de ingredientes que Joseph me traz. Xander me ensinou a pescar quando cruzamos o Pacífico, então pedi uma vara para

Joseph. No calor do verão, a água fica cheia de xaréus e salmões. Pesco nas rochas no finzinho das tardes e nunca volto de mãos vazias. Pela noite, assisto ao entardecer da sala da luz enquanto como minha janta recém-pescada.

O Natal foi seguido por um janeiro abafado, em que eu parecia passar tanto tempo na água quanto fora dela. Não dava para imaginar ficar presa em casa naquele tempo. Agora, à medida que o outono rouba o calor do verão e sou forçada, pela minha crescente circunferência, a fazer tudo um pouco mais devagar, me pego resistindo à ideia de que talvez seja hora de partir. Minha gravidez tem sido tranquila. É difícil imaginar que algo possa dar errado.

Joseph puxa o bote praia acima, senta-se em uma pedra e acende um cigarro. As mulheres sobem a trilha até o farol. Julia está praticamente correndo, e Zelde tem dificuldade em acompanhá-la. Desço as escadas para recebê-las.

— Você precisa levar isso mais a sério. — A voz de Zelde, mais ríspida que de costume, se esgueira pela porta fechada.

— Não há ninguém por perto em um raio de quilômetros. — O tom de Julia é petulante. — Concordo que devo usar a barriga até chegarmos aqui, porque nunca sabemos quando outro iate pode passar, mas ninguém vai velejar enseada adentro. Pelo menos desaperte um pouco esta coisa horrível.

Abro a porta. Julia está com a parte de trás da blusa de grávida levantada, revelando as tiras da barriga falsa.

— Você precisa agir como uma mulher grávida. — Zelde abaixa a blusa, como uma mãe vestindo uma criança. Uma mãe prestes a perder a paciência. — Mulheres grávidas de verdade não podem tirar uma folga. Não podem tirar as barrigas, rolar na grama nem subir uma colina correndo. Seus movimentos precisam ser automáticos: seu andar, a forma como se senta e se levanta de cadeiras. Você devia dormir com essa coisa.

— Pois acho que estou fazendo um ótimo trabalho. — Julia se vira para mim. — Oi, Eve. Estou me acostumando a usar a maior das barrigas agora. Quer ver meu andar de grávida?

— Vá em frente — falo, gesticulando para que ela e Zelde entrem.

Julia apoia a mão na lombar e sobe as escadas com um balançar exagerado.

— Convincente, não acha? E dá para notar que ganhei peso para o rosto parecer mais cheinho? É ótimo ter uma desculpa para comer rolinhos de canela.

— Para mim, você ainda não parece grávida — balbucia Zelde, enquanto seguimos Julia escada acima. — Embora talvez seja porque sei que não está.

— Concordo com Zelde — digo. — Você deveria manter a pose. Se continuar parando e recomeçando, pode acabar se atrapalhando.

— Como está indo o xale? — pergunta Julia, aparentando animação. Fica evidente que a abordagem casual de Julia à sua gravidez falsa é um tópico delicado entre ela e Zelde, e que ela não vê a hora de mudar de assunto.

Tiro da minha bolsa de artesanato o xale que ando crochetando para o bebê. Minha avó me ensinou a crochetar renda, mas até então eu nunca tinha tido paciência. Morando neste rochedo, tudo que leva tempo é uma bênção.

Criei um desenho circular baseado na janela de vitral do apartamento de Xander. Como a janela, o xale contém diversos tons de azul, desde pastel até safira-escuro. Pétalas irradiam de um ponto central, capturando a elegância de uma rosa estilizada.

Julia segura o xale contra a luz.

— Nossa! É fino como teia de aranha. Deve ter levado um tempão. Por que tem esse buraco grande aqui?

— Vou fazer o nome do bebê depois, e costurá-lo aí.

Na verdade, já fiz os quadrados que soletram o nome da minha filha, mas os escondi debaixo da cama que Joseph me trouxe alguns meses atrás. Não quero admitir para Julia que ainda acho que meu bebê é menina. Zelde disse que era difícil interpretar aquelas imagens. Estou convicta de que ela cometeu um erro.

Foi estranho o quanto Julia ficou feliz com a revelação do sexo. Apesar de suas constatações de que ela e Chris "só querem um bebê", ainda estou desconfiada de que ela possa ter algum motivo especial para preferir um menino.

— Por que não termina o xale agora? — pergunta ela. — Você vai ficar ocupada depois que ele nascer.

— Hm, é que ainda não decidi o nome — minto.

— Como assim? Você foi tão clara a respeito da condição de poder escolher o nome dele. Estou morrendo de curiosidade, mas estava seguindo o plano de você nos contar depois do parto.

— Hm, eu... eu quero ter certeza de que o nome vai combinar quando ele nascer.

Enfio o xale de volta na bolsa e troco de assunto antes que Julia possa fazer mais perguntas.

Logo, ela se levanta para ir embora. A barriga parece fora do lugar.

— Você a está usando baixa demais — digo.

Zelde fuzila Julia com os olhos, e ela dá risadinhas nervosas.

— Por Deus, chega disso. — Ela dá um tapinha na barriga. — Eu não queria comentar, porque Zelde ficou furiosa, mas esses dias foi por um triz. Acordei de um cochilo e desci as escadas ainda um tanto bêbada de sono, sem perceber que a barriga tinha escorregado. Sarah comentou que o bebê tinha "caído". É o que dizem quando a cabeça do bebê se posiciona e a barriga fica mais baixa logo antes do parto. Foi chocante perceber o quanto as pessoas estão prestando atenção. Desde então, tive que passar a usar a barriga mais baixa todo dia. Quando isso acontece, o bebê não muda mais de posição.

— Sorte a sua que a barriga estava baixa — falo. — Imagine se tivesse subido ou descentralizado. Teria sido mais difícil de explicar.

— Exatamente — concorda Zelde. — Você precisa prestar mais atenção aos detalhes, Julia.

— Eu presto! Desde então, Chris tem me ajudado a colocar a barriga mais para baixo todas as manhãs. No resto do dia, mal ouso tocar nela para que não se desloque de novo.

Abro a boca para falar, mas a fecho logo em seguida. Se Julia tem tanto medo de a barriga falsa se mover, por que pediu a Zelde para afrouxá-la quando chegou aqui? Pode ser que não consiga deixar igual quando a apertar de novo. Me incomoda que Julia, depois de tantos meses, ainda não esteja levando o plano com a seriedade que ele merece, sendo que o esquema todo depende de ela não cometer deslize algum.

— Talvez eu tenha que demitir Sarah — diz Julia. — Ela pediu o nome da minha obstetra. Fingi ter esquecido.

Ela fala de um jeito tão despreocupado. Ouvi alguns outros funcionários conversando sobre Sarah enquanto me arrumava para a festa de

Margareta. Mãe de três crianças e com dificuldade para pagar as contas depois de o marido a ter deixado. O mais novo só tem um ano.

— Isso não é mesmo necessário, é? — pergunto. — Estamos quase na linha de chegada. Você só precisa aguentar mais três semanas.

— Eu avisei que era arriscado demais continuar com uma empregada que tem filhos — reforça Zelde —, e as próximas semanas serão as mais arriscadas.

— Talvez eu a mande tirar umas férias — propõe Julia.

Descemos para a praia, e Joseph nos leva, remando, até o iate, onde Zelde faz um check-up na cabine. Depois de medir minha barriga, ela me analisa de cima a baixo, com a carranca de sempre, e chama Julia para entrar.

— Vamos induzir o parto nos próximos dias — anuncia. — O bebê está grande demais para a data. Eve, você provavelmente vai precisar fazer um parto operatório. Vamos estimular as contrações com oxitocina.

Tenho um sobressalto, e me sento na maca estreita.

— Isso é necessário? Gostaria de tentar o parto normal. — Eu me viro para Julia, esperando que me apoie, mas ela não faz contato visual.

— Seu índice de Bishop está zerado — fala Zelde. — Vai levar semanas para você entrar em trabalho de parto. Os Hygate não me contrataram para ficar sentada enquanto você coloca a vida do bebê deles em risco por causa de baboseiras hippie. O bebê está grande. — Ela olha para Julia. — Deveríamos levar Eve de volta para casa amanhã de manhã.

Julia concorda.

— Obrigada, Zelde.

— Não faz mal ter o bebê antes da hora? — questiono.

— O bebê está pronto.

Abro a boca para contestar e a fecho de novo. Zelde deve saber mais do que eu.

CAPÍTULO 22

Passo a tarde toda impaciente. Não quero ir embora do farol amanhã. Aqui se tornou o meu lar.

Gasto a tarde faxinando, embora duvide que alguém vá se importar se eu deixar o lugar arrumado ou não. Perco um pouco a noção, ficando de quatro no chão para esfregar a escada.

Ao longo das últimas semanas, tive algumas "contrações de treinamento" quase todas as noites, especialmente depois de um dia muito ativo. De acordo com o meu manual, contrações verdadeiras são mais regulares e mais dolorosas. Percebo que me exaltei com a limpeza quando as contrações de treinamento chegam mais cedo que o normal. Por volta das três da tarde, abandono a esfregação e me acomodo na cadeira para terminar o xale.

À medida que o sol cruza o céu, trabalho ao redor das beiradas do xale, e a borda elaborada de renda vai surgindo pouco a pouco.

— Talvez Zelde esteja certa quanto a voltarmos amanhã, amor — falo para o serzinho agitado dentro de mim quando outro espasmo irradia pela minha barriga. Assim que passa, dou os últimos pontos e estendo o xale por cima da cama. Sob a luz suave do fim da tarde, as cores do xale parecem mais vibrantes do que o real. É inevitável sentir que criei algo mágico, como uma roupa oriunda de um conto de fadas, capaz de manter quem a usa em segurança, não importando quão perigoso o mundo pode ser.

Pego os quadrados que soletram o nome do bebê e os costuro no lugar. O xale está perfeito. Enquanto termino, outra contração vem, tão intensa que caio na cama.

E se eu estiver em trabalho de parto? Zelde só vem amanhã.

Não preciso entrar em pânico. O trabalho de parto real não é como nos filmes. Leva horas. Geralmente, quando tenho uma série de contrações dessas, eu me deito e elas passam.

Eu me encolho na cama e puxo o xale por cima de mim.

Acordo com o mundo se partindo ao meio. A dor arde, queima. Minha cama está ensopada. Dormi pouco — ainda está claro lá fora —, mas tudo mudou.

Minha bolsa estourou.

Tenho que sair desta ilhota.

Quando a contração passa, me sinto completamente normal. Seria fácil fingir que não tem nada acontecendo, mas preciso usar o tempo que tenho. O bebê está vindo.

Eu nem sequer tenho celular. Joseph me trouxe um, mas não encontrei sinal, então o devolvi. Não tenho como chamar ajuda.

Desço as escadas, agarrando o corrimão como se minha vida dependesse disso, e abro a porta. Do lado de fora, o sol toca o horizonte, explodindo em raios espetaculares, laranja e dourado, pelo céu. A vista é tão repentina e estonteante quanto minha dor.

Contemplo o mar, desejando que um iate apareça. Se ao menos um marinheiro surgisse na enseada... *eu poderia pedir que me levasse ao hospital de Hobart. Eu poderia ficar com você. Não precisaria te dividir com eles.*

Outra contração chega, me fazendo perder o fôlego. Adagas perfuram minha espinha. A dor me arranca dos meus devaneios.

Não vou ser salva por um desconhecido. O tempo todo que estive aqui, não vi um navio sequer.

Fecho a porta e me viro para a cozinha. Vou ter de parir este bebê sozinha. No Pacífico, conheci mães que moravam em vilarejos remotos. Elas pariram sem assistência médica. Não preciso daqueles procedimentos de que Zelde falou. Sou jovem, e este é um processo natural. Meu corpo fará seu papel desde que eu esteja em um lugar seguro.

Respiro fundo quando sou atingida por outra contração. Assim que passa, me obrigo a me concentrar. Preciso de algumas coisas. Água para tomar. Uma faca limpa para cortar o cordão umbilical. Uma toalha para embalar o bebê. Pego os itens e vou para o andar de cima.

Quando chego à sala da luz, não consigo andar. Rastejo até a cama. Eu deveria cronometrar minhas contrações, mas não consigo prestar atenção nisso. Tive duas — ou será que foram três? — subindo as escadas.

Quanto mais rápido vierem, mais rápido ela vai nascer. Vou ficar sozinha com ela. Vou ter algumas horas sendo sua mãe de verdade.

Outra onda quebra em mim. Desta vez, me deixo levar. Estou no mar. A dor é a crista, e, depois que passa, há uma baixa, e consigo recuperar o fôlego.

Cada contração traz o bebê para mais perto, assim como cada onda em uma tempestade leva um barco para mais perto da costa. Eu consigo.

Estou de quatro na cama. Pego o xale e me agarro a ele. Não há mais nada no mundo, exceto o cheiro suave de lã em meio à escuridão e à dor.

Eu não conseguiria ajuda nem se tentasse, mas não quero mais. Prefiro ficar sozinha. Mulheres dão à luz por conta própria desde o início dos tempos.

Mulheres também enterram seus bebês desde o início dos tempos.

As palavras surgem na minha cabeça como se houvesse alguém falando comigo. Abro os olhos, e um lampejo quase me cega. A luz se acendeu.

Meu corpo todo me diz para fazer força. Mas o mais importante é que minha bebê sobreviva. Ela está adiantada três semanas, e precisa de toda chance. Preciso arranjar ajuda.

Eu me esforço para me levantar. Mais uma contração toma conta de mim. Me apoiando na mesa, espero, respirando através da dor, até que desapareça. Em seguida, levanto uma cadeira acima da minha cabeça e a jogo contra a luz.

* * *

Não faça força.

Cada contração é um tsunami de dor. Luto para respirar.

Estou na escuridão total.

Deve haver cacos de vidro por todo o chão. Não consigo sair da cama. A única coisa me ancorando a este mundo é o cheiro suave da lã nos meus braços.

Um som cadenciado. Hélices de helicóptero, ou sangue pulsando nos meus ouvidos? Agora, botas marchando pela escada. Luz surge ao redor.

— Encontrei! — É Joseph.

— O bebê vai nascer — digo, sem ar. — Ai, meu Deus, como dói!

Mais passos, e agora um braço forte me segura. Christopher?

— Estou aqui, Eve. — Sim, é Chris. — Vamos te tirar daqui.

— Cuidado com o vidro — balbucio. — Zelde está aqui?

— Vamos te dar algo para a dor — fala Chris.

— Não — digo.

Não consigo explicar. A dor está trazendo meu bebê para mim. A dor é meu corpo fazendo isso tudo direito. Eu preciso da dor.

Uma espetada afiada na minha perna. Tudo fica turvo.

* * *

Estou em uma ilha com palmeiras e areia quente. Estou em águas ultra-marinas. Estou flutuando com você, Xander.

Em algum outro mundo, uma mulher está tendo um bebê.

Abro os olhos. O rosto de Chris paira sobre o meu.

— Você acordou.

Estou deitada de costas, e aqui não é o farol. Estou na sala de parto em casa. A luz está fraca. Por que estou dando à luz nesta escuridão? Será que desmaiei?

— Meu bebê está bem? — Tento levantar a cabeça para ver. *Meu bebê ainda está dentro de mim?* Quero ver o que está acontecendo, mas me sinto paralisada.

— Está tudo bem — diz Chris. — Você está se saindo muito bem. O bebê está quase saindo.

Uma contração chega. Faço força, e a dor me avassala. Grito...

Minha filha sai do meu corpo. Eu a sinto deslizar para o mundo.

— Meia-noite e dez — anuncia Chris. — Zelde está abrindo as vias aéreas do bebê.

— O que está acontecendo? — pergunto. — Ela está respirando?

Silêncio. Um calafrio passa por mim. Ela está bem? Tento me mexer, mas meus membros se recusam a obedecer. Maldito seja aquele remédio para dor.

Ainda não há som algum. *Cadê ela? Por que ela não está chorando?*
Tento me sentar, mas Chris apoia a mão no meu ombro.

— Fique parada. Está tudo bem.

Agora, o som mais belo do mundo toma conta dos meus ouvidos. O choro de um recém-nascido. A luz é acesa, e Zelde aparece segurando um pequeno embrulho. A criatura inquieta, perfeita e viva é colocada no meu abdômen, envolta por um cobertor branco. Eu a aninho nos braços.

Ela é grande e quente, e tem um tufo de cabelo loiro-avermelhado. Desperta, me observa com grandes olhos azul-esverdeados.

— Xander — murmuro.

O cheiro dela é tão bom, tão certo. Tem o cheiro de Xander.

— Ela é maravilhosa — falo. — Ela está bem?

— Vocês estão muito bem — confirma Zelde, colocando um segundo cobertor ao redor de nós duas. — Você é sensível a opioides, então vai ficar zonza por um tempo, mas não se preocupe, isso não afetou o bebê. Foi um parto tranquilo. Nunca vi menino mais lindo.

* * *

Chris está segurando o bebê. O menino. Ele está ao meu lado enquanto me deito na minha cama de sempre na casa. Zelde está no quarto de parto, ajeitando as coisas.

— Você não se lembra da viagem de helicóptero? — pergunta Chris. — Foi bem complicado decolar da praia.

— Lembro de ouvir ele chegando — respondo. — Você e Joseph estavam lá. Não me lembro de Zelde estar lá.

— Ela estava. Quem você acha que te deu o remédio para dor?

— Certo. Disso eu me lembro. Senti uma pontada na perna. Achei que tivesse sido você.

Chris gargalha.

— O que raios poderia ter impedido Zelde de ir? Pagamos o salário dela por meses para o único propósito de ela conduzir seu parto. Eu certamente não tinha habilidade alguma para fazer outra coisa senão pilotar o helicóptero, embora Joseph e eu tenhamos sido úteis te levando lá para baixo. Quando ele me contou que o farol estava apagado, eu soube na hora que havia algo errado. Graças a Deus, chegamos lá a tempo. A única pena é Julia ter perdido tudo. Esta era para ter sido a última viagem dela a Hobart antes do parto.

Agora me lembro de que tinha pedido para ela estar presente no parto. Mal notei sua falta. Eu realmente estava fora de mim.

— E agora? Julia tem que fingir entrar em trabalho de parto.

Chris assente.

— Ela pegou a última balsa. Quando chegar, vamos encenar um parto. Zelde vai deixar nosso quarto parecendo que Julia acabou de dar à luz. Agora que já testemunhei o nascimento de um bebê, posso instruir Julia quanto aos detalhes.

— Será que alguém ouviu o helicóptero?

— Não. Os funcionários já tinham ido embora. Deu tudo certo. Eve, ele é perfeito. *Meu filho*. Mal posso acreditar que sou pai. Esperamos por tanto tempo. Quer segurá-lo de novo?

— Pode ficar com ele por enquanto.

— Você mal o olhou. Julia me disse que você queria olhar para ele quando nascesse para decidir se o nome combinava.

Olhar para ele. Como digo a Chris que não tenho um nome para um menino? Não passei um único minuto da minha gestação escolhendo nomes de meninos. Ele vai perceber que estive em negação, fantasiando uma filha.

— Eu te ouvi chamá-lo de Xander — comenta Chris.

Não consigo falar. Eu não o estava chamando de Xander.

— É um ótimo nome! — exclama Chris. — Julia estava torcendo para você escolher o nome do seu noivo. Nós dois amamos Alexander.

Tento sorrir.

— Alexander Hygate — anuncia Chris. — Quer que o apelido seja Xander, então?

— Não.

Chris me olha, confuso.

Não posso chamar o bebê de Xander. Não posso ser lembrada de Xander toda vez que ouvir o nome do meu filho. É justamente isso que eu queria evitar, a razão pela qual convenci a mim mesma de que seria uma menina durante toda a gravidez.

O nome Alexander é tão longo que é possível dividi-lo ao meio e formar dois nomes: Alec-Zander.

— Poderíamos chamá-lo de Alec? — pergunto.

— Alec? Sim, é perfeito. Preciso voltar ao casarão. Segure Alec por alguns minutos primeiro. Você não vai vê-lo por um bom tempo. Precisa ficar aqui até perder a aparência de quem acabou de ter um filho.

— Não preciso segurá-lo. Pode levar.

Chris tenta discutir comigo, mas permaneço firme.

Ele vai embora com Alec. Zelde parte pouco tempo depois.

Fico deitada, sozinha.

Lembro de ter chamado o bebê de "ela" logo após o parto. Chris deve ter ouvido. Ele vai achar que não quero segurá-lo porque não queria um menino.

É difícil acreditar que não tenho uma filha, mas essa não é a razão pela qual me recusei a segurar meu bebê. Eu me recusei porque sabia que, se ele fosse colocado nos meus braços naquele momento, eu nunca, jamais, conseguiria soltá-lo.

CAPÍTULO 23

Zelde me acorda na manhã seguinte, seus passos fazendo barulho na escada antes das sete.

— Pode se levantar — diz ela. Não é uma pergunta.

Tenho dificuldade para sair da cama. Meu corpo dói, e ainda estou sonolenta pela medicação injetada na minha coxa. Deve ter sido um analgésico forte pra caramba o que ela me deu.

— Depressa — começa Zelde. — Os funcionários só voltam amanhã, então preciso cuidar da casa toda sozinha hoje. — Ela me entrega uma caixa de comprimidos. — Para secar seu leite.

— Tem certeza de que vou precisar disso?

— Confie em mim, se não os tomar, vai se arrepender. Seus seios vão inchar com o leite. Vai doer horrores.

— São tabletes de paracetamol.

— Você não escutou o que acabei de dizer? Vai doer horrores. Você precisa de algum alívio para a dor. E aqui está a cabergolina, que vai secar seu leite.

É a cara de Zelde não dar o braço a torcer quando comete um erro, como se ter feito o que fez tivesse sido sua intenção o tempo todo. A mulher obviamente precisa de óculos.

— Meu manual de gravidez diz que o leite materno faz bem para os bebês. Talvez eu possa extrair para...

Ela volta um olhar de ultraje na minha direção.

— Não deixe os Hygate te ouvirem falando bobagens. Que ideia mais infeliz. O filho não é seu. Se acostume.

Minhas bochechas esquentam. Zelde é tão grosseira comigo. Os Hygate que pagam seu salário, mas sou eu a paciente, assim como Alec. Ela não deveria nos tratar com mais respeito? Espero que seja mais gentil com Alec do que é comigo.

— Ainda que ele não fosse meu filho, não há nada de infeliz em doar leite.

— Os Hygate deixaram claro que preferem fórmula.

Pergunto a mim mesma se Zelde está dizendo a verdade. Parece duvidoso que ela e os Hygate tenham discutido a possibilidade de eu doar leite, já que acha a ideia "infeliz". Mas de que vale discutir? Não vou fazê-la mudar de ideia.

Zelde termina meu check-up e sai apressada da casa.

Eu me deito na cama, mas não consigo voltar a dormir. *Meu bebê. Eles o levaram embora.*

As horas se arrastam. Este parece ser o dia mais longo da minha vida, mas, se eu estivesse tentando criar Alec sozinha, teria de deixá-lo na creche por horas todos os dias. Em vez disso, vou passar a maior parte do dia com ele em seus primeiros anos de vida. Ele vai ter uma vida melhor do que a que eu seria capaz de ter lhe dado. Ele vai ter um pai.

Ainda assim, meu mundo é pura tristeza. Sou atormentada por sonhos nebulosos de Alec e Xander desaparecendo na escuridão, mas o mundo real é ainda mais escuro. Sinto como se tivesse perdido os dois.

À noite, ninguém me traz jantar. Às sete e meia, estou morrendo de fome. Talvez eu devesse dar um pulo na cozinha e preparar a janta eu mesma. Assim, talvez eu veja Alec.

Christopher me disse que preciso ficar aqui em casa até a barriga pós-parto sumir, mas não vejo motivo para isso. Os funcionários nem estão aqui.

Tomo um banho e visto calça de moletom e uma blusa com capuz. Dou uma olhada na minha aparência no espelho. Se alguém me visse, eu me passaria por uma pessoa que havia engordado alguns quilos e gostava de se vestir com conforto.

Do lado de fora, sigo até a mansão. Ouvidos atentos para o som do choro de um bebê. Se Alec estiver acordado, com certeza me deixariam vê-lo. Por mais faminta que eu esteja, estou mais interessada em ver meu bebê do que em comer.

Estou na praia quando escuto um recém-nascido chorar. Meu coração dispara, e eu aperto o passo, atraída pelo som como se por magnetismo — mas não estou indo em direção à mansão. O choro não está vindo de lá. Está vindo de algum ponto mais adiante na praia.

Será a acústica da baía? Algum tipo de eco? Continuo em direção à marina. O choro fica mais alto. Meu sangue parece efervescer em resposta. Em um instante, estou me aproximando do escritório, quase tropeçando em uma dezena de caixas de vidro empilhadas à porta. O choro está vindo de dentro.

Puxo a porta com tudo, mas está trancada. Bato.

Não há resposta.

— Julia! — grito. — Sou eu.

Espero. Ela deve ter me ouvido.

Meus olhos recaem nas caixas vazias. Terrários, eu me lembro do nome. As pessoas os usam para abrigar répteis. Na verdade, vejo a troca de pele de um lagarto na caixa de cima. Mal passa do tamanho do meu dedo, e é quase translúcida, mas consigo discernir formas fracas de diamante, como o padrão nos lagartos que vi morando no Rochedo do Farol.

Sacudo a maçaneta.

— Julia! Me deixe entrar!

— O que você tá fazendo aqui, inferno? — A voz acusatória de Joseph soa atrás de mim.

Eu me viro.

Ele está se aproximando pelo píer.

— Te mandaram ficar em casa, não mandaram? — Ele praticamente rosna. Está segurando um rádio VHF portátil.

Meus olhos percorrem a marina. Será que chegou outro barco? Não, nada parece diferente.

— Ninguém trouxe a janta, então pensei em vir buscá-la eu mesma.

— Na marina? — Seu tom é sarcástico.

— Ouvi Alec chorando. O que você esperava que eu fizesse, ignorasse? Me deixe entrar. Parece que ninguém está com ele no colo. O que ele está fazendo aqui, afinal de contas?

— Bebês choram.

— Estou perguntando por que ele está no seu escritório, e não no casarão.

Joseph me segura pelo braço e me leva para longe da porta.

— Você faz perguntas demais. Te mandaram ficar em casa. Os empregados podem até não estar aqui, mas outras pessoas estão. Você não pode ser vista. — Ele pega o capuz da minha blusa e o coloca por cima do meu cabelo.

— Só quero segurar meu bebê.

— Se quiser continuar sendo babá do Alec e que nada de ruim aconteça, então me escute uma vez na vida, mocinha. Volta para onde estava e fique lá até que alguém te mande sair. Fique quieta e não faça alarde. Não fale para ninguém que você veio aqui hoje. *Nunca*.

— Eu aposto que... — começo, mas, então, paro. Eu ia dizer que *aposto que Julia me ouviu*. A única forma de ela, ou de Christopher, ou Zelde, *não* terem me ouvido é se nenhum dos três estiver no escritório.

Por que deixariam Alec sozinho?

Devem tê-lo deixado com Joseph. Talvez estejam ocupados se preparando para a volta dos funcionários — embora Joseph seja a última pessoa a quem eu pediria para cuidar de um recém-nascido. Talvez Alec estivesse dormindo e Joseph pensou que poderia dar um pulo em um dos iates, mas Alec acordou e começou a chorar. Joseph me pediu para não tocar no assunto porque não quer se encrencar.

Talvez. Mas, enquanto Joseph me acompanha de volta para casa, noto outra coisa. O maior ancoradouro da marina está vazio, como sempre, mas as cordas estão expostas, as linhas grossas enroladas em espirais enormes no píer. Joseph está se preparando para a chegada de um iate.

Tem alguma coisa acontecendo, e tenho a sensação de que tem a ver com os terrários que acabei de ver. Joseph não me parece ser o tipo de cara que teria répteis como animais de estimação, e havia caixas demais para ser apenas o passatempo de alguém.

Tento agir como se não tivesse percebido nada estranho, como se eu só estivesse distraída demais com o meu bebê. *Estou* distraída com o meu bebê. Mas se Alec vai crescer com esse canalha por perto, quero saber o que ele está aprontando.

Amei os animais que vi no rochedo, ainda mais os lagartos bonitos. Se Joseph os está pegando e vendendo, garanto que não o está fazendo legalmente. Ele não é do tipo que se importa com as licenças e a papelada necessárias para comercializar animais. Talvez este seja o segredo sobre o qual o ouvi falando no rádio do iate — não tráfico de drogas, mas de animais.

— Não vou falar nada — prometo a ele ao voltar para a casa.

Preciso de tempo para entender o que está acontecendo. Será que as transações de Joseph podem colocar Alec em risco? Nunca descobri como Chris e Julia lidaram com a descoberta de Joseph da minha gravidez. Na única vez que perguntei a Julia, ela me deu respostas evasivas, e a boca revirada me indicou que se sentia contrariada e que eu não deveria fazer mais perguntas. Tenho certeza de que tiveram de subornar Joseph.

Meia hora depois, Zelde aparece na casa com uma caçarola. Empilhadas do lado de fora, estão minhas malas e mochila.

— Joseph navegou até o farol hoje de manhã para buscar seus pertences — fala ela. — Aqui está seu jantar. Ah, e achei que fosse gostar de ver estas fotos.

Ela me entrega seu celular. Passo o dedo pelas dezenas de fotos do meu filho lindo. Ele parece contente e bem cuidado nos braços de Julia ou Chris. Dá para ver as paredes amarelas do quarto dele ao fundo.

— Os Hygate acham que é melhor você não ver Alec por alguns dias, assim pode se acostumar a ficar longe dele, mas eu sabia que seria difícil para você. Pensei que as fotos pudessem te trazer conforto. Ele está se saindo muito bem.

— Obrigada — falo, tentando não soar surpresa com a mudança de abordagem dela desde a manhã. É quase como se Zelde soubesse que algo me desconcertou, mas considerando que Joseph me fez jurar segredo, ele não teria contado a ela que ouvi Alec na marina. Quero perguntar a Zelde por que Alec estava lá, mas algo me impede. Sinto um ar de desconfiança entre Zelde e Joseph. Não quero ser a responsável por criar mais problemas entre os dois.

Depois que ela vai embora, levo minha refeição até a sacada e como à luz fraca. Pela hora seguinte, observo o mar.

A Baía do Paraíso está coberta pela escuridão. Eu jamais a teria visto, caso não estivesse aguardando justamente por ela. Uma grande escuna vermelha chega em silêncio ao porto e segue para a marina. Sei, pelo bote salva-vidas amarrado ao convés e o gerador eólico montado na popa, que se trata de um iate para navegação marinha. Apesar da escuridão, as luzes de navegação estão apagadas. Ele desaparece de vista atrás das árvores, mas, pela meia hora seguinte, ouço alguns baques abafados. É mercadoria sendo carregada ou descarregada do iate. Depois que menos de uma hora se passa, o iate vai embora, ainda com as luzes apagadas.

Joseph está definitivamente fazendo algo suspeito. Ninguém navega à noite com as luzes apagadas, a menos que tenha algo a esconder.

Será que a escuna trouxe lagartos? Isso explicaria a pilha de caixas de vidro vazias. Obviamente, já tinham abrigado lagartos antes.

Breaksea seria o lugar perfeito para contrabandear mercadorias. Quando Xander e eu chegamos a Sydney, ele me disse que a segurança das fronteiras da Austrália se concentrava ao norte, onde rotas de entregas internacionais passam a poucos quilômetros da terra e onde pessoas vindo do sudeste da Ásia tentam entrar de barco. A Tasmânia fica a milhares de quilômetros tempestuosos longe de qualquer lugar. A Nova Zelândia, o país mais próximo, fica a uma semana de viagem de barco, e não é um lugar exatamente conhecido por ser repleto de traficantes de drogas ou requerentes de asilo. As fronteiras da Tasmânia não são vistas como um lugar que precisaria de vigilância.

A única coisa que não consigo entender é por que um iate oceânico estaria envolvido nesse negócio, considerando que os lagartos moram no rochedo. Joseph podia pegá-los ele mesmo. Zelde disse que ele tinha nevagado até lá hoje cedo. É possível que Joseph esteja contrabandeando os lagartos *para fora* da Austrália, mas as caixas estavam vazias antes de o iate chegar.

Eu sempre soube que Joseph era algum tipo de bandido. O que não consigo entender é como ele espera se safar com isso bem debaixo do nariz dos Hygate.

Quando acordo na manhã seguinte, a caminhonete de Joseph não está no lugar de sempre, próximo da minha casa. Só volta no fim da tarde. Não duvido nada de que ele estava levando os lagartos ao próximo ponto de sua jornada.

No terceiro dia depois do nascimento de Alec, Zelde me diz que pareço "boa e magra" de novo, e sugere que eu experimente minhas roupas antigas. Sofro para entrar em uma calça. Fica justa, mas, quanto antes eu conseguir me passar por uma mulher sem filhos, mais cedo poderei ver Alec.

— Você consegue respirar nisso? — pergunta Zelde enquanto fecho o botão da cintura.

— Aham — respondo, tentando soar relaxada.

— Certo. Amanhã você pode "chegar" e começar a trabalhar como babá. Afinal de contas, estão te pagando há meses, e você não precisou mexer um dedo.

Estou animada demais com a ideia de ver Alec para apontar que parir um bebê dá muito mais trabalho que mexer um dedo.

Preciso me preparar para agir com normalidade. Não posso encará-lo. Não posso cheirá-lo. Nem dar beijinhos. Devo agir como se estivesse sendo paga para cuidar dele.

CAPÍTULO 24

Joseph e eu partimos para Hobart no *Torrent* antes do nascer do sol. Estou determinada a não mencionar os terrários ou o iate vermelho misterioso, mas se eu não disser algo sobre Alec, vai parecer estranho.

Espero até Joseph ter içado as velas e estarmos longe da ilha.

— Naquele outro dia... eu não quis ser crítica. Sei que bebês choram, e nem sempre podemos pegá-los no colo na hora. Só fiquei surpresa por você estar cuidado de Alec. — Tento falar como se isso fosse tudo em que reparei.

— Não vai acontecer de novo — diz Joseph. — Eu falei pra eles que não sou babá. Você, no entanto, fique quieta.

— Combinado. — Acho que minha teoria de que os Hygate e Zelde estavam ocupados naquele dia está correta. Talvez Alec não tenha deixado Chris e Julia dormirem, e o deixaram com Joseph para tirarem um cochilo enquanto Zelde cuidava "da casa toda sozinha".

Em Hobart, compro um celular, o primeiro desde que perdi o meu no mar em Fiji. O sinal é péssimo em Breaksea, mas instalaram um interfone e um modem de Wi-Fi na minha casa recentemente. Não sei se os Hygate fizeram isso pelo meu bem ou porque querem poder me chamar sem terem de ir bater na minha porta.

Considero entrar em contato com as pessoas do meu passado nas redes sociais, mas não sei como os Hygate se sentiriam a respeito disso. De todo modo, não consigo me convencer a fazer isso. A única coisa que eu gostaria de contar a eles é justamente o que nunca poderei dizer. *Acabei de ter um filho! Sou mãe! Ele é o menininho mais fofo do mundo, com cabelo vermelho-dourado...*

Então, quando o cara na loja me pergunta se quero voltar a usar meu número antigo, balanço a cabeça. Está na hora de começar do zero. Agora que parei de me esconder, farei amizades na vida real com pessoas que moram por perto.

Pego uma balsa à tarde para voltar a Breaksea e passar a impressão de que acabei de chegar do aeroporto. Esta é a última vez que vou sair da ilha em segredo e fingir estar chegando. As mentiras estão acabando — ou, ao menos, ficando mais fáceis. Não preciso mais esconder que estou grávida, e Julia não precisa mais fingir que está. De agora em diante, posso passar todos os dias com o meu filho.

Quando desço da balsa, um trabalhador recém-contratado do vinhedo me busca de minivan, e seguimos pela estrada ladeada por arbustos até a Baía do Paraíso.

— Temos andado ocupados com a mudança para os aposentos dos funcionários — comenta ele. — Parece que a equipe se mudou há poucos meses. Todo mundo disse que os patrões não iam durar muito sem ajuda de madrugada.

Chris aparece na varanda enquanto a minivan estaciona.

Este é meu primo Chris, relembro a mim mesma. *Meu primo que não vejo há seis meses e cuja esposa acabou de ter um bebê. Eu estava em Melbourne trabalhando de babá. Estou animada por estar de volta para cuidar do filho do meu primo.*

Não coloco os pés na mansão desde a noite da festa de Margareta. Parece ainda mais grandiosa do que eu me lembrava. Me apresso pelo caminho até a porta, enquanto o motorista leva minha bagagem para a casa menor. Apesar do verão quente que tivemos, o gramado está verde como sempre, e flores outonais desabrocham nos canteiros.

Chris me leva para o quarto violeta, onde Julia aguarda. O lugar está abarrotado de empregados. Não vejo Julia desde sua última visita ao farol, pouco antes do parto. Ela veste uma camisola de linho e realmente parece alguém que acabou de dar à luz. Suspeito que esteja usando a barriga falsa menor, o que é uma boa jogada. Parece que ficou melhor em enganar as pessoas, enfim.

— Que maravilhoso tê-la de volta em Breaksea, Eve. Estou tão feliz que você será nossa babá. — Julia beija meu rosto, pega um embrulho de Zelde, que está parada atrás dela, e o entrega para mim. — Conheça Alec. Ele não é lindo?

Ensaiei este momento mentalmente muitas vezes, mas, ainda assim, não consigo impedir meus olhos de se encherem de lágrimas.

— Oi, priminho — falo, minha voz animada e falsa.

Direciono meu olhar ao chão, mas não adianta nada. Meus olhos são atraídos ao rosto do meu bebê, e, quando dou por mim, já o estou beijando e sentindo seu cheiro maravilhoso.

— Você é perfeito — murmuro.

O xale está a postos na parte de cima da minha bolsa. Eu o alterei para que soletrasse o nome dele. Enrolo-o ao redor de Alec.

— Fiz isso para ele.

— Que gentil de sua parte. — Julia já o está pegando de volta. — Os próximos dias serão corridos. Vamos batizar Alec amanhã. Daremos uma festa digna de um príncipe! Venha ao quartinho dele.

Sigo Julia escada acima, de onde há vozes saindo do quarto amarelo. Entro e encontro duas mulheres sentadas no sofá, com crianças no colo. As duas estão amamentando os bebês, que têm o dobro ou o triplo do tamanho de Alec.

— Lembram de Eve? Ela vai ser nossa babá — anuncia Julia.

São Ming e Emma, da festa.

— É um prazer revê-las e conhecer seus... — começo.

— Que inteligente já arrumar uma babá logo no começo — fala Ming para Julia. — Sofri por uma semana tentando ser a mãe *good vibes* antes de Philip bater o pé. Ele contratou uma babá noturna para que pudéssemos dormir, e não nos arrependemos. No dia seguinte, contratei uma babá diurna e voltei a ter minha vida.

Começo a trabalhar dobrando uma pilha de roupa recém-lavada, tentando impedir minha cabeça de virar em direção ao meu filho. Ele está acordado, soltando murmurinhos fofos, e, ainda assim, Julia não dá a mínima para ele. Seus sorrisos são todos direcionados para as amigas.

Preciso me conformar. Ela claramente está feliz com o meu bebê — *o seu bebê*. Se eu começar a julgar seu desempenho como mãe, vou ficar louca.

Ninguém nunca vai saber

— Você devia contratar uma segunda babá também — sugere Emma.

Quantas pessoas essas mulheres acham que é preciso para cuidar de um bebê? Sem dúvida que, com duas babás, mal sobra tempo para a mãe ver o próprio filho.

— Vocês deviam ter ido atrás de uma babá que também é doméstica — diz Ming. — Assim ela não pode reclamar quando você pedir para que prepare comida ou faxine. Falando de faxina, Julia, daqui dá para ver uma camada grossa de pó. — Ela aponta para o chão embaixo do berço de Alec.

Eu me abaixo. Parece que ninguém limpa ali há meses.

— Os funcionários estão ocupados demais para tirarem pó hoje — fala Julia.

— Eu limpo. — Não quero Alec desenvolvendo asma só porque as pessoas estão ocupadas com aperitivos e fontes de champanhe. Pego um espanador, fico de quatro e limpo debaixo do berço. Minha calça aperta tanto a barriga pós-parto, que dói.

— Oi, o que é isso? O clube do leite da Luluzinha? — diz uma voz masculina animada.

Eu me viro quando o marido de Emma, Spencer, entra no quarto com duas bolsas grandes de lona. Seu olhar passa por mim, mas não me reconhece.

— Spencer! — exclama Emma. — Que comentário insensível, sabendo que a pobre Julia não pode amamentar!

— Não me importo — tranquiliza-a Julia. — Sei há tempos que eu não poderia amamentar por questões médicas. Chris está preparando uma mamadeira. — Ela se empoleira na beirada do baú de brinquedos. — São berços portáteis, Spencer? Pode deixá-los no canto.

— Piuííí, entrega de leite! — Chris entra, uma mamadeira em uma das mãos e o celular erguido na outra, gravando um vídeo. — Papai chegou, rapazinho. Papai fez sua mamadeira, e preciso provar para mamãe que consigo fazer isso direito. O que acha, Julia? — Ele aponta o celular para as outras mulheres. — Olhe, aqui estão Ming e Emma e os bebês Olly e Molly. Merda, é indelicado filmar enquanto estão amamentando?

Ming ri.

— Não, Chris, mas é indelicado falar palavrão na frente de bebês.

— Foi mal! Me desculpem, crianças.

Não consigo acreditar na transformação. Christopher Hygate, um homem de negócios poderoso, está fazendo caretas e voz de criança. Está pedindo desculpas a bebês.

Enquanto isso, Spencer espalha pedaços dos berços portáteis no canto. Está balbuciando consigo mesmo e não parece fazer progresso algum. Ele se atrapalhou todo com os berços, embora um seja azul e o outro rosa.

Mais pessoas se aglomeram no quarto. Ouço alguém comentar como os Hygate são ótimos anfitriões, convidando todos para o fim de semana.

— Vamos estar de ressaca pesada para o batizado — brinca um homem.

— Babá, Spencer precisa de ajuda com os berços portáteis — fala Julia. — Seja uma boa menina, pode ser?

Eu me viro antes que ela veja a minha expressão. *Babá?* Eu não tenho mais nome? E será que ela não percebe que não tenho a mínima ideia de como montar um berço?

Aqui vamos nós. Spencer parece ter desistido, então pego o maior pedaço do berço rosa e afasto as grades, e o berço toma forma. Eu o coloco no chão e pego a única outra coisa rosa no quarto, um colchão de espuma, e o posiciono dentro do berço.

— Tcharan! — falo. O processo todo levou dez segundos.

— Ah, só uma mulher para conseguir fazer isso — comenta Spencer.

Eu me lembro dele falando sem parar sobre consertar seus carros. Acho que ele só se torna imprestável com coisas rosas.

Agora Ming começa a falar de com quem Alec se parece mais: Julia ou Chris. Que bom que Chris contratou um detetive para descobrir qual era a aparência de Xander. Muitas pessoas comentam que o cabelo loiro-avermelhado de Alec "obviamente" vem de Chris.

— O útero chega até a coçar — fala uma mulher de cabelo castanho. — Posso segurá-lo?

Julia passa Alec a ela.

— Meu Deus, não sei segurar um bebê! — A voz da mulher é tão alta quanto um megafone. Ela maneja Alec como se ele fosse venenoso ou uma cobra muito escorregadia.

Alec solta um gritinho. Fico desesperada para me aproximar e arrancá-lo dos braços da mulher incompetente, mas não posso me mexer. Apesar da medicação, meus seios estão respondendo ao choro do meu bebê. O leite tenta escapar.

Ninguém nunca vai saber

Estou usando bojos de amamentação, então ele não vai molhar a roupa, mas, por instinto, cruzo os braços no peito.

Outra mulher pega Alec.

— Ele é tão pesado! — diz ela. — Que garotão! Como raios você aguentou um parto caseiro?

Fico tensa. Espero que Chris tenha explicado o parto para Julia.

— Estou tentando me esquecer do nascimento. — Julia franze o rosto. — Agora, senhoras e senhores, me acompanharão até lá embaixo para um drinque? — Ela se levanta, lançando um olhar falso de pena para Ming e Emma. — Vou usufruir dos benefícios da amamentação com fórmula. Vai ser meu primeiro Chardonnay em nove meses! Meninas, expliquem para a babá do que seus bebês podem precisar.

Ela tira Alec da mulher, coloca-o nos meus braços e sai do quarto.

À medida que as visitas saem, tudo que consigo fazer é olhar para o meu filho e cheirá-lo. Na noite em que ele nasceu, seu cheiro me fez lembrar de Xander, e embora esteja com um aroma diferente hoje à tarde, sua beleza e o quanto ele me parece certo me surpreendem. Isso tudo paralisa meu cérebro.

— Você ouviu o que eu disse? — Emma está me encarando. Ela revira os olhos. — Não tenho tempo para falar tudo duas vezes. Sei que você sabe o que está fazendo. Bebês são todos iguais. Te vejo amanhã de manhã.

* * *

Estou sozinha com três bebês, e não tenho ideia do que estou fazendo. Nas últimas horas, de alguma maneira, consegui alimentá-los, trocá-los e colocá-los em seus berços, mas foi então que minha sorte acabou. Como raios devo ninar três bebês ao mesmo tempo? Alec já cochilou, mas Olly e Molly parecem não fazer ideia de que esperam que durmam. A pobre Molly balança em seu berço rosa como um peixe preso em um anzol, e o choro de Olly é alto o bastante para reviver os mortos.

Alguma coisa do barulho toca minha alma e a torce. Preciso tomar um ar. Saio para a sacada e deslizo a porta para fechá-la.

Inspiro o aroma suave da noite. O som de ondas quebrando e o leve brilho do mar acalmam meus nervos abalados. Posso não ser uma babá, mas sou uma mãe. Qualquer adulto com o mínimo de bom senso deve ser capaz de cuidar de bebês, senão a raça humana jamais teria sobrevivido.

Volto para dentro e, para meu alívio, os bebês estão se acalmando. Olly e Molly estão caindo no sono. Agora Alec está acordado, mas calmo. Seus grandes olhos observam o mundo como se fosse algo surpreendente.

Enfim, estamos a sós. Tiro-o do berço e afundo no sofá.

— Vamos nos conhecer, meu lindo.

Por duas horas, seguro meu bebê. Ele transita contente entre o sono e o despertar enquanto admiro sua cabecinha redonda, seu peso satisfatório, seus dez dedos perfeitos com as unhas como conchas. O cabelo loiro-avermelhado e os olhos azul-esverdeados são a mistura perfeita dos genes de Xander com os meus.

A música vibra a partir do andar de baixo. Espero que Julia não esteja passando dos limites — que ela saiba que uma nova mãe não iria para a pista de dança.

Por volta das nove, Alec fica inquieto. Não quero que ele acorde os outros bebês, então o levo para o corredor e ando de um lado para o outro.

Philip sai do banheiro.

— Saquinho sem fundo — comenta ele, seguindo até a escada.

Levo um susto. Meu bebê está com fome, e eu não percebi.

— Com licença, hm, Vossa Excelência — chamo, lembrando que ele é algum tipo de juiz. — Você poderia, por favor, pedir para a cozinha mandar a mamadeira do Alec?

— Vou avisar alguma empregada — responde Philip.

Logo, Zelde sobe. Ela não está segurando uma mamadeira.

— Não recebeu meu recado? — pergunto. — Alec está com fome.

— A próxima mamadeira dele é só às dez. É seu trabalho acalmá-lo. Faça-o entrar na rotina. Recém-nascidos não sabem diferenciar o dia da noite.

— Seria mais fácil acalmá-lo se eu pudesse alimentá-lo.

Ela aponta para a porta do quartinho.

— Coloque-o no berço e mostre quem é que manda.

— Mas...

— Não discuta comigo, mocinha. A profissional sou eu. Desça-o do colo, apague as luzes e deixe-o exercitar os pulmões.

— Sarah está por aqui? — pergunto. Sarah, que também é mãe, seria a pessoa ideal para me ajudar com os bebês, e certamente Julia não precisa de sua empregada pessoal no meio da festa.

— Sarah foi demitida.

— O quê? Por quê?

Zelde balança a cabeça para mim, como se dizendo que eu deveria saber muito bem que não devia perguntar. Ela dá meia-volta e desce as escadas pisando duro.

Eu a observo, boquiaberta, ir embora. Ela estava falando sério? Não acredito que Julia gostaria que seu bebê fosse dormir com fome, mas também duvido que gostaria de me ver no meio da festa para dedurar Zelde. Hoje à tarde, ficou bem claro que sou apenas a babá.

É evidente que os Hygate não são leais aos seus funcionários, nem mesmo a uma boa trabalhadora que é mãe solo. Estou triste por Sarah. Eu tinha esperança de que virássemos amigas.

É burrice colocar um bebê chorando no mesmo quarto em que outros dois estão dormindo, mas Zelde pode voltar para conferir se suas ordens foram cumpridas. Volto para o quartinho e fecho a porta. Pelas janelas altas, a lua crescente sobe acima de um oceano prateado. Sob sua luz, encontro o caminho até o sofá.

Talvez Zelde esteja certa. Talvez bebês precisem entrar na rotina. Talvez chorar faça bem para seus pulmões. Só que meu bebê é tão pequeno e tão novo. A vida tem muitas tristezas, mas ele não precisa aprender isso ainda.

O que ele precisa aprender é o amor. Quero que aprenda que alguém o ama tanto a ponto de abraçá-lo apertado no escuro. De confortá-lo quando chorar.

Eu o balanço e sussurro para ele, mas sua fome aumenta. Quando afeta seu sono, os resmungos se transformam em um choro agudo, e meu corpo reage. O leite chega.

Ele é meu filho, e ele está com fome. Sei que é errado, mas preciso fazer isto.

Amamento meu bebê.

CAPÍTULO 25

Quando acordo na manhã seguinte, tendo dormido no sofá do quartinho, um robe de batismo está pendurado na porta do guarda-roupa. Feito de seda cor de marfim e rendas artesanais, me parece uma herança preciosa. Talvez Margareta o tenha trazido da Romênia.

Pela manhã toda, fico atarantada com os bebês enquanto os convidados andam de um lado para o outro, se arrumando. Mulheres se apressam de salto alto, e o cheiro de laquê e perfume invade o quarto. Ainda estou com roupas casuais, e cheiro a fórmula regurgitada.

Será possível que eu não tenha sido convidada?

Não posso perder o batizado do meu filho. Não ligo se decidiram começar a me chamar de Babá e a mandar em mim a torto e a direito. Vou arrumar um jeito de estar presente.

Talvez eu possa conversar com Margareta para que me arranje um convite. Embora eu só a tenha visto uma vez, ela me pareceu ser uma amiga. Estou ansiosa para ver suas roupas exuberantes e ouvir sua voz retumbante.

Às onze, decido me arriscar. Logo, todos vão partir para a igreja. Coloco Olly e Molly nos berços e me apresso pelo corredor até o quarto vermelho, Alec nos braços. Bato na porta, pronta para implorar meu favor a Margareta.

A porta se abre, mas não vejo Margareta. Vejo Ming, usando um vestido preto e justo com uma fenda alta. Ela está com um batom na mão.

Ninguém nunca vai saber

— O que foi? — pergunta. — Olly está bem?

— Está — balbucio. — Desculpa, quarto errado.

Fujo de volta ao quartinho, mas chego tarde demais. Julia está parada no centro do cômodo, radiante em um vestido branco de gola alta, reprovação brilhando nos olhos.

— Onde você estava? — pergunta ela.

— Eu queria falar com Margareta.

— Vovó não vem. Ela adoeceu de novo e precisou cancelar o voo.

Meu peito aperta.

— Ela vai perder o batizado do único bisneto?

— Eve, isto é péssimo. Não tinha ninguém cuidando das crianças.

Tinha que ser eu a deixar os bebês sozinhos por dez segundos e ser pega. Do jeito que ela fala, até dá a entender que passei a manhã toda perambulando pela casa.

Julia olha para o relógio no pulso e estala a língua.

— Era para Zelde ter vindo te substituir há mais de uma hora. Você precisa colocar um vestido bonito. É bom se apressar. Eu mesma visto Alec. Chris não te contou? Queremos que seja a madrinha.

* * *

Logo depois, saímos para a igreja. Vou na limusine com os Hygate, Philip e Spencer, que serão os padrinhos de Alec.

Mal tive tempo de tomar um banho e me vestir. Eu deveria estar irritada por Julia ter tocado no assunto tão em cima da hora, mas estou feliz demais com o pedido. Vou ser madrinha de Alec. É um gesto tão atencioso da parte de Chris e Julia. Como madrinha de Alec, vou poder enchê-lo de presentes e levá-lo para passeios especiais, e nosso relacionamento poderá durar a vida inteira.

Chegamos à pitoresca igreja de pedra no vilarejo, que logo fica lotada com a nata da sociedade em suas roupas chiques, que não combinam em nada com o evento. Julia aperta meu braço de leve para me tranquilizar enquanto vamos ao altar.

— Você só precisa dizer "sim" sempre que o padre falar com você.

Chris, Julia, Spencer, Philip e eu paramos ao lado de uma fonte de mármore cheia de água cristalina. O padre lê a Bíblia em voz alta em uma língua estrangeira, provavelmente romeno. A cerimônia segue a tradição ortodoxa oriental, que deve ter sido planejada levando Margareta em consideração, porque não acredito que Julia e Chris sejam de frequentar igrejas. É inevitável, imagino Margareta deitada em casa, doente e sozinha, e me pergunto por que os Hygate não remarcaram o batizado.

— Eve Hygate!

As palavras do padre adentram meu devaneio. Chris apoia a mão entre as minhas escápulas e me empurra para a frente.

Preciso fazer isso direito por Alec.

— Sim — digo.

— Você reconhece que este menino, Alexander, é filho de Christopher e Julia e que será criado por eles como membro da igreja católica?

Paro. Queria que a pergunta tivesse sido feita com outras palavras. Não quero mentir em uma igreja, mas que alternativa tenho?

— Sim. — Minha voz está trêmula.

— Deseja ser a madrinha desta criança?

— Sim.

— Promete que, se Christopher e Julia não puderem honrar seu dever de criar Alexander como membro da igreja, você o fará por eles?

Por que Chris e Julia não me alertaram de que ele me perguntaria isso? É óbvio que eu criaria Alec se algo acontecesse aos dois, mas não sou da igreja ortodoxa. Não sei nada a respeito de com o que estou me comprometendo.

Um burburinho corre pela igreja. Todos estão me encarando. Sinto um golpe nas costas.

— Sim.

* * *

De volta ao casarão, Alec é o centro das atenções. Passando de colo a colo, ele é mimado por todos os convidados e as convidadas.

Dos pés à cabeça, Julia é uma mãe orgulhosa. Não importa o quanto eu desgoste da rotina social superpovoada dos Hygate, estão fazendo isso por causa de Alec. Os padrinhos são homens influentes, e Olly e Molly são seus futuros amigos, escolhidos de boas famílias. Eu não poderia ter dado nada disso a ele.

Mesmo assim, vou embora da festa. Zelde vai suspeitar do meu desaparecimento antes que me sobrecarreguem como babá mais uma vez, mas não é isso. É Angel.

Angel era o bebê para quem estas festividades tinham sido planejadas, o legítimo herdeiro ou herdeira. Sinto como se até mesmo Julia tivesse se esquecido de sua criança perdida. Ainda de vestido formal e tamancos, me pego indo ao sul, atravessando a vegetação, em direção ao Mirante do Farol. Não dá para chegar ao túmulo de Angel, mas quero estar próxima dele.

O verde da Tasmânia não dá muitas flores, mas, enquanto caminho, colho algumas folhagens bonitas. O sol está alto no céu quando emerjo no penhasco. A caminhada até aqui leva apenas quarenta minutos. É surpreendentemente rápida, considerando que leva uma hora para chegar de barco ao rochedo, porque o iate precisa desviar vários quilômetros da costa para evitar os recifes.

O farol onde morei por meses aparece do outro lado do desfiladeiro. Paro bem à beira do penhasco, perto o bastante para ver um lagarto cor-de-rosa e verde tomando sol. Parece que estou sempre do lado errado.

Dou um beijo no meu buquê improvisado e me preparo para lançá-lo em direção ao Rochedo do Farol.

— Por Angel — digo.

Angel nunca respirou. Angel nunca viu o mar ou o céu. Angel se perdeu tanto no tempo, que ninguém visita seu túmulo.

O vento faz meu cabelo chicotear no rosto, e meus olhos ardem com lágrimas, mas não é por Angel que estou chorando. Estou chorando pelo meu bebê. Ele está cercado por pessoas que o querem bem, mas, ainda assim, também está perdido. Ele nem sabe que está perdido. Ele não sabe que está na família errada. Quando Chris e Julia contarem a ele que teve a infância de outro, será tarde demais.

Talvez eu estivesse esperando que Alec sentisse a verdade em mim, mas agora sei que é impossível. Como uma criança poderia encontrar seus pais verdadeiros quando nem sabe que precisa procurá-los?

Jogo o buquê, e ele voa céu acima, gira e cai, se espalhando no mar borbulhante. À medida que some no turbilhão, vejo a verdade.

Não consigo mais continuar com isso.

Preciso pegar meu filho de volta.

CAPÍTULO 26

Na tarde seguinte, os convidados finalmente vão embora, e a mansão volta a ficar em silêncio. Retorno para minha casa, exausta por ter tido que cuidar de três bebês, mas não posso descansar até ter dado a notícia aos Hygate.

Falei que precisava conversar com eles assim que possível. No meio-tempo, tem uma coisa que estou com vontade de fazer desde que vi aquele lagarto ontem.

Eu me conecto ao Wi-Fi e pesquiso *lagartos da Tasmânia*. Descubro que há dezoito espécies diferentes. Vejo fotos de todas elas, mas nenhuma se parece com os lagartos do Rochedo do Farol. Será que são uma espécie desconhecida? Acho improvável, dado que os trabalhadores do farol moravam no rochedo. Aqueles lagartos não passam despercebidos.

Talvez foi só recentemente que os lagartos foram trazidos de outro país ao rochedo. Talvez esse seja o papel da escuna vermelha na operação de contrabando — se for isso que Joseph está fazendo. Ele pode encontrar o iate de vez em quando no rochedo. É um lugar remoto apropriado — e Joseph tinha de fato me alertado que pessoas ruins visitavam o local. Se ele está envolvido com contrabando de lagartos há um tempo, talvez alguns tenham escapado e começado a procriar.

A escuna tinha chegado à Baía do Paraíso em uma noite em que seria improvável que alguém a visse. Os Hygate e Zelde estavam ocupados, os funcionários não estavam na propriedade, e tinham me mandado ficar em casa.

Como se pesquisa por algo de que não se sabe o nome? Digito *lagartos de diamante* na barra de pesquisa, mas tudo que encontro são joias no formato de lagartos. Tento *lagartos coloridos*, *lagartos bonitos* e *lagartos em risco de extinção*. Até que, enfim, algo familiar aparece na tela. Meus amiguinhos cor-de-rosa e verdes.

Leio o texto: *O Tukutuku rakiurae (também conhecido como "lagarto arlequim") só pode ser encontrado na ilha do extremo sul da Nova Zelândia, Rakiura. Os padrões belíssimos da pele do tukutuku fazem com que ele seja uma espécie admirada por colecionadores de animais silvestres, mas o comércio destas criaturas ameaçadas de extinção é estritamente proibido no mundo todo, e a localização remota da Nova Zelândia, bem como a rigorosa segurança dos aeroportos, tornam quase impossível obtê-los no mercado ilegal internacional. Recentemente, vários cidadãos europeus foram presos depois de tentarem embarcar em aviões que saíam da Nova Zelândia com tukutukus de contrabando escondidos nas roupas do corpo. A falta de oferta destes répteis fez com que seu preço disparasse.*

Estou encarando a tela. Tudo faz sentido. Um iate é uma maneira muito simples de contrabandear mercadoria — caso você saiba navegar. A alfândega quase nunca se preocupa em vistoriar um iate antes de liberá-lo para a saída do porto. Apenas exigem que o capitão se apresente em seus escritórios com a papelada. Na minha viagem pelo Pacífico com Xander, as poucas vezes que os funcionários da alfândega embarcaram no *Joy* mais pareceram visitas sociais. Não revistaram o iate. Qualquer coisa poderia estar escondida sob as tábuas do piso ou atrás dos painéis das paredes.

Duvido que os Hygate estejam envolvidos nos negócios questionáveis de Joseph. Já são ricos, não precisam se meter com contrabando. Por outro lado, têm medo de Joseph. Não confiam nele, mas, por algum motivo, estão presos a ele. Ele já tinha algum poder sobre os dois desde antes de ter descoberto a adoção. Agora, acredito eu, seu poder aumentou. Ele sabe do segredo deles.

De alguma forma, os Hygate impediram Joseph de revelar a verdade sobre Alec. Julia estava muito preocupada com a possibilidade de Joseph descobrir, mas parece que Chris resolveu o problema na noite da festa de Margareta. Odeio pensar no tanto de dinheiro que ele deve ter desembolsado.

Meu celular toca, e minha alma quase sai do corpo. Eu tinha me esquecido de que passei meu novo número a Zelde. Deve ser ela.

— Alô?

— Parece que você solicitou uma conversa a sós com o sr. e a sra. Hygate. — O tom de Zelde sugere que ela acha isso o ápice da imprudência. — Eles estão indo até você. Não desperdice o tempo deles, entendido? Deixaram Alec comigo, e não tenho tempo para gastar cuidando de um bebê hoje à noite. Preciso cuidar dos salários.

Desligo e vou com pressa olhar pela janela. Chris e Julia estão se aproximando pelas acácias-pretas.

Esqueça Joseph e os lagartos. Preciso focar Alec. Esta conversa vai ser intensa.

A casa parece ter sido alvo de uma explosão. A última coisa de que preciso é parecer desorganizada e preguiçosa. Escondo depressa a maior parte da bagunça embaixo da cama. Estou escondendo minha montanha ridícula de roupinhas de menina enquanto Chris e Julia sobem as escadas.

— Ah, Eve — fala Julia, sentando-se no sofá. — Estamos com tanta vergonha por terem pedido para que cuidasse de Olly e Molly. Que fiasco! Eu tinha falado para minhas amigas que você era uma babá experiente, e não consegui pensar em como negar seus serviços a elas. Mas mandei Zelde para te ajudar. Ela tem sido uma âncora. Te contei que ela concordou em continuar aqui como nossa secretária? Graças a Deus!

— Zelde não ajudou em nada. — Eu me sento à mesa, torcendo para que isso disfarce minhas mãos trêmulas. — Ela só veio quando mandei chamarem-na, e ela se recusou a trazer a mamadeira de Alec quando ele estava com fome. Ela parece pensar que é responsável por ele.

— Vejo que você e Zelde não estão se dando bem — comenta Julia.

— Não é questão de não estarmos nos dando bem. Eu sou a babá. A babá devia tomar decisões quando os pais não estão por perto. E, falando em não estar por perto, Zelde sequer esteve presente no parto?

Chris está encostado na balaustrada no topo das escadas.

— Eve, a medicação deve ter causado algum tipo de confusão mental. Não sei como poderia saber quem esteve ou não presente. Você estava baqueada demais com os analgésicos para se lembrar sequer da viagem de helicóptero. Vai ter que confiar em mim, Zelde cuidou de você com afinco durante todo o trabalho de parto.

Não consigo escapar da sensação de que algo estranho está acontecendo na Baía do Paraíso. As pessoas nunca estão onde deveriam estar.

Zelde se absteve do meu parto — tenho certeza disso, apesar da negação de Chris. Margareta não veio para o batizado, embora toda a cerimônia parecesse ter sido pensada para agradá-la. E Alec foi deixado na marina com um marinheiro suspeito um dia depois de ter nascido, apesar de ter *três* pais e uma parteira que mora na casa.

— Voltando ao ponto principal — diz Julia —, entendo que as coisas estejam complicadas entre você e Zelde, porque ela tem qualificações e você não. Não quero que meu bebê passe fome, mas Zelde deve saber o que está fazendo. No entanto, contratamos *você* para ser babá, não ela. Vou avisá-la para respeitar seus pedidos no futuro.

Christopher concorda com a cabeça.

Simples assim?

Julia arrancou o vento das velas da minha embarcação. Achei que ela fosse defender Zelde. Só que não se trata de fazer Alec esperar pela mamadeira nem de me deixar cuidando dos filhos de outras pessoas. Mesmo quando Alec estava feliz, sendo celebrado pelos amigos de Chris e Julia, as coisas não pareceram certas. Foi quando pareceram piores.

— Zelde não importa — digo. — Meu problema não é com ela.

— Com quem é o seu problema? — indaga Chris.

Estou prendendo a respiração. Não tem jeito fácil de dizer o que preciso.

— Tomei uma decisão. Vocês são pais maravilhosos, e foram muito bons comigo, mas dói demais ver Alec ser criado como filho de outras pessoas. Não consigo fazer isso. Desculpa, mas não vou conseguir continuar com isso.

O silêncio parece durar uma eternidade. Chris observa a parede, sua expressão ilegível. Julia me encara, olhos arregalados. Lágrimas começam a escorrer pelas bochechas dela.

— Que notícia péssima. — Ela se levanta em um pulo e começa a andar de um lado ao outro do cômodo. — Não dá para acreditar que você se sinta assim. Deve haver alguma coisa que possamos fazer. Por favor, não vá embora, Eve. Deve haver outra maneira. Basta pedir, e demitimos Zelde.

Eu me sento em cima das mãos.

— Não é Zelde. O plano me pareceu errado desde o começo. Vocês se lembram de que, primeiro, eu disse não. Queria ter seguido meu instinto. Desculpa por fazê-los passar por isso, mas está tudo errado, e não tenho como consertar isso.

— Estávamos tão felizes por termos uma babá que ama tanto Alec. — Julia seca as bochechas com as mãos. — Onde encontraremos outra?

As palavras dela pairam no ar.

— Onde vocês vão encontrar outra *o quê*? — pergunto.

— Outra babá para Alec. Acho que não vou nem tentar. Nenhuma babá seria capaz de amá-lo tanto quanto você e eu o amamos, Eve. Vou largar meu trabalho com a caridade e criar Alec sozinha. Não quero que ele passe pelo trauma de mudança de cuidadora.

Eu a observo de queixo caído. Achei que tinha falado a parte mais difícil, mas ela não me ouviu. Vou ter que repetir.

— Julia.

Ela me observa com olhos límpidos.

— Não estou propondo deixar o Alec com vocês. Sinto muito, mas ele é meu filho. Ele virá comigo.

Silêncio de novo. Desta vez, denso e pesado.

É Chris que fala:

— Tarde demais para isso.

— Como ass...

Ele levanta a mão.

— Eve, pare. Quanto mais você falar, mais difícil será para você mais tarde. Escute bem, você cometeu um crime.

O tempo para. O cômodo parece escurecer. Espero Chris explicar. Eu até poderia acreditar que está brincando, mas seu maxilar está travado. Seus olhos, duros como pedra.

— Do que você está falando? — questiono, por fim.

— Tráfico infantil — responde ele.

O mundo perde a cor. O semblante de Chris é frio. Ele me olha como se não nos conhecêssemos.

— Como eu poderia traficar meu filho? — pergunto. — Tenho o direito de levá-lo embora.

— Não estou dizendo que é crime você ir embora com ele. O crime foi o que já fez. Você vendeu Alec para nós. Aceitou pagamento durante a gravidez, e não fez nada em resposta, a não ser nos dar um bebê. A lei vê isso como tráfico. Uma criança jamais deve ser comprada ou vendida.

— Se o que fizemos foi errado, eu estaria corrigindo tudo ao cancelar o acordo, não?

— Ah, se ao menos a lei funcionasse assim... Ladrões de bancos poderiam devolver o dinheiro. Traficantes de drogas poderiam entregar a mercadoria à polícia. Infelizmente, a lei criminal está mais preocupada com o que você já fez. As coisas foram longe demais. Se tivesse mudado de ideia antes, talvez pudéssemos ter fingido que Julia sofreu outro aborto espontâneo. Agora, no entanto, dezenas de pessoas viram o filho vivo de Julia. No batizado, nós três nos posicionamos e confirmamos que ele é filho de Julia e meu. Você fez uma promessa em relação a isso na presença de testemunhas, incluindo um juiz da Suprema Corte. A lei é severa. Vender uma criança é escravatura.

Hesito. Eu estava tão animada para ser madrinha, que mal parei para considerar que estava fazendo um juramento em falso. O ato que imaginei que garantiria meu relacionamento com Alec foi precisamente o ato que selou minha ruína.

— Você fala como se eu tivesse feito tudo sozinha!

Christopher balança a cabeça.

— Julia e eu também somos culpados. Compramos Alec de você. Se isso vazar, o que aconteceria se de repente Julia e eu *não tivéssemos* mais um filho, todos seríamos presos, a menos que encontrássemos um advogado muito bom que pudesse influenciar um juiz. — Chris diz as palavras seguintes com um olhar ameaçador: — Ainda que não fôssemos parar na prisão, as autoridades que asseguram o bem-estar de menores não deixaria que nenhum de nós três ficasse com a guarda de Alec. Como Margareta é idosa demais para cuidar dele e você não tem família, Alec acabaria em um orfanato.

Minha cabeça afunda nas mãos. Por que não percebi que pegar meu filho de volta não seria tão simples? O que pensei que os Hygate diriam aos amigos?

— Vocês disseram que eu poderia pegá-lo de volta! — digo, a voz aguda. — Disseram que tudo dependeria da minha vontade!

Dá para ver que os Hygate não querem a polícia envolvida. Os olhos de Julia estão arregalados de medo. Só que, se chegássemos a tal ponto, minha situação seria bem pior que a deles. Eles teriam um ótimo advogado. Eu não.

— Você não me entendeu direito — fala Chris. — Nós dependemos, sim, da sua vontade. Se não gosta da maneira como estamos criando

Alec, você pode intervir. Alec será tirado dos nossos cuidados e ficará em segurança, mas não será entregue a você.

Julia se vira para encarar o marido.

— Ah, Chris, por favor, pare. Eu queria que não estivéssemos tendo esta conversa. Eve, vejo você como parte da família. Podemos ir com calma? Por favor, repense. Não abandone seu filho.

Não consigo lidar com o que Chris disse, mas as palavras de Julia me chocam mais. Ela não entendeu nada se acha que eu iria embora agora que sei que não posso levar Alec comigo.

Eu faria qualquer coisa para impedir que ele fosse colocado em um orfanato, que fosse transferido de um lugar a outro por aqueles abutres cheios de falsidade impregnada na voz animada e nos sorrisos melosos. Por isso larguei a escola e fui morar com colegas quando minha avó morreu. De jeito nenhum deixarei aqueles abutres voltarem para a minha vida. Nem permitirei que sejam parte da infância de Alec.

Todos os meus pensamentos sobre Alec estar na família errada me parecem idiotas. Qualquer família é melhor do que nenhuma.

— Mulheres não costumam ter problemas hormonais depois do parto? — pergunta Chris. — Aposto que deve ser apenas isso. Sem ofensas, mas você precisaria ter um parafuso a menos para achar que Alec ficaria melhor sendo criado por uma mãe solo e sem-teto do que crescendo na Baía do Paraíso como herdeiro da fortuna de Margareta.

— Christopher! — exclama Julia. — Isso foi grosseiro. Não estou dizendo que está errado, porque Zelde mencionou mudanças de humor, mas não há necessidade de ser tão direto assim.

— A culpa é nossa por termos sobrecarregado Eve. — Chris se senta de frente para mim. Seu tom está mais suave, mas ainda há uma nuance sinistra em sua voz. — Nossos convidados foram embora. Não precisamos mais manter as aparências. Eve, fique em casa e descanse. Alec será tirado dos seus cuidados. Vamos dizer aos funcionários que está resfriada. Em uma semana, venho ver se você pensou melhor nessa ideia absurda.

— Tenho certeza de que um dia ou dois vão bastar para que Eve reconheça o erro e...

— Julia, já tomei minha decisão. Vamos. Está na hora de amamentarmos Alec. Você precisa fazê-lo se acostumar com a rotina. Nunca é cedo demais para aprender autodisciplina.

Com isso, ele e Julia vão embora.

Fico sentada, sem me mover. Como me deixei enganar. Chris estava brincando comigo, me fazendo acreditar que eu estava no comando, como um pai que deixa o filho achar que está escolhendo ir para a escola — até o dia em que quer ficar em casa.

Chris não é quem eu pensava que era. Eu o via como um pai bondoso, mas é um homem de negócios, protetor cruel do que pertence a ele. Eu devia ter adivinhado quando descobri que Sarah tinha sido demitida. Os Hygate não são caridosos devotos a ajudar mães solo. Os Hygate são devotos a ajudar os Hygate.

Mesmo quando Chris fez sua voz soar mais amigável, não havia amizade alguma ali. O que ele quis dizer com um advogado que pudesse influenciar um juiz? O advogado faria seu papel com argumentos legais brilhantes ou com suborno?

Pouco importa. Não posso deixar que as autoridades descubram a adoção. Não quero mais que Chris seja pai de Alec, mas as alternativas são piores. Eu poderia tentar fugir com o meu filho, mas a polícia me perseguiria. Eu seria acusada de sequestro. Se eu dissesse que Alec é meu bebê, seria acusada de tráfico.

Julia também não é quem eu pensava. Desde que Alec nasceu, vi outro lado dela. Anda preocupada com as aparências e é facilmente influenciada pelo marido e pelos amigos ricos dele. Já não gosto de seu papel como mãe. Mas Julia não é uma má pessoa. Ela ama Alec. Apesar de nossa conversa desconfortável, os Hygate estão dispostos a me deixar ficar. Me deram um alerta, mas, desde que eu obedeça aos seus pedidos, estão dispostos a me dar outra chance.

Fiel a sua palavra, Chris passa uma semana sem vir me ver, e não ouso visitar a mansão, mas não levo nem uma semana para me decidir. Não é nem questão disso. É que, simplesmente, não tenho outra escolha. Preciso manter Alec na minha vida.

Vou engolir o orgulho, implorar por perdão e guardar minhas opiniões para mim mesma, como o restante dos empregados. Vou me tornar o que Chris chama de bajuladora, porque, independentemente do que ele tenha dito no passado, é isso que ele quer de verdade.

Vou fazer o que for necessário para manter meu trabalho. Vou fazer de tudo para ficar com o meu bebê.

PARTE III

SEIS ANOS DEPOIS

CAPÍTULO 27

Alec está sentado em um banco na pequena cozinha da minha casa, lendo para mim enquanto cozinho:

— *O rei ficou encantado ao ver o fio de ouro reluzente que a donzela havia tecido.* — Alec tira os olhos do livro, jogando o cabelo loiro para longe dos lindos olhos turquesa. — Por que as pessoas nas histórias sempre querem ouro? Eu preferiria ganhar bolo.

— Sorte a sua, porque tem bolo chegando logo, logo. — Entrego a espátula para ele. — Experimente.

Alec arregala os olhos ao ver a mistura cremosa.

— Posso? Mamãe falou que é gula.

— Nosso almoço foi leve. Além do mais, é difícil tirar a massa sem uma máquina de lavar louças. — Dou uma piscadela. — Você vai me ajudar.

Alec fecha o livro com um sorriso alegre e lambe a espátula. Observo com uma mistura de orgulho e tristeza. Ele é uma criança adorável, mas, graças à rigidez de Chris, sua vida é tão cheia de regras, que ele tem medo de se divertir. Até mesmo a oferta de experimentar um pouco de massa de bolo requer uma decisão tensa.

Durante seis anos, criei meu filho de acordo com os decretos dos Hygate. Desde que Alec saiu do berço, esperam que ele se porte como adulto. Ele não pode beliscar nada entre as refeições, deixar brinquedos no chão ou sujar a roupa. Caso se comporte mal, o castigo é imediato.

Mandam-no para o quarto, cancelam os encontros com os amiguinhos ou ainda o impedem de ir ao treino de futebol.

Tem sido difícil ver meu filho sendo criado dessa maneira, mas, cada vez que considero as alternativas, concluo que as coisas estão melhores assim. Também me preocupo com Joseph morando perto, mas ele não dá atenção a Alec. Nunca mais vi a escuna vermelha nem nenhum outro sinal de que Joseph está contrabandeando lagartos, não desde aquela noite quando Alec era bebê. Creio que Joseph tenha largado a vida criminosa.

As coisas começaram a mudar na Baía do Paraíso cerca de um ano atrás. Primeiro, os jardineiros foram demitidos, depois as empregadas, uma a uma, até que eu e Zelde fôssemos as únicas funcionárias a continuar morando na propriedade. Os Hygate não dizem nada, mas está óbvio que sofreram um sério contratempo financeiro. Sem uma equipe de empregados para manter tudo impecável, a propriedade da Baía do Paraíso está ficando negligenciada, dentro e fora.

Tive receio de que os Hygate me demitissem também. Em vez disso, nos últimos meses, eles têm feito valer cada centavo que me pagam, deixando Alec sob meus cuidados vinte e quatro horas por dia, sete dias na semana, enquanto desaparecem em viagens de trabalho recorrentes. Não faço ideia de para onde vão — nunca me contam nada —, mas suspeito que tenham criado um novo empreendimento que, esperam, resolverá seus apuros financeiros. No passado, quase nunca saíam, já que as reuniões do trabalho de Chris geralmente eram em Hobart, e faz anos que Julia largou a caridade. Tenho quase certeza de que ela só acompanhava o marido a Hobart para fazer compras, mas, agora, as viagens deles parecem ter mais propósito. Julia não volta com sacolas de compras. As festas luxuosas que os Hygate sediavam também ficaram no passado.

Este verão tem sido uma bênção. Os Hygate partiram há um mês, e, sem ninguém por perto para me questionar, dei a Alec as experiências de que os pais o privam. Deixei-o brincar em poças durante as tempestades de verão, subir em pereiras repletas de frutos maduros e ficar acordado até depois da hora de dormir para observar estrelas cadentes. Hoje, estamos fazendo bolo, embora Alec não possa comer doces durante a semana. Afinal de contas, é meu aniversário.

— O que quer de presente? — pergunta Alec. — Trinta é um aniversário importante, é, tipo, fazer dez pela terceira vez! Eu não comprei nada ainda.

Coitado de Alec. Eu não esperaria que um menino de seis anos tivesse ido ao vilarejo me comprar um presente.

— Não quero nada. — Limpo um respingo de massa de bolo do nariz dele. — Quando você tiver a minha idade, vai preferir fazer coisas em vez de comprar coisas.

— O que você quer fazer, então?

— Quero comer bolo com você.

— Adultos sempre dizem o que *estão* fazendo. A pergunta era se você pudesse fazer qualquer coisa no mundo. Se pudesse voar para a Lua ou andar na garupa de um Tiranossauro Rex!

Coloco o bolo dentro do forno, me apoio no banco e fecho os olhos.

— Eu queria estar em um iate, no meio do mar e sem terra à vista. Nada além de azul. Eu me deitaria no convés sob a luz do sol, e um grupo de golfinhos viria me fazer companhia. — Na verdade, Joseph me deixou navegar o *Torrent* um pouco sozinha hoje, mas o amigo de Alec precisou cancelar o encontro, então não pude ir.

— Só golfinhos, nenhuma pessoa? — pergunta Alec. — Você não ia ficar solitária?

— Você estaria comigo.

Alec desce do banco em um pulo e se aproxima de mim.

— Evie, por que você não tem um filho também?

A pergunta me desestabiliza. É claro, imaginei que Alec estaria comigo, mas, para ele, deve ter soado estranho. Tento desconversar.

— Não preciso. Já tenho você.

— Mas, Evie, quando você se casar, seu marido vai querer que vocês tenham um filho.

— Talvez eu nunca me case. É difícil conhecer alguém aqui na ilha. Todos os homens são comprometidos ou um tanto peculiares.

Tento soar despreocupada. Não quero que Alec sinta que sonho com uma vida para nós além de Breaksea — uma vida na qual conheci um homem, um homem que é um bom padrasto para Alec. Eu também gostaria de retomar minha carreira como estilista, mas a indústria da moda está fundamentada em redes de contatos, e não tenho a oportunidade de conhecer ninguém morando em um lugar tão remoto.

Alec sai correndo para brincar lá fora enquanto o bolo assa. Arrumando a cozinha, conto os poucos dias que me restam até os Hygate e as aulas de Alec voltarem. Estamos quase no fim de janeiro. Vou vê-lo tão pouco este ano. Ele não precisa mais que eu o leve para a escola agora que sabe andar de bicicleta. Os Hygate prometeram que eu poderia ficar até Alec ter crescido, mas estou começando a achar que sou a famosa quinta roda de um carro perfeito. Se eu fosse mãe de Alec, poderia voltar a trabalhar, me mudar para uma cidade maior e fazer novos amigos. Como babá dele, não posso. Eu jamais o abandonaria, mas é inevitável sentir que meu filho e eu estamos vivendo a vida errada.

Quando o bolo fica pronto, chamo Alec para dentro. Ele aparece na porta com um sorrisinho tímido.

— Feliz aniversário. — Ele estende a mãozinha cheia de flores recém--colhidas e um tanto amassadas. — Peguei azuis, porque azul é sua cor favorita.

Meu coração se derrete.

— Que presente lindo! Obrigada. Vou colocá-las na água.

Colocamos cobertura no bolo, e eu o levo à mesa. Enquanto Alec posiciona as velas, ele me pergunta:

— Seu pedido vai ser um marido?

Dou risada.

— Acho que a ordem natural das coisas é, primeiro, encontrar um namorado e, depois, ver se ele vira um marido.

Alec para, uma vela na mão.

— Você já teve namorado, Evie?

— Alguns.

— Por que nenhum deles virou marido?

— A maioria, porque éramos novos demais. E com um deles eu quis me casar, mas...

— O quê?

Deve ser minha vontade de autopiedade falando mais alto, mas não posso mentir para meu filho sobre o pai dele.

— Ele morreu em um acidente de carro. Eu o amava muito, e fiquei triste por um bom tempo. Me mudei para cá e comecei a cuidar de você, o tempo passou, e agora não estou mais triste.

Alec desce da cadeira e enrola os braços ao meu redor. Seus olhos turquesa encaram os meus profundamente.

— Então por que você está chorando?

Ninguém nunca vai saber

* * *

Enquanto lavo a louça, meus pensamentos me levam até onde eu poderia estar hoje se nunca tivesse conhecido os Hygate. Quando grávida, achei que não poderia ser mãe solo com as minhas enxaquecas, meu luto e minha falta de recursos. Quando criei coragem para me arriscar, os Hygate tinham me encurralado com suas falsas promessas.

A ironia é que faz anos que não tenho crises de enxaqueca. Eu provavelmente teria conseguido me virar.

Olho pela janela da cozinha para as acácias-pretas. As coisas acabaram tomando um rumo muito diferente do que eu esperava. Ao longo dos anos, virei amiga de vários funcionários dos Hygate, só para cada um, no final, acabar sendo "dispensado". Achei que Margareta seria uma bisavó excelente para Alec e uma amiga para mim, mas ela morreu quando Alec era bebê, sem nunca ter voltado a Breaksea. Os Hygate não me convidaram para o velório dela. Quanto ao castelo, não há nem sinal dele. Pelo que entendi quando Margareta faleceu, o castelo seria passado para Julia, que o manteria em custódia até Alec atingir a maioridade. Na época, os Hygate viviam de tantos luxos, que um aumento de fortuna poderia ter passado despercebido, mas agora que estão com problemas financeiros, eu esperaria que tentassem lucrar com um bem tão valioso — talvez o alugando. No entanto, nunca tocaram no assunto. Fico me perguntando se, por algum motivo, não perderam a posse do castelo, ou talvez Margareta era só uma idosa caduca que tinha inventado uma história. Será que era por isso que Julia tinha tanta vergonha do castelo — porque nunca existiu?

Não faz diferença. Não ligo para o quanto Alec possa ser rico ou pobre. Só me importo com estar vivendo uma mentira.

— Dá pra ver que você ainda está triste — fala Alec, entrando na cozinha. — Não era pra você ter chorado no seu aniversário. Papai diz que, se você chora no seu aniversário, vai chorar todos os dias por um ano.

Sempre tomo cuidado para não contradizer Christopher.

— Chorar por ter amado alguém vale o risco. É importante se lembrar do amor.

— Qual era o nome dele? — pergunta Alec. — Se me contar sobre ele, posso te ajudar a lembrar.

— Bem, seu nome foi inspira... Quer dizer, vocês dois têm o mesmo nome.

— O nome dele também era Alec?

— Era Alexander, mas eu o chamava de Xander. Fico feliz por você se chamar Alec, porque me ajuda a me lembrar do Xander, mas sem ser parecido demais.

— Como assim, Evie? — Alec parece pensativo.

— Pode ser confuso quando duas pessoas têm o mesmo nome, ainda mais quando são jovens altos e loiros de olhos azuis, como você e Xander. Vocês se parecem muito. — Estou entrando em um terreno perigoso. — O sol está bom hoje! Não deveríamos ir para a praia?

— Evie, por que não foi navegar no seu aniversário?

Caramba, Alec está cheio de perguntas esquisitas hoje.

— Prefiro passar o dia com você, carinha — digo.

— Por que nunca me levou para navegar?

— Não posso te tirar da ilha, lembra?

Essa é outra das regras de Christopher.

— Mas você me levou para Hobart.

— Seus pais me deram permissão daquela vez.

Terem me dado permissão de sair com Alec da ilha há algumas semanas, como presente de Ano-Novo, foi uma jogada inesperada por parte dos Hygate.

Alec faz careta.

— Eles só mandaram a gente viajar para darem uma passada em casa sem precisarem me ver.

Coloco o último prato para escorrer e me viro para ele.

— Não, meu bem. Foi isso que você pensou? Seus pais nunca fariam algo assim. Eles sentem saudade de você.

— Senti o cheiro da mamãe quando voltamos de Hobart. O quarto dela cheirava igual àquela flor que cresce na cerca da escola.

— O perfume de jasmim? Isso não significa que mamãe passou em casa. Zelde deve ter levado alguns jasmins para dentro.

Alec dá de ombros.

— Tanto faz. A gente podia navegar até outra parte da ilha. Quanto tempo levaria pra chegar no farol? — Ele faz uma dancinha na ponta dos pés, todo animado.

Vamos para a sacada. As águas resguardadas na Baía do Paraíso estão calmas, mas, além do promontório, espuma perturba a superfície — sinal de uma brisa marítima perfeita. Ainda é o começo da tarde, e a viagem ao farol só levaria apenas uma hora na ida e outra na volta, na velocidade máxima, mas isso está fora de cogitação.

— Não tenho um colete salva-vidas para você.

Alec aponta para os iates, e cada um, na água vítrea, parece ter um gêmeo de ponta-cabeça.

— Meu colete está na marina. Vamos, eu tenho permissão para ir ao farol. Sei que tenho, porque papai já me levou de helicóptero pra lá uma vez, só que estava difícil de pousar.

— Não é tão simples assim, Alec. Seus pais não me deram permissão para levar você para navegar.

— Mas também não disseram que você *não podia.* — Alec inclina a cabeça.

— Não.

— Eu não vou abrir a boca. Joseph foi para o vilarejo, e a sra. Finch acha que eu estou na casa do Leo. Ela nunca liga pra onde estou, desde que eu chegue na hora para jantar e não espalhe areia pelo piso todo.

Alec tem razão. Zelde não sabe que Leo cancelou o encontro. Falei para Joseph que, no fim das contas, eu não navegaria com o *Torrent* hoje, mas é provável que ele não ligue se eu navegar.

— Só porque você acha que ninguém nunca vai descobrir não é motivo para fazer algo errado, mocinho.

Alec solta um suspiro.

— Adultos sempre acham que qualquer coisa divertida é errada. Você é igualzinha à mamãe e ao papai. Quando eu crescer, vou me lembrar de me divertir.

Eu volto a observar o mar. Lá, é estonteante.

CAPÍTULO 28

A brisa agita meu cabelo enquanto o *Torrent* avança pela água. O clima está tão maravilhoso quanto parecia visto de casa. Nossa passagem abre ondas no oceano em um V satisfatório. O único sinal de que estivemos aqui some em minutos. Xander costumava chamá-lo de mar sem rastros.

Observo a mansão desaparecer atrás do promontório. Eu me curvo para dentro da cabine e grito:

— Tudo limpo!

Alec aparece à luz do sol, um sorriso enorme no rosto. O colete salva-vidas está preso bem firme.

— Estas são as regras... — digo, lembrando da minha primeira aula em navegação que Xander me deu. — Número um: não caia do barco. Número dois: não caia do barco. Número três...

— Não caia do barco! — termina Alec, gargalhando.

— Você aprende rápido. Venha e segure o leme. É como um volante, mas na direção oposta. Se empurrar para estibordo, o barco vira para bombordo. Se empurrar para bombordo, o barco vai para estibordo.

— Qual é qual?

— Essa é a próxima lição. Logo, logo você será um marinheiro.

Alec assume o leme. Pego uma caneta no painel e desenho uma estrela na mão direita dele.

— Enquanto você estiver de frente para a proa, estibordo fica para cá. Sua mão esquerda é bombordo.

Desenho um círculo na outra mão para representar uma escotilha.

Continuo com a mão sobre a dele enquanto o ensino os sinais que a vela dá e explico como indicam o sentido do vento, alertando-o sobre rajadas e calmarias.

— É confuso — comenta ele.

— Não pense. Sinta. A barra está unida ao leme, que sai de debaixo do iate como um remo. O oceano cantarola para você pela madeira. Não esqueça: a madeira, antes, era árvore, então ainda está viva de certa forma. Note a brisa batendo no seu rosto e a observe dançando na água. Daqui a pouco, vai sentir a música do mar, como dizem que os surdos sentem uma música. Você vai navegar sem se dar conta de que está fazendo isso. Está vendo o farol ali? Mantenha uma linha reta até ele.

Alec fica quieto, como se em transe. Enquanto solto a mão dele aos poucos, sinto-o assumir o controle. No começo, oscilamos um pouco. Nosso rastro serpenteia. Mas Alec pega o jeito da coisa. O *Torrent* é um iate pequeno, e Alec é grande para a idade. Ele tem talento.

E tinha razão quando disse que, às vezes, adultos se recusam a fazer as coisas *porque* são divertidas, como se diversão fosse errado. Como se não merecêssemos felicidade. Apesar de eu não merecer felicidade, Alec merece. É meu trabalho dar liberdade a ele e expandir seu mundo. Um dia, temo eu, ele vai se rebelar contra a própria criação — ou talvez seja isso que espero.

Alec continua no leme por quase uma hora, enquanto asseguro que naveguemos longe dos recifes. Assumo para manobrar o *Torrent* na Enseada do Farol. Não trouxemos um bote, então ancoramos perto da praia e nadamos até a terra firme. Pouco depois, estamos na areia branca com nossas roupas de banho, encharcados e sorrindo. Acima de nós, a torre vermelha e branca perfura o céu.

Não acredito que trouxe Alec para cá. Sinto que era para ele ter nascido aqui. Queria que o parto dele tivesse sido no farol. Embora tenha sido sensato buscar ajuda, isso foi algo que me pareceu errado.

Ainda assim, consegui o que mais importa para mim. Meu filho está feliz, e estamos juntos.

Alec sai correndo barranco acima. Gosto de ver o quanto ele está interessado no farol, como se tivesse alguma lembrança da época em que ainda estava no útero.

— Espere! — grito, me apressando pela trilha.

Quando chego à clareira no topo, Alec não está em lugar algum. Tento abrir a porta do farol, mas está trancada. Ele deve ter se escondido na vegetação.

— Alec!

Nenhuma resposta.

Não quero andar pela mata descalça, mas não posso deixar Alec divagar sozinho. O vento está frio aqui em cima.

— Alec! Cadê você? — Sigo vegetação adentro. — Vamos, querido! Vamos procurar conchas na praia!

Estou abrindo caminho por entre as videiras. Não encontro Alec em lugar algum. Eu pensava que o rochedo não era tão grande a ponto de alguém se perder nele.

Estou perto do penhasco quando ele grita:

— Olha o que eu achei!

Sigo o som pela densa vegetação rasteira.

— Cuidado — alerta ele, aparecendo ao meu lado. — Você está quase pisando nele.

Paro na hora. Aos meus pés, está a lápide de Angel.

— Por que tem um túmulo aqui? — pergunta. — Alguém deve ter naufragado. Alguém chamado Angel.

Já deixei escapar segredos demais hoje. Não cabe a mim contar a história de Angel.

— Hora de voltar. Sem discutir, por favor. Estou batendo os dentes de frio. Não é tão fácil assim atravessar a mata, e a vegetação está mais alta do que antigamente.

Alec parece confuso.

— Achei que você nunca tivesse vindo aqui.

Opa. Sempre dei a Alec a impressão de que eu nunca tinha visitado o rochedo, porque, do contrário, eu sabia que ele faria inúmeras perguntas, e eu não queria entregar o fato de ter morado aqui.

— Quis dizer que está mais alta aqui do que em Breaksea. Venha, Alec. Por que você saiu correndo?

— Vi um lagarto estranho. Rosa com manchas verdes.

— Hm. — Tento soar desinteressada. Nunca descobri como os *tukutukus* da Nova Zelândia, em ameaça de extinção, vieram parar no rochedo. Então... ainda estão aqui. Isso significa que Joseph não parou de contrabandeá-los, ou será que estão aqui se reproduzindo por conta própria? De qualquer maneira, espero que Alec não os mencione a ninguém.

Nadamos até o *Torrent* e subimos a escada. A bordo, trocamos de roupa e vestimos peças mais quentes, mas Alec ainda está tremendo.

— Talvez adiemos a volta em uma meia hora — proponho. — Vou ver se consigo preparar algo quente para a gente comer ou beber.

Desço a escada até a sala. A área que combina cozinha, sala de estar e de jantar é compacta, mas os móveis azuis e brancos são tão elegantes e têm um estilo tão náutico que fazem o lugar não parecer tão apertado. Tem um sofá embutido na parede de estibordo, curvado com o formato do casco. A parede de bombordo, por sua vez, tem um fogão e uma bancada embutidos.

Giro o botão do fogão, mas ele não acende. Volto ao convés e encontro o tanque de gás em um armário externo. Os tanques são deixados fora do casco do barco, o que evita o acúmulo de gás em caso de vazamento, mas Joseph foi ainda mais cauteloso, soltando o tanque da mangueira. Reconecto-o, volto para a salinha e ponho a chaleira no fogo, mas não consigo encontrar nada para comer nem beber. Já estive nos iates dos Hygate algumas vezes ao longo dos anos, e geralmente estão bem abastecidos, mas os armários do *Torrent* estão vazios.

Passo pela porta até a cabine da proa, na qual não entro há anos. É estranho ver a maca em que costumava me deitar para Zelde fazer meus exames pré-natais.

Todos os utensílios de cozinha estão guardados nos armários da cabine. Joseph deve estar no meio de uma reforma. Encontro sachês de sopa e, logo, Alec e eu estamos sentados à mesa retrátil da sala, saboreando uma deliciosa sopa quente.

— Isso é que é vida — digo. — A melhor parte de nadar é se esquentar depois.

— Melhor aniversário de todos — fala Alec.

Depois de limparmos tudo, digo para Alec assumir o leme enquanto puxo a âncora. Não preciso que ele navegue, mas isso o mantém seguro na cabine. Ele se sai tão bem que o deixo conduzir o barco para sairmos da enseada ao mar aberto.

Alec coloca o *Torrent* na direção de volta para casa, me deixando livre para ajeitar as velas. Somos uma ótima equipe. Ele está crescendo e ficando igual a Xander, e eu deveria estar orgulhosa, mas o lado ruim de celebrar sua maturidade é ter de dizer adeus à sua infância. Cada conquista de Alec o leva para mais perto do dia em que não vai mais precisar de mim.

Estou tão perdida em pensamentos, observando o horizonte reluzente, que mal me dou conta de que o vento piorou. Estou morrendo de frio. Alec, ainda mais.

Olho para ele. Está focado em navegar, alerta, apesar de relaxado, mas os dedos estão azuis.

— É melhor você descer e ir se esquentar. Fique de colete. Eu assumo. — Coloco a mão no leme, e nossos dedos se tocam.

— Você também está fria, Evie.

— Sou adulta. Eu aguento. Vá, sai do vento.

Alec desce as escadas. Um momento depois, aparece de novo trazendo o xale azul que fiz quando estava grávida, que ele deve ter colocado na mochila antes de virmos.

— Isso vai te esquentar.

Quando Alec era pequeno, eu costumava dizer que o xale era mágico, porque era quente, apesar da costura leve e das rendas. A fé dele nos poderes especiais do xale me emociona.

— Obrigada, mas não quero que água salgada respingue nele. Vou ter que sofrer. — Dou um sorriso tenso.

Alec desaparece abaixo do convés, e não passa pela minha cabeça que ele pode pensar em uma alternativa para me esquentar. Não passa pela minha cabeça perguntar o que ele está fazendo lá embaixo. Continuo navegando.

O vento mudou. Talvez eu devesse afrouxar a vela mestra. Conseguimos evitar os recifes que se estendem perto dos penhascos ao sul da ilha. É mais seguro ficar a alguns quilômetros da costa, mas poderíamos...

Uma explosão. Sou lançada contra as balaustradas. Calor. Chamas. Meus ouvidos zunem.

Alguma coisa explodiu na salinha.

Xander, estou indo.

Fogo e fumaça saem lá de dentro. Eu cambaleio para a frente.

Meu bebê está lá embaixo.

Isto não pode estar acontecendo. A pessoa que eu amo está encurralada por um incêndio. De novo. Olho ao redor, desesperada, em busca de um extintor. Nada.

Não há tempo para pensar. Preciso tirá-lo de lá.

Pego nossas toalhas molhadas e jogo uma sobre a cabeça. Respiro fundo, corro até a escada e desço em um salto para a salinha.

Está escuro com a fumaça. Através da toalha, sinto o calor tão poderoso quanto um animal caçando. Meus olhos pinicam. Não ouso respirar. *Por favor, que ele não esteja morto.*

Tombo para a frente. A dor me queima. Meu corpo grita para que eu volte atrás.

A explosão deixou tudo em pedaços. O chão está cheio de escombros. Chego ao canto mais longe da salinha, tateando para tentar encontrar Alec enquanto cambaleio. Nem sinal dele.

Caio de joelhos e uso as mãos para encontrar o caminho até a porta da cabine.

— Alec! — chamo, a voz rouca.

Lá. Um embrulho se contorcendo no chão. Alec está enrolado no xale. *Ele está vivo.*

— Estou com medo, Evie.

— Fica abaixado, meu bem.

Olho para trás. Através da fumaça preta e densa, vejo as chamas crescentes. A salinha se tornou um inferno. Não conseguiremos sair por lá.

Envolvo Alec com a outra toalha.

— Usa isto para respirar. Vou tirar a gente daqui.

Tento abrir a escotilha acima.

Espere. Deixar oxigênio entrar na cabine pode ser um erro grave.

A porta entre a cabine e a sala em chamas está aberta, presa por um gancho. Preciso fechá-la antes de abrir a escotilha, mas terei que voltar à salinha para soltá-la. Se eu inspirar mais fumaça, vou morrer. Estou prendendo o fôlego. Minha vida é tão ínfima quanto o ar em meus pulmões.

Pulo para dentro da salinha, solto o gancho com tudo, volto apressada para a cabine e fecho a porta com um baque. Fumaça chega pelos vãos. Arranco o cobertor da maca e o enfio debaixo da porta, mas ela já está praticamente cheia de fumaça. Subo na maca e empurro a escotilha.

Nada. A escotilha não se mexe.

Bato as mãos nela com toda a força que tenho. Nada ainda.

Alec está em silêncio. Espero que consiga respirar lá embaixo.

Empurre.

A escotilha não cede. Será que tem alguma coisa em cima dela? O que a pode estar bloqueando? Tento me lembrar de como parece sendo vista do convés.

Sou uma idiota. A escotilha não abre para fora, ela desliza para o lado. Puxo com as duas mãos e o céu aparece. Ar fresco.

Se eu desmaiar, não conseguirei salvar Alec. Levanto o queixo bem alto e tomo um único fôlego prazeroso de ar.

Então, desço e volto ao inferno.

CAPÍTULO 29

Eu me agacho e grito no ouvido de Alec:

— Levante-se! Suba na maca!

Faz anos que não o pego no colo. Ele é grande para um menino de seis anos, e eu sou pequena. Com dificuldade, ele sobe, o xale e a toalha ainda ao seu redor.

Estou bem embaixo da escotilha.

— Fique em pé nos meus ombros.

Suprimo um grito quando todo o peso dele pousa na minha pele queimada. Ele agarra meu cabelo, e estende a mão até a escotilha. Por fim, sai de cima de mim como um anjo alçando voo. Ele se foi.

Alec está em segurança.

Só que não está. Ele está no convés de um iate em chamas, a quilômetros da terra firme. Se quero que ele sobreviva, preciso sair daqui.

Subo em um pulo na maca e coloco a cabeça para fora da escotilha. Ofego, ávida por oxigênio. O fogo vai queimar a porta em breve. Preciso ser rápida.

— Evie, você se queimou!

Agarro as bordas da escotilha e tento me impulsionar para cima, mas o ângulo está ruim. Não consigo erguer o peso do meu corpo.

— Evie, suba! Saia daí!

— Não consigo.

— Só suba! É fácil!

Ele não entende. Meu corpo serviu de escada para ele. Não tem ninguém para fazer o mesmo por mim.

— Não tem nada que eu possa escalar.

— Eu te puxo! — Alec se inclina para dentro do buraco e me segura pelos ombros. Ele está se esforçando para me puxar.

Agarro as bordas da escotilha e puxo. Estou me levantando. Se eu conseguisse passar o ombro para cima... Estou fraca demais. Não consigo. Estou escorregando.

Caio de volta na maca.

— Tente de novo! — grito.

— Não! O fogo está vindo. — Ele desaparece de vista.

— Alec! — berro. — Volte!

Ele não consegue me ajudar, mas não aguento o fato de ele ter ido embora. Vou morrer aqui embaixo.

Uma corda com laço cai pela escotilha. Chega à altura do meu quadril. Eu a agarro.

— Não segure ainda. — A voz do meu filho soa calma. — Estou enrolando ela no mastro. Espere. Pronto. Agora.

— Você não pode me puxar, Alec. Sou pesada demais.

— Não vou puxar. Coloque o pé no laço. É tipo um degrau.

Mal consigo erguer o pé o bastante, mas, quando consigo, me sinto mais forte na mesma hora. Com o pé no laço, agarro a corda e, com um impulso forte, iço meu corpo para cima. Minha cabeça e ombros emergem pela escotilha. Caio no deque como um peixe e me contorço para me soltar.

Chamas se precipitam pelo espaço atrás de mim. O fogo atravessou a porta. O *Torrent* virou um forno, as escotilhas agora são chaminés. Fogo escapa em direção ao céu, incendiando a vela principal. Uma onda de calor. Empurro Alec em direção à proa.

— Desculpa, Evie! Tentei preparar uma bebida quente para você. Eu estava procurando chocolate.

— Não é culpa sua. Devia ter um vazamento na mangueira.

Por isso Joseph desconectou o tanque.

Sob nossos pés, o convés está esquentando. O tanque de combustível. O que vai acontecer quando o fogo o alcançar?

Alec está com seu colete salva-vidas. Se alguma ajuda chegar rápido o bastante, ele poderia sobreviver. É o fim do verão. A água está morna aqui. Temos algumas horas até o pôr do sol. Não posso usar o rádio para pedir ajuda — ele já deve ter virado cinzas —, mas, se alguém na costa notar as chamas, poderia nos salvar.

Não tenho tempo para analisar as opções. Se o tanque de combustível explodir, estaremos mortos.

Pego o xale no chão do convés e ajusto o colete de Alec, prendendo o xale com ele. Seguro a tampa da escotilha. Está tão quente que machuca minhas mãos, mas precisamos de algo que flutue. Puxo, e ela se desprende. Olho em volta, em busca de mais alguma coisa que flutue, mas não tenho sorte.

— Alec, temos que pular na água.

— Não!

— Eu também não quero, mas o barco pode explodir. Precisamos sair daqui.

— Eu não posso pular, Evie.

— Está tudo bem, meu amor. — Eu o pego no colo. — Segure firme e feche os olhos.

Endireito a postura o máximo possível. Alec se agarra em mim com a mesma firmeza de um bebê macaco. Subo na balaustrada.

Por um momento, estou em cima do gurupé no calor escaldante, um dos braços ao redor de Alec e a outra mão segurando a tampa da escotilha.

Então, estamos caindo no torpor azul do mar.

* * *

A noite se aproxima. O *Torrent* foi destruído. O tanque de combustível não chegou a explodir, mas o barco queimou até a linha da água e afundou, nos deixando sozinhos ao crepúsculo crescente.

A maior parte do corpo de Alec está fora da água, sustentado pela tampa da escotilha e por um assento flutuante da cabine que escapou das chamas. Ainda assim, ele está com frio. A pele parece emborrachada. O rosto está cinza.

Meu filho e eu flutuamos sozinhos no vasto mar índigo.

No começo, nadei em direção a terra firme, embora eu não ache que tenha chegado longe. Conforme fui ficando com mais frio, no entanto, minhas pernas se tornaram pesos mortos. Agora não consigo mais ordená-las a se mexerem.

— Evie, e se ninguém vier?

— Alguém vai vir. Já passou da hora do jantar. A sra. Finch deve estar procurando por você.

Mesmo quando Alec passa a noite na sala de brinquedos da minha casa, o cômodo que foi a suíte de parto, Zelde espera que ele apareça para jantar.

— A sra. Finch não sabe que fomos navegar.

— Joseph vai perceber que o *Torrent* sumiu.

— Joseph não está em casa, lembra?

As palavras de Alec fazem um calafrio se espalhar pelo meu corpo já gelado. Ele tem razão.

— A sra. Finch vai ligar para a mamãe do Leo e, quando ela descobrir que vocês não se encontraram, vai saber que alguma coisa aconteceu. Ela vai descobrir que estamos desaparecidos há horas.

Tento manter a incerteza longe da minha voz. Será que Zelde prestou atenção quanto ao lugar em que Alec tinha marcado para ir brincar? Ela se daria o trabalho de descobrir por que ele não tinha voltado? Quando ele não apareceu para jantar, ela pode ter presumido que passaria a noite na casa de Leo. Se ela for até a minha casa e a encontrar vazia, pode pensar que fui ao restaurante do vilarejo jantar, algo que eu faria se Alec estivesse fora.

Isso é tudo culpa minha.

Minha única esperança é o vento. Devemos estar flutuando em direção à costa, embora a terra firme não pareça estar ficando mais próxima. O problema é que a brisa do mar está morrendo à medida que o sol se põe, como geralmente acontece no verão. Se uma brisa noturna surgir, vai nos soprar na direção oposta.

Imersa na água com apenas meu colete salva-vidas me fazendo boiar, estou mais gelada que Alec. Se conseguíssemos pelo menos chegar à costa... Não naufragamos na parte mais ao sul da ilha, que é delimitada por penhascos. Aqui, o litoral é uma série de praias de cascalho. Chegar a terra firme pode ser complicado, mas a brisa não provoca ondas perigosas. Conseguiríamos sobreviver.

— Se você chegar à costa, Alec, não pode largar a escotilha e o assento. Talvez acabe sendo levado por uma onda, mas se respirar fundo e segurar firme, vai acabar na praia. Então, você tem que se levantar e começar a andar, não importa o quanto estiver cansado. Vá até o declive, encontre a trilha, vire à direita e siga em frente. Não se esqueça disso: direita é a mão que você usa para escrever.

— Minha mão da estrelinha — diz Alec.

— Isso. Quando chegar em casa, toque a campainha sem parar. Bata na porta e grite.

— Mas, Evie, você vai estar comigo. Você não vai me abandonar, vai?

— Jamais, Alec. Eu te amo mais que tudo. Você é meu mundo. Mas pode ser que você precise me abandonar.

— Pare, Evie. Não fale coisas assustadoras.

Eu queria não ter que assustar Alec, mas ele vai aguentar mais que eu. Ele tem boas chances de sobreviver.

— Eu preciso, querido. Se me ama, faça o que estou te pedindo. Segure-se em mim enquanto eu... enquanto eu estiver falando com você, mas, se eu dormir e você não conseguir me acordar, prometa que vai fazer o seguinte: você vai soltar o meu colete. Está vendo, aqui, onde está preso? Tire-o pela minha cabeça e o vista. Dois coletes são melhores que um. Daí, você tem que me soltar. Promete?

— Prometo, mas, por favor, não durma. Não morra.

Nós seguramos um ao outro com ainda mais firmeza. Espero que meu corpo esteja provendo algum calor para o dele.

— Estou tentando não morrer, meu amor, mas, se acontecer, não se esqueça nunca de que meu espírito vai continuar com você, cuidando de você e te dando forças.

— Não quero. — Alec começa a chorar. — Não me deixe sozinho.

— Eu jamais faria isso, não por vontade própria. Meu amor vai continuar com você para sempre, porque o amor é mais forte que qualquer coisa. Mais forte que a morte.

Alec, eu sou sua mãe.

Não posso contar. Não seria justo com ele. Se sobreviver, vai saber que ambos os pais biológicos estão mortos. Estará sozinho no mundo com duas pessoas que mentiram para ele, pessoas que não são de fato sua família.

* * *

Não existe escuridão tão absoluta quanto o mar noturno. A lua não apareceu. Nuvens se aglomeraram no alto, e o brilho de nenhuma estrela transparece.

Alguém suspira ao meu lado. Me viro, radiante de esperança. Um salvador?

Não tem nada. Embora eu não consiga ver, sei que não tem nenhum barco por perto.

Outro respiro. Lento, barulhento, longo. Sinto cheiro de enxofre.

— Quem está aí? — pergunta Alec.

— Não é uma pessoa.

Ele choraminga.

— É um tubarão?

— Uma baleia.

Luz aparece, um brilho fantasmagórico na escuridão. A barbatana da baleia rompeu a superfície. Seus movimentos causam uma dança de fosforescência. O formato dela aparece, contornado em ouro.

— Por que a baleia está brilhando? — pergunta Alec.

— Ela veio nos confortar. — Como se para validar o que disse, ela nada até mais perto de nós, nos circulando com uma calmaria graciosa. — Ela veio nos trazer luz.

Alec treme encostado em mim, mas eu não tremo mais. Isso é um mau sinal. Estou perto do fim.

— Tem outra baleia. — Alec aponta para baixo de nós, sob a água. — Uma menorzinha. É dourada também.

Fundo na escuridão abaixo, uma forma aparece — imensa, mas menor que a primeira baleia. Ela também aparece na superfície e, então, expira, tão perto que o esguicho atinge meu rosto. A superfície do mar se ilumina com um dourado reluzente.

— Duas delas, assim como dois de nós — falo. — Uma mamãe e um bebê.

— Elas podem salvar a gente?

— Não, meu bem. Elas têm a vida delas. Vieram nos mostrar que o mundo é bom. Que vai ficar tudo bem. — Dou um abraço leve nele. — Você sempre vai se lembrar da sua Eve. Lembre-se de mim em todos os lugares mágicos desta Terra. Lembre-se de mim sempre que houver um céu azul e ensolarado. Lembre-se de mim quando vir o brilho do mar.

Ninguém nunca vai saber

* * *

— Alec?

— O quê?!

Ele está quase dormindo. Quero deixá-lo escapar deste pesadelo em seus sonhos, mas tenho medo de que não acorde.

— Lembra que falei que não queria ter filho?

— Sim.

— Tem uma coisa que eu quero. Ninguém nunca me chamou de mamãe. Você acha que poderia fazer isso, só uma vez?

— Mas você não é minha mamãe.

Meu coração parece estar pronto para parar de vez ao sentir a finalidade determinante de sua resposta.

— Eu sei, meu amor. Pensei que pudéssemos fingir.

— Eu queria que você fosse minha mamãe.

Quando meu filho diz as palavras que passei tanto tempo querendo ouvir, só consigo pensar que, provavelmente, são as últimas palavras que ele dirá para mim.

Alec enrola os braços gelados ao meu redor e sussurra no meu ouvido:

— Eu te amo, mamãe.

PARTE IV

PASSADO E PRESENTE

CAPÍTULO 30
JULIA

PASSADO (OITO ANOS ANTES)

Julia estava parada nas lajes de um salão rústico, o rosto aquecido pelo fogo da lareira. Vigas de madeira grandes sustentavam o teto alto. A cabeça de um cervo fixada acima de uma porta.

Ela entregou o terrário a Paul. Um cara corpulento que aparentava ser mais novo do que havia soado ao telefone. Ainda assim, exalava um ar de ameaça. Julia tinha se sentido tão confiante na viagem, mas, parada ali, a casa na fazenda parecia isolada. A noite nunca era tão escura assim na cidade. Estava *mesmo* no interior.

Paul colocou o terrário em uma mesa e tirou de dentro um réptil. As escamas cor-de-rosa adornadas com manchas verdes em formato de diamante, como uma criatura feita por Deus na época em que usava LSD.

— *Tukutuku* — murmurou ele.

Julia o corrigiu:

— *Tukutuku rakiurae.*

— Achei que seriam maiores. — Paul segurou a criatura próximo à lareira. Os olhos reptilianos brilhando ao refletir o fogo.

Julia suprimiu um suspiro exasperado.

— Eu disse que eram bebês. Os adultos seriam o dobro do preço: cinquenta mil cada, no mínimo.

— Hm. — Paul devolveu o lagarto ao terrário. Depois, tirou da bolsa um escâner de rádio, passando-o sobre o vidro. Uma luz vermelha se acendeu no aparelho. — O que é isso?

Julia deu de ombros.

— Não faço ideia.

Paul enfiou a mão rechonchuda no terrário e empurrou algumas pedras para o lado. Tirou do fundo um pequeno dispositivo preto.

— Um rastreador GPS? Você quer me vender os lagartos e depois roubá-los de volta?

— Eu não sabia que essa coisa estava aí — falou Julia, casualmente. Ela não podia ser prejudicada por algo que não tinha feito. Sem dúvida, Paul entenderia.

Ainda assim, ela engoliu em seco. Se não tinha escondido o rastreador, então quem tinha?

Silas.

Julia não conseguia pensar nisso. Silas, não. O chefe dela, não — justamente a pessoa de quem ela estava tentando fugir.

Deve ter sido Silas. E havia apenas um motivo para ele querer rastrear a própria mercadoria.

Ele sabe que estou roubando dele.

Julia passou as mãos pelo cabelo.

— Escute, Paul, Silas não sabe desta transação. Ele me disse para não vender para você.

— Não ligo para o que seu chefe diz. Quero saber por que você queria me rastrear.

— Você não entendeu? *Silas* escondeu o rastreador. Isso significa que ele suspeita de mim. Tenho que dar o fora daqui. Ele pode estar a caminho.

Julia olhou ao redor da casa de campo. As janelas pareciam olhos pretos, observando-a. Na escuridão sublime do interior, qualquer um poderia estar à espreita. Era improvável que alguém a tivesse seguido. Tinha verificado o retrovisor inúmeras vezes enquanto dirigia e não tinha visto nenhum farol. Mas, com um rastreador GPS, Silas podia ter ficado fora de vista. Ela começou a tremer.

— Cansei das suas mentiras. — Paul tirou algo da jaqueta. Um lampejo prateado. Aquilo era uma pistola?

O golpe veio do nada, levando-a ao chão. O queixo bateu com tudo na laje. Um choque de dor. Ela estava esparramada no chão, indefesa, de barriga para baixo.

Paul prendia seu corpo. Um objeto frio e duro pressionado na sua espinha. *Era* uma pistola. Era isso, então. Ela ia morrer.

Pow!

A explosão estilhaçou a noite tranquila. Julia não conseguia se mover. Estava morta ou fatalmente machucada — só podia ser. Estava presa, pregada ao chão.

Havia cacos de vidro por toda parte. Uma janela tinha sido destruída.

Estou viva. Ainda estou respirando.

Passos. Alguém estava entrando pela janela quebrada. Alguém estava no cômodo. Não Paul. Paul estava deitado imóvel em cima dela.

— Levante-se.

Não, que não seja ele.

Julia virou a cabeça. De pé ao lado dela, uma arma em mãos, estava Silas. O rosto cheio de cicatrizes e o corpo imponente, parecia um homem que o diabo receberia no inferno de braços abertos.

Ele a tinha seguido e trazido uma arma. Mas não havia atirado nela. Havia atirado em Paul. Julia sentiu sangue escorrendo pela nuca. Estava deitada embaixo de um cadáver.

— Levante-se — repetiu Silas.

Julia achava que não conseguia se mover, mas teria que obedecer. Com o coração martelando, se esforçou para sair de sob o peso de Paul, tentando não olhar para o que a arma de Silas tinha feito com a cabeça dele. O homem estava indubitavelmente morto.

Silas agarrou o rabo de cavalo de Julia e fez a luz da lanterna brilhar contra seu rosto.

— Eu não deveria ter deixado alguém tão bonita quanto você se envolver no meu contrabando. — A voz dele era grave. — Homens entendem que não existe misericórdia, então me obedecem, mas uma garota como você acha que vai ser a exceção.

— Por favor, não me machuque. — Julia engoliu um soluço. — Faço qualquer coisa.

Silas sorriu, como se a súplica o divertisse.

— Você pinta o cabelo?

— O quê? — Por que ele estava perguntando isso? Será que tinha algum outro plano para ela que não fosse a morte? — Não — respondeu Julia, falando a verdade, torcendo para que fosse a resposta certa.

— A polícia tem suas impressões digitais?

— Não.

— E que continue assim. — Silas tirou o cartucho não utilizado da arma e entregou a arma a ela. — Coloque o dedo no gatilho.

Julia não ousou discutir. Podia até esperar que Silas tinha matado Paul para salvá-la, mas sabia que não era isso que tinha acontecido. Ela tinha ouvido falar das *penalidades* de Silas, como alguns outros de seus empregados as chamavam. O boato era de que ele tinha cortado fora a orelha de um dos capangas por não ter lhe dado ouvidos. Julia tinha se sentido inclinada a duvidar das histórias. Até então.

— Venha e coloque os dedos no parapeito.

Ele estava incriminando Julia pelo assassinato que acabara de cometer, mas havia perguntado se a polícia tinha as digitais dela. Havia esperança. Talvez ele *estivesse* sendo misericordioso. Desde que ela passasse o resto da vida sem que a polícia colhesse suas impressões digitais, ela poderia se safar. Não importava qual era o plano de Silas, pois não parecia envolver deixar o cadáver dela no chão daquela casa, junto ao de Paul.

Julia teve o cuidado de colocar as mãos exatamente na posição correta. Silas veria que podia confiar nela. Com a exceção desse único erro, ela era uma empregada de valor.

Mas Silas desdenhou a submissão mansa dela.

— Está achando que esse é um programa para corrigir boas moças no susto, não está? Você me conhece bem demais, Julia. Não dou brecha para ninguém.

Claro que havia um porém. Ela não conseguiu se obrigar a falar. Sentiu que o que Silas estava prestes a dizer mudaria tudo.

— Estou poupando sua vida porque quero algo de você, Julia. Algo mais valioso do que sua liberdade. Mais valioso do que sua vida. Quero o que você mais vai ter dificuldade de abrir mão.

CAPÍTULO 31

Sentada ao bar, Julia mexia o canudo do *cosmopolitan*, tentando parecer despreocupada. O pub no centro da cidade estava abarrotado de homens naquela noite, mas um em particular havia chamado sua atenção. Ela cruzou as pernas e jogou um cacho acetinado de cabelo ruivo por cima do ombro, arriscando uma olhada de relance para trás, onde um homem bem-vestido estava sozinho a uma mesa.

Julia havia chegado a Hobart naquela mesma tarde, e ali estava ela, já zonza pela bebida. Era o estresse. Não conseguia acreditar no quanto sua vida tinha mudado desde a semana anterior, quando a fêmea de lagarto que ela estava cuidando para Silas inesperadamente pariu quatro lagartinhos. Julia achou que tinha ganhado na loteria. Podia ser mais esperta que Silas, vender os filhotes às escondidas e ganhar dinheiro o bastante para dizer adeus ao negócio e a Silas para sempre.

Silas. Lembrar-se do chefe bastou para Julia começar a suar frio. Ele sempre a deixava nervosa, mas, desde a noite anterior, quando matou Paul a sangue frio, seu nervosismo virou pavor. E, então, Silas tinha dito o que ela teria de fazer. A "missão". Era horrenda. Julia mal conseguia aguentar pensar naquilo.

Ao menos, Silas lhe dera dinheiro o bastante para durar até que o trabalho estivesse concluído. Ele ordenara que ela fosse embora de Sydney, que era a única parte da missão que Julia ficou feliz de obedecer. Sydney era grande o suficiente a ponto de ela ter conseguido não dar de cara com os pais violentos e alcoólatras em mais de uma década, mas sempre soube que sua sorte podia mudar. *Tasmânia*. Não era um voo longo, mas, com certeza, seria um mundo bem diferente da Austrália continental. Naquela manhã, Julia tinha feito as malas com todos os pertences e pegado um voo para Hobart, onde se hospedara em um hotel meia-boca antes de sair em busca de uma bebida forte.

Então, Julia olhou de novo para o estranho. Alto, cabelo loiro-avermelhado e olhos azuis feito gelo, ele definitivamente estava interessado nela. Estava encarando-a na cara dura. Apesar da — ou talvez por causa da — ansiedade nas alturas, Julia sentiu uma onda de desejo. Na companhia daquele rapaz, seria possível se esquecer de Silas por algumas horas? Ela nunca abordara um homem em um bar, mas, se havia um momento para mudar isso, era aquele instante. Precisava de qualquer consolação que pudesse encontrar para sobreviver à *missão*.

Julia entornou o drinque, escorregou para fora do banco e ajeitou o vestido justo e curto. Como deveria dar início à conversa? Será que devia pensar em uma frase perspicaz ou só dizer oi? Sorrir a distância ou ter a ousadia de se sentar ao lado dele? Não era fácil.

Uma voz atrás dela perguntou:

— Posso te pagar outra?

Julia se virou. Era o homem de cabelo loiro-avermelhado. Ainda mais bonito do que ela tinha notado. E *ele* tinha abordado *ela*. Era o destino.

— Oi — falou ele. — Meu nome é Christopher.

Ele a convidou para se sentarem juntos, e, com o jeito gracioso do rapaz e os coquetéis calmantes que vieram em seguida, Julia começou a relaxar. Muitas horas mais tarde, trocaram o pub por um bistrô, onde comeram filé e beberam Shiraz. Christopher insistiu em pagar por tudo e respeitosamente ignorou o quanto Julia ficava cada vez mais embriagada. Quando o bistrô fechou, caminharam pelas ruas da cidade, aproveitando, de mãos dadas, o ar fresco da noite.

O sangue de Julia pulsava em suas veias, incendiando-a. Nunca tinha conhecido um homem como aquele. Christopher era muitíssimo educado. A conversa, atenta e genuína. Ele exalava charme, poder e riqueza. O corpo dela parecia bêbado, mas a mente continuava estranhamente lúcida.

Ela queria o homem. O desejo era tão intenso, que sentiu que qualquer um, mesmo um desconhecido na rua, poderia vê-lo em seu rosto.

Ansiava para que Christopher a tomasse nos braços. Quase desejou que a puxasse para um beco, pressionasse-a contra a parede e fizesse com ela tudo que quisesse.

Um prédio familiar apareceu à frente.

— Ah — falou Julia. — Aqui é meu hotel.

Christopher olhou para o Rolex.

— É quase meia-noite. O tempo voou. Acho que eu deveria me despedir. Foi uma noite maravilhosa.

O coração de Julia ficou apertado. Ele não estava interessado em sexo. Talvez nem quisesse voltar a vê-la.

Mas, então, ele a beijou, e Julia sentiu o coração flutuar para longe. O beijo foi ardente, mas tenro. Ele estava se contendo, suprimindo a paixão.

— Posso te ver amanhã? — perguntou ele, dando um passo para trás.

— Hm... — Ele estava indo embora? Não queria passar a noite com ela? Ela poderia perguntar.

Julia olhou fundo nos olhos dele. *Suba até meu quarto.* Mas... e se as palavras destruíssem a noite, acabassem com tudo? Ele queria vê-la no dia seguinte. Que diferença um dia faria?

Era melhor se segurar. No dia seguinte, sem dúvida, Christopher a desejaria tanto quanto ela o desejava. No dia seguinte, não seria um caso de uma noite. Haveria romance, uma faísca mágica. Julia precisava de algo mágico para sobreviver aos meses que viriam.

— Amanhã, então — disse ela. A missão podia esperar.

* * *

De frente para o espelho no quarto de hotel, Julia sacudiu os ombros, deixando as mangas do vestido dourado escorregarem por eles. Seis semanas tinham se passado desde que conhecera Christopher — as melhores seis semanas de sua vida. Ele a levara para sair quase todas as noites. Cada encontro era ainda mais incrível que o anterior.

Julia estava especialmente satisfeita com a própria aparência naquela noite. O decote baixo do vestido exibia o alabastro impecável que era sua garganta. Os cachos ruivos caíam à altura do quadril. A maquiagem ressaltava os olhos azuis, e seu frasco novo de perfume de jasmim, um presente de Christopher, tinha um aroma divino.

Mas talvez as mangas caídas nos ombros fosse óbvio demais. O que Julia menos queria era parecer frugal. Christopher era tão refinado... Ele vinha de outro mundo. Tinha contado a ela histórias de sua juventude — babás, escolas particulares, férias no exterior. Era certo que Christopher jamais tinha acordado e encontrado o pai desmaiado de tanto beber e a mãe cheia de hematomas pelo corpo, como acontecera com Julia inúmeras vezes ao longo de sua infância miserável.

Ela estava desesperada para chegar ao nível dele. Christopher felizmente não percebeu que, na primeira noite, ela estivera em busca de sexo casual e que, nos encontros seguintes, Julia rapidamente se transformou na dama elegante que ele parecia desejar. Ela não tinha exatamente mentido. Admitira ter sido criada em um subúrbio "simples" de Sydney e saído de casa "relativamente nova", além de ter ganhado a vida com "trabalhos mal pagos" desde então. Omitiu, no entanto, o tráfico de animais. Omitiu Silas.

Julia puxou as mangas para cima de novo, cobrindo os ombros. Era melhor assim — sedutora, mas elegante. A quantia que ela tinha gastado no vestido era de chorar. Estava gastando tudo que Silas havia lhe dado.

E era esse o problema. Ela não tinha feito progresso algum na missão. O romance com Christopher havia se tornado uma distração. Um namorado era a última coisa da qual ela precisava. Namorar enquanto cumpria a missão era não só uma ideia absurda, mas perigosa.

No dia anterior, Julia tinha chegado perto de terminar com Christopher, mas foi difícil demais dizer as palavras. Então, ele anunciou os planos para o fim de semana. Tinha reservado um restaurante para aquela noite e, depois do jantar, levaria Julia de iate para a ilha onde morava.

— O fim de semana vai ser inesquecível — prometera ele. Claramente, enfim queria fazer amor com ela.

Julia teve de engolir o término. Mais três dias.

Calçou então os saltos e pegou a bolsa. Tomou o elevador até o térreo e saiu andando pela noite, atravessando um parque isolado. Um estranho relaxado em um banco sob a luz de um poste a observou com olhos famintos.

— E aí, gatona? — gritou ele, tomando um gole da garrafa de cerveja.

Julia passou os olhos por ele. O homem não era perfeito, mas com a calça jeans e a camisa xadrez, não era exatamente feio. Tinha o maxilar definido e a pele clara. Encaixava-se no que ela procurava.

Não era tarde demais para dar um bolo em Christopher. Se era tão difícil terminar com ele, por que não simplesmente não comparecer? Julia poderia, em vez disso, levar para o hotel o homem que estava bem à sua frente e se consolar por abandonar a pessoa dos seus sonhos ao se jogar em uma noite de sexo insignificante com um estranho desleixado.

Mas Julia continuou andando. Sabia que estava complicando as coisas. Tinha se deixado envolver, quando deveria ter ficado na dela, mas não aguentaria não se encontrar com Christopher naquela noite. Christopher, com sua voz grossa. Christopher, com seu jeito de olhar para ela como se Julia fosse o amor de sua vida. Christopher, com seu iate e ilha.

Ela se daria o luxo do fim de semana. Três dias fazendo amor hospedados na mansão dele e, depois, nunca mais voltaria a vê-lo.

Várias horas depois, Christopher e Julia estavam sentados em uma seção privada no melhor restaurante de Hobart. Velas iluminavam os móveis dourados, e a brisa noturna soprava pela janela aberta. Julia estava feliz por ter desistido das mangas caídas. Era uma noite de classe. Christopher, vestindo blazer e uma camisa branca sem amassado algum, estava tão bonito que era quase intimidador.

O homem no banco do parque foi esquecido.

O garçom trouxe tantos pratos deliciosos que o vestido de Julia começou a ficar apertado. A conversa diminuiu. A sobremesa atrasou, e Chris estava começando a ficar mal-humorado.

— Eu avisei ao *maître* que precisaríamos ir embora às dez — murmurou. — Estão estragando tudo.

— Importa mesmo a hora que chegaremos à ilha? — perguntou Julia. — Temos o fim de semana todo.

— Se navegarmos contra a maré, vai levar o dobro do tempo.

Julia deu de ombros.

— Vamos pular a sobremesa, então.

— Não podemos pular a sobremesa — grunhiu ele. — Vou reclamar. — Ele se levantou.

Julia ficou em silêncio. Chris tinha pavio curto? Ela devia estar feliz por ele não ser perfeito. Talvez isso fizesse deixá-lo doer menos.

O *maître* chegou apressado.

— Senhor, a sobremesa chegará daqui a pouco. O chef quer ter certeza de que está absolutamente perfeita.

O tom do homem era estranho. Ele e Christopher trocaram um olhar. Christopher voltou a se sentar.

Segundos depois, o garçom chegou à mesa, trazendo um prato coberto por uma tampa de prata. Ele o colocou diante de Julia.

Julia tocou a tampa. Estava fria.

— Erraram nosso pedido. Pedi o suflê de chocolate quente.

— Desculpa por ter feito sua escolha de antemão. — Um sorriso brincou nos lábios de Christopher.

Julia sentiu um arrepio lhe percorrer a espinha — um arrepio glorioso. Será que era o que estava pensando? Isso poderia estar mesmo acontecendo? Será que um homem como Christopher poderia se importar tanto com ela?

Mas o momento era péssimo. Se ela ao menos tivesse conhecido Christopher antes. Se ao menos nunca tivesse conhecido Silas.

— Querida — falou Christopher —, sei que não nos conhecemos há muito tempo, mas... — Ele se ajoelhou, depois ergueu a tampa prateada. Embaixo dela, havia uma caixinha vermelha de veludo. — Quer ser minha esposa?

Julia olhou para Christopher, boquiaberta. Isso mudava tudo.

Ela sabia que estava encrencada. Nunca conseguiria deixá-lo. Nunca conseguiria cumprir a missão. Como ela se resolveria com Silas? Não fazia ideia. Mas amava Christopher. Ela precisava aceitar.

— Sim! — exclamou.

Christopher pegou a caixinha.

— Abra.

O diamante era enorme.

Enquanto Christopher colocava o anel no dedo dela, Julia teve uma ideia.

A ilha de Christopher era muito remota. Silas nem sabia que Julia estava na Tasmânia. Ele a tinha mandado ir para algum lugar onde ninguém a conhecia, e ela escolhera Hobart. Silas dissera para não entrar em contato com ele até ter novidades, e Julia o obedecera.

Ela se casaria com Christopher, adotaria o sobrenome dele e se mudaria para a ilha. Teria uma vida tranquila, mas luxuosa, como a esposa de um homem rico que não precisava sair de casa. Não teria que cumprir a missão nem fazer nada desagradável, nunca mais.

Silas jamais a encontraria.

O problema era que teria de convencer Christopher a se casar com ela em sigilo e rápido. Não que a maioria dos homens quisesse uma grandiosa festa de casamento, mas ele questionaria a necessidade de sigilo e rapidez. Ela precisaria de uma história que incitasse o galanteio dele. *Um homem mau quer me machucar.* Seria muito exagero dizer que estava sendo forçada a se prostituir ou a traficar drogas? *Me salve, meu bom cavaleiro.*

Christopher ficou de pé e pegou Julia no colo. Os lábios se encontraram. Julia o beijou de corpo e alma.

Ela contaria a ele pela manhã. Naquela noite, na cama dele, ela faria a melhor performance de sua vida. Se Christopher achava que estava apaixonado por ela, que esperasse até irem para a cama. Ela o fisgaria. Ele seria sua passagem só de ida para longe do mundo de Silas.

CAPÍTULO 32
EVE

PRESENTE

Estou nadando em um mar de pesadelos. Xander está morto, e não sei onde Alec foi parar. Estou sozinha no escuro, quente e fria, queimando e congelando, no fogo e na água. Lutando para manter a pessoa que amo viva. Condenada ao fracasso de novo.

Salve meu filho. Salve meu filho.

— Está falando de Alec?

A voz feminina é prática, quase impaciente, mas faz meu coração saltitar de esperança. *Estou viva. Fomos salvos.*

Onde estou?

Tento me lembrar de ser tirada da água. Lembro de luzes. A voz de Joseph. O casco de um iate se aproximando. Eu estava com tanto frio.

Abro os olhos. Uma mulher de uniforme azul está inclinada sobre mim. Uma enfermeira. Estou em um hospital.

— Cadê o Alec? — Tento me sentar. Uma pontada de dor me atravessa.

— Fique deitada. Estou tentando trocar os curativos. Você queimou o pescoço. — A enfermeira, uma jovem de cabeça raspada e brincos pretos pesados nas orelhas, aplica pomada na minha carne viva. — Você fez a mesma pergunta umas cem vezes. Suspenderam sua medicação, então espero que agora você consiga se lembrar.

— Me lembrar do quê? — Olho para o nome no crachá: *Frankie*.

— De quando eu te disse que Alec está bem. Ele já teve alta. Não sei por que o fica chamando de filho. Os pais vieram buscá-lo na segunda.

Frankie desaparece, e fico deitada sob a luz do início da manhã, ouvindo o barulho do carrinho de café da manhã transitando pelo corredor.

Está tudo bem. Alec está vivo. Fico me lembrando do que Frankie disse para me reconfortar, mas não consigo acalmar minha ansiedade. Preciso ver Alec com meus próprios olhos. Quando a médica, uma mulher energética com cachos grisalhos e curtos, chega, em sua ronda pela ala, peço que me dê alta.

— Faz apenas cinco dias que você está internada — diz. — Deveria ficar mais um tempinho. A queimadura no seu pescoço está sarando bem, mas a pele ainda não formou uma proteção. Sangue vai continuar saindo da ferida por mais alguns dias.

— Por favor, eu prometo que vou pegar leve. Só quero me deitar na minha cama.

Todo o tempo desde que fui resgatada é um amontoado de imagens confusas. Por vezes, eu estava acordada, mas não sabia que estava no hospital. A certa altura, me lembro de balbuciar alguma coisa sem sentido para um homem alto que falava baixo — outro médico, acredito.

— Como vim parar no hospital? — pergunto, então.

— Um homem chamado Joseph Jones encontrou você na água — explica a médica, ajustando os óculos para reler as anotações. — Por sorte, ele sabia primeiros socorros. É comum que pacientes morram logo depois de serem resgatados em casos de hipotermia severa. Você foi tirada de helicóptero da Baía do Paraíso. Quando chegou na emergência, aqui em Hobart, estava inconsciente e teve que ser reaquecida lentamente com fluidos intravenosos. Você passou dois dias na UTI.

É difícil imaginar Joseph cuidando de mim, mas, ainda assim, ele salvou minha vida — e a de Alec. Nós dois chegamos perto demais da morte.

Alec. Sei que ele está bem, mas preciso vê-lo.

— Eu gostaria muito de ir para casa, se não tiver problema.

— Você é uma mulher livre — diz a médica, jogando as mãos no ar. — Não se esqueça de descansar e, não importa o que aconteça, não molhe a queimadura. É melhor lavar com uma esponja em vez de lavar no banho. Marque uma consulta com seu médico de família daqui a dois dias para trocar o curativo.

Ela se afasta, parecendo arrependida por ter cedido.

Frankie me oferece um espelho de mão para que eu possa ver meus ferimentos. A queimadura no pescoço acompanha a gola da camisa de merino que eu estava usando, a qual me protegeu de queimaduras mais extensas, enquanto a toalha molhada protegeu meu rosto e cabeça. As pontas do cabelo, escapando da toalha, queimaram. No espelho, vejo a pele rosa do pescoço — em carne viva, salpicada de sangue. Uma mulher mórbida com círculos escuros embaixo dos olhos me encara de volta pelo espelho, seu cabelo é uma bagunça de pontas chamuscadas.

— Pode me ajudar a cortar o cabelo, Frankie? — pergunto assim que ela termina de trocar o curativo.

Ela aponta para a própria cabeça raspada.

— Minha maquininha está na bolsa. — Ela sorri. — Eu te desafio.

— Por que não?

Frankie vai embora e volta com a máquina. Ela me acompanha até o banheiro.

— Alguém me visitou? — pergunto.

Ela guia a máquina de cortar cabelo pela minha cabeça. Cachos ruivos desgrenhados caem ao chão.

— Só o policial Maxwell.

— Policial Maxwell?

— Não se preocupe — diz Frankie. — Aposto que foi coisa de rotina. Não se lembra? Um cara alto de cabelo escuro e bigode.

— O que não falava muito? Achei que fosse médico.

— Você estava um pouco confusa naquele dia, graças à medicação. Não acha que ficou bom? — Frankie espana alguns fiozinhos da minha nuca.

Encaro o espelho do banheiro. Perdi o cabelo longo que Xander amava. Pareço um garoto — um garoto cansado e triste. Mas, de alguma forma, o corte combina com o meu humor.

— Gostei.

Pouco tempo depois, saio pela porta do hospital. As roupas que eu estava usando durante o naufrágio foram arruinadas, então estou usando uma camiseta vermelha, calça capri e sandálias que Frankie arranjou para mim em algum Achados & Perdidos.

Eu poderia ligar para os Hygate e pedir ajuda para voltar para casa, mas algo me impede de fazer isso. De acordo com Frankie, não me visitaram quando vieram buscar Alec no hospital. Talvez tenham tentado ligar para o meu celular. Eu o deixei em casa quando levei Alec para o iate, porque não tem sinal no mar. Será que não teriam percebido que eu não estava com o aparelho? Podiam ter ligado para o hospital para entrar em contato, mas parece que não foi o que fizeram.

Espero que não estejam bravos comigo. Com certeza, me perdoarão por ter levado Alec para navegar quando foi deixado sob meus cuidados durante todo o verão. Eles me mandaram nunca levar Alec para fora de Breaksea, mas não estava claro se uma expedição de iate para outra parte da ilha também era proibida. E Joseph deve ter explicado sobre o vazamento de gás. O acidente não foi culpa minha.

No calor da tarde, ando pelo centro de Hobart até o banco. Meu pescoço queimado dói, mas me sinto revigorada por estar do lado de fora, sob a luz do sol, depois de dias acamada.

Apesar de nunca ter recebido pelas horas extras nem ter ganhado um aumento, sempre guardei dinheiro ao longo dos anos. Um dos funcionários tem me ajudado a investir no meu pé-de-meia. Agora, ele me emite um novo cartão mesmo eu não tendo identidade alguma, com base na correspondência de assinaturas.

Saco dinheiro e pego um ônibus ao terminal, onde compro uma passagem para Breaksea na balsa das três da tarde.

Depois de uma navegação tranquila, desço da balsa no Vilarejo de Breaksea e sigo pela rua, procurando algum rosto conhecido. Nesta época do ano, o vilarejo está abarrotado de turistas, mas, se eu tiver sorte, vou encontrar alguém que possa me dar uma carona para a Baía do Paraíso.

Estou quase no fim da rua quando vejo o cara. Alto e magro, cabelo preto e olhos escuros e sérios, parece ter por volta da minha idade. Veste calça caqui e camiseta.

— Oi — digo. — Eu não te conheço de algum lugar?

— Sou o policial George Maxwell. Fui te visitar no hospital. — A voz dele soa baixa e estável.

Uma pontada de ansiedade me atravessa. O policial.

— Desculpa, não me lembro.

— Não tem problema — diz ele, ajustando o boné de beisebol para tapar o sol escaldante. — Eu fui te interrogar, mas vi que estava medicada, então fui embora. Talvez possa dar uma passada no meu escritório por

alguns minutos? Estou de folga, mas seria bom esclarecer algumas coisas.
— Ele não parece achar que sou uma criminosa.

— Tudo bem.

Caminhamos pela rua. Ele nos leva até a delegacia e me acompanha até sua sala. Passamos por uma placa que indica as celas dos presos no andar de baixo. Não tem mais ninguém aqui — é uma operação de um homem só.

Meu peito fica apertado ao entrar em um cômodo monótono com janelas gradeadas. Maxwell é educado, mas tem algo estranho no seu jeito. Parece estar me analisando.

— Sente-se. — Ele abre uma pasta e folheia as páginas. — A princípio, eu tinha ido te ver para investigar o acidente de barco. — Ele faz uma pausa.

— Falou com mais alguém a respeito do que aconteceu? — pergunto.

— Tipo, com quem?

— Tipo, com Joseph Jones, que é quem administra a marina.

— O cara que te salvou? Sim. Também com Alec Hygate.

— Então você sabe que houve um mal-entendido — concluo. — Joseph me disse que eu podia pegar o iate, mas então recusei, e por isso ele não me disse que havia um vazamento de gás...

— Eu sei — interrompe Maxwell. — Foi uma sequência de infortúnios, mas parece que ninguém teve culpa. As autoridades marítimas farão as próprias investigações, mas meu papel era determinar se havia alguma prisão imediata a ser feita. Claramente, o caso não é esse.

Espero. Eu deveria me sentir aliviada com suas palavras, mas não é como me sinto. Ele se ajeita na cadeira.

Maxwell tem mais a dizer. Ele não me chamou para sua sala em pleno dia de folga só para me dizer que está tudo bem.

Ele limpa a garganta.

— Você é conhecida na ilha como Eve Hygate, mas os registros do hospital mostram que seu sobrenome legal é Sylvester. Por que usa o nome Hygate?

— Hm... — O que devo dizer? Sempre contei a história de Christopher, de que sou uma prima distante, mas não posso mentir para um policial. — Olhe, os Hygate queriam que eu tivesse o sobrenome deles. Queriam que eu fosse vista como família. Sou madrinha do Alec, além de babá.

Ninguém nunca vai saber

— Mas você não é parente deles?

— N... não.

— Nunca ouvi falar de pais que fizeram a madrinha mudar de sobrenome.

Dou de ombros. Maxwell mexe em alguns papéis.

— Srta. Sylvester, é importante que responda às minhas perguntas com sinceridade. Estou investigando uma questão séria. Você fez uma alegação a respeito do sr. e da sra. Hygate.

Sinto um formigamento nas minhas têmporas.

— Fiz?

— Você não se lembra? — Ele arqueia a sobrancelha.

— O que eu falei?

— Você disse à equipe médica que Alec Hygate é seu filho.

Parece não ter ar na sala. Não consigo falar.

Os olhos de Maxwell estão focados nos meus.

— Quando eu a visitei, você repetiu a alegação.

— Eu não me lembro de ter dito isso.

Droga. Frankie me contou que eu tinha chamado Alec de filho, mas não me dei conta de que não havia sido apenas na frente dela — nem de que mais alguém tinha prestado atenção.

Quero contar a verdade para este homem, mas me lembro do que Christopher me disse. As palavras de anos atrás ecoam na minha cabeça. *Tráfico infantil. A lei é dura.*

— Como você mesmo comentou, eu estava medicada — balbucio. — Fiquei transtornada com o acidente. Achei que fosse morrer no mar.

— A questão é que a circunstância toda gerou uma certa preocupação acerca do bem-estar de Alec. O sr. e a sra. Hygate o deixaram sob seus cuidados por um período atípico. Decidimos realizar um teste de DNA nos Hygate e em Alec.

As paredes parecem estar se aproximando. Este policial sabe de tudo. Ele sabe que Alec não é filho de Chris e Julia. Ele sabe que Alec não foi adotado legalmente.

Engulo em seco.

— Senhor, por favor, não quero que Alec vá parar em um orfanato.

Talvez seja tarde demais. Talvez Chris e Julia já tenham sido presos. Onde está Alec? Será que foi levado por assistentes sociais? Uma parte de mim quer sair correndo da sala. Aquelas celas lá embaixo... Vou acabar em uma delas?

Ergo as palmas.

— Eu era muito nova quando tive Alec. Concordei em deixar Chris e Julia o adotarem, e, sim, eles me pagaram. Eu não sabia que estava infringindo a lei.

— Bem, *você* não seria punida — fala Maxwell, de maneira tão casual, como se a conversa fosse apenas teoria.

Será que está tentando me fazer cair em uma falsa sensação de segurança?

— Eu sei que cometi um crime. Quando tentei pegar Alec de volta, pouco depois de ele ter nascido, Chris me disse que era tarde demais, que a adoção ilegal seria descoberta e que todos acabaríamos presos.

Paro. Estou tagarelando, colocando a carroça na frente dos bois. Acabei de admitir tudo. Estou morrendo de medo, mas também sinto um alívio estranho. Finalmente, contei a verdade.

Maxwell balança a cabeça.

— Você soa mesmo convincente. Por isso, levei suas alegações a sério, ainda que estivesse medicada. O que você disse me pareceu fazer sentido. Esse tipo de caso acontece de tempos em tempos. As pessoas planejam uma adoção privada, escondendo-a das autoridades, geralmente porque têm algum problema de cidadania. Para você saber, as mães biológicas nunca são acusadas. São vistas como vítimas, não autoras do crime.

Eu me levanto em um salto.

— É sério? Tem certeza?

Ele assente.

— Conferi com o departamento jurídico.

— Ai, meu Deus! Não acredito!

Minha cabeça está girando. Não sou uma criminosa? Isso significa que eu poderia ter contado a verdade quando Alec era bebê. Eu não teria sido presa. Alec nunca correu o risco de acabar em um orfanato.

O choro chega depressa. *Christopher mentiu para mim.* Eu devia ter adivinhado. Sofri por seis longos anos, escondendo a verdade de Alec, sentindo saudade dele toda vez que os Hygate o levavam ao casarão, entristecida sempre que eram rígidos e desamorosos com ele. Tudo por nada. Ele poderia ter sido meu. Poderia ter crescido me chamando de mamãe.

Mas a notícia que recebi é ótima. Estou livre para levá-lo embora. Nada pode acontecer comigo.

— Vou tirá-lo daqui! — exclamo, em meio às lágrimas. — Vou pegá-lo agora mesmo! Ele é meu filho.

— Sente-se. — O tom de Maxwell não dá brechas para discussão. Sua expressão está séria.

Eu me sento.

— Srta. Sylvester, já concluí minha investigação. Christopher e Julia Hygate se ofereceram para o teste de DNA. Estou convicto, sem a menor sombra de dúvidas, de que eles são os pais biológicos de Alec.

CAPÍTULO 33
JULIA

PASSADO

Julia estava na sacada do terceiro andar em seu vestido de noiva. Olhou para a praia abaixo, onde havia um gazebo enfeitado de rosas em arco sobre a areia, e soltou um suspiro de prazer. Tinha conseguido. Seus problemas tinham acabado. A ilha seria seu porto seguro.

Ainda não conseguia acreditar na sua sorte ao encontrar Christopher. Com quarenta anos recém-completados, ele sentiu uma nova urgência em sua busca por uma noiva. Spencer e Philip, dois sócios de trabalho que Christopher ansiava impressionar, haviam se casado no ano anterior, e as esposas estavam grávidas. Chris se interessou por seguir o mesmo caminho. Até mesmo convidara Spencer e Philip para serem suas testemunhas na cerimônia. A abordagem direta poderia ter incomodado algumas mulheres, mas foi conveniente para Julia. *Quando já se sabe que encontrou a pessoa certa, por que esperar?* O casamento fora organizado com uma pressa eficiente.

Passos. Tinha alguém dentro da suíte principal. A porta se fechou devagar, e a tranca fez um clique. Quem trancaria a porta? Não fazia sentido Christopher ter vindo vê-la na manhã do casamento. Ele sabia que isso dava azar.

— Cadê a mercadoria?

Julia congelou. *Não, a voz dele não. Silas não.*

Ela avançou até a balaustrada, segurando-a para se equilibrar. *Por favor, que não seja ele.*

Proferindo uma oração silenciosa, ela se virou.

Silas estava no meio do quarto, segurando um revólver. Seu rosto cheio de cicatrizes contorcido em um sorriso perverso.

— Baía do Paraíso, hein? Que pedaço de céu você agarrou com unhas e dentes, Julia. Me conte, o que anda fazendo? Aproveitando a brisa serena do mar no verão ou alimentando sua ambição ao observar a nova propriedade?

Julia entrou no quarto.

— Silas, você está aqui? — perguntou ela, baixinho. Não poderia arriscar que um empregado os escutasse. — Mas o que... Como?

Ela deveria ter adivinhado que ele a encontraria. Silas tinha contatos em toda parte. Quando passou a missão para ela, Julia soube que não poderia fugir. Depois, quando Chris a pediu em casamento, ela se iludiu pensando que tinha achado uma maneira de escapar. Como tinha sido tola.

— Acho que meu convite se perdeu no correio — ironizou Silas. — Pensei em dar uma passada aqui para te ver casar. É difícil te imaginar tagarelando promessas românticas, uma vagabunda como você. Mas tudo está quieto demais por aqui. Parece que não convidou muita gente. Aposto que está se sentindo injustiçada, se casando assim, às escondidas, sem conseguir exibir para suas amiguinhas o quanto subiu na vida. Essa grana toda, e você não pode nem dar uma festa no seu dia especial.

— Meu noivo sabe que você está aqui?

— Não tive o prazer de ser apresentado a ele, mas eu o vi. Me conte, encontrou o homem ruivo, mas e o resto da sua missão? Se esqueceu? — Silas foi até o sofá e se afundou nele. Ergueu o revólver. — Talvez esta seja a arma errada para a ocasião. Aliás, este casamento não está sendo um tiro no escuro, está? — Ele girou o dedo da outra mão para indicar a ilha. — Parece ter planejado bem seu futuro.

Julia se encolheu contra a parede.

— Como me encontrou aqui?

— Responda à minha pergunta. Faz meses desde que te vi. Cadê a mercadoria?

— S-Silas... desde que a gente se viu pela última vez, as coisas mudaram. — Os olhos de Julia foram da porta trancada para o revólver. Não havia a menor chance de escapar. Teria que se safar na conversa. — Por favor, me deixe explicar. Tentei seguir com a missão, tentei mesmo. Mas coisas acontaceram. Conheci Christopher, e nos apaixonamos. Quando dei por mim, ele estava me pedindo em casamento.

— E você pensou: nome novo, vida nova.

— Admito que pensei que você não me encontraria aqui. Desculpa. — Julia injetou remorso na voz. — Não consegui, Silas. Acho que você escolheu a mulher errada.

Silas soltou uma gargalhada horrível.

— Você deveria ter sido atriz, Julia. Boa tentativa, mas sei bem o que pensa. Você é a mulher certa, não só por causa da aparência, mas porque é fria demais para deixar as emoções te impedirem de concluir a missão. — Silas se recostou no assento. — Você faria qualquer coisa pelo preço certo. O único motivo para fugir era receber oferta melhor. Se casar com Hygate significava mais dinheiro por menos trabalho.

— Não estou me casando por dinh...

— Lugar bem legal que arranjou, apesar de ser neste fim de mundo. — Silas gesticulou para a vista panorâmica. — Uma propriedade enorme. Marina protegida. Tirou a sorte grande, disso não tenho dúvida.

Suor frio escorreu pela nuca de Julia.

— Sim, e estou disposta a te compensar da maneira que for possível.

Silas se levantou.

— Eu estava procurando por um lugar assim. O negócio de fretamento do seu noivo é interessante.

— Vai parar com o tráfico de animais silvestres? — Julia soou esperançosa. Seria um golpe de sorte.

— Você bem que gostaria, né? — zombou Silas. —Poderíamos deixar o crime no passado. Trocar um aperto de mãos e voltar a ser amigos. Mas nunca fomos amigos, Julia. Você é uma traidora, e eu não gosto de traidores. Vou te falar o que está acontecendo. A alfândega tem questionando minhas travessias na Tasmânia. Um serviço de fretamento seria um bom disfarce.

— Que ideia excelente — falou Julia, devagar —, mas não *aqui*, é claro. O Fretamento de Breaksea não é muito lucrativo. O clima é ruim demais para a maioria das pessoas. Christopher tem a marina como passatempo. É apaixonado por navegar.

— Ainda melhor. Não quero turistas se intrometendo nas minhas idas e vindas.

Ninguém nunca vai saber

— Christopher ama os iates. Ele jamais venderia a marina, mas aposto que eu poderia te ajudar a achar outra...

— Ele não vai vender nada. Ele vai *dar* a marina para mim. Você vai convencê-lo. Você tem sorte, Julia. É a segunda vez que eu tinha planos de meter bala nessa sua boca mentirosa, mas, de novo, você me é mais útil viva. É isto que vai acontecer: que horas é o casamento?

— Meio-dia. — Julia deu uma olhada no relógio. Faltavam poucos minutos para a cerimônia.

— Ao meio-dia, você vai descer de queixo erguido a escadaria chique. Se case com aquela galinha dos ovos de ouro e coloque o anel no dedo. Assim que o tiver fisgado, vai mandar a real. Na verdade, não dou a mínima para o que for contar a ele. Apenas o convença a me dar a marina.

— Você disse que ia me deixar de fora do negócio — falou Julia, o tom de voz ficando mais alto.

— Mas você não honrou sua parte do acordo, honrou? Você está escapando sem consequências. Não te quero mais envolvida com o meu negócio. Quero você bem vestida, socializando com os convidados ricaços, fazendo tudo parecer real. Vou trazer um homem de confiança para cuidar da marina. Talvez Joe. Ele saiu da cadeia. Vou deixar os barcos aqui, fazer parecer legítimo. Tudo que você e o maridão precisam fazer é ficar de bico calado. Deixem todos pensarem que o negócio ainda é de vocês.

Alguém estava subindo a escada. A maçaneta se moveu.

— Vim ajudar com as joias, senhora — disse uma voz feminina.

Silas apontou o revólver para Julia.

Ela tentou manter a voz calma ao falar alto:

— Quero ficar a sós, Sarah. Por favor, espere lá embaixo. Posso colocar as joias sozinha.

— O rapaz da entrega subiu aqui? — Essa foi a resposta.

— Não. — Espere. Silas estava com uniforme de entregador. Então... foi *assim* que ele contornou os empregados. — Quer dizer, sim, mas ele já foi embora.

Os passos se afastam.

— Silas, por favor, guarde a arma — pediu Julia. — Vou fazer o que você quer. Vou fazer Christopher te entregar a marina. Não sei como posso me explicar sem que ele entre com um pedido de divórcio, mas vou dar um jeito. Diga seu preço. Posso devolver a quantia também.

Rose Carlyle

— Que quantia?

— O pagamento adiantado pela... missão.

Os lábios de Silas se curvaram em um sorriso malicioso. Ele andou lentamente até Julia.

— Não ligo para o dinheiro, Julia. O que acha que está acontecendo agora? Não vou te liberar da missão. A marina é sua penalidade por ter tentado fugir, mas o trabalho ainda está de pé. Onde acha que vou encontrar outra mulher que possa me dar o que quero? Você encontrou o Hygate. Esse foi o primeiro passo.

Julia assentiu com veemência.

— Como te falei, eu tentei fazer o que me pediu. Mas por que precisa ser eu? Não tem como eu te ajudar a encontrar outra pessoa que possa fazer isso?

— Achei que fosse esperta, mas ainda não entendeu a coisa mais importante a meu respeito. Eu *nunca* volto atrás. E você sabe como são os nossos compradores. Eles pagam um valor alto para conseguirem o que querem. São sempre muito exigentes, mas esses clientes em especial estão em outro nível, e estão perdendo a paciência. Já me pagaram metade. É bom você começar a agir.

— Silas, eu bem que queria. Se dependesse apenas de mim, eu toparia, mas como eu poderia pedir ao meu marid...

As palavras de Julia foram interrompidas quando Silas bateu com o revólver no rosto dela. Dor explodiu dentro do crânio. Ela cambaleou para trás pela porta aberta. Silas a prendeu contra a balaustrada da sacada com tanta força que Julia quase caiu por cima. Ele segurou o cabelo dela, forçando seu queixo a se inclinar para o céu. Ela engoliu um grito.

Silas encostou a arma na têmpora da mulher. Julia prendeu a respiração. Lágrimas quentes escorreram por seu rosto. Quando Silas a puxou de volta para dentro do quarto, ela ouviu o vestido se rasgando.

Ele a empurrou contra a parede.

— Você tem um ano, Julia, ou seu marido vai encontrar seu corpo. Me traia pela terceira vez, e não vai ter sorte no mundo que poderá te salvar. Da próxima vez que eu te vir, é bom estar com um bebê no colo.

CAPÍTULO 34

EVE

PRESENTE

— Houve algum engano — digo ao policial Maxwell.

Ele me encara do outro lado da mesa. Nervosa, passo a mão pelo cabelo raspado. Não faço ideia do que pensar. Tudo está de cabeça para baixo. Em um momento, tenho a impressão de que todos os meus problemas estão resolvidos; no seguinte, um novo obstáculo aparece no meu caminho.

— Deu que os dois são os pais do Alec? — pergunto. — Chris *e* Julia?

— Bem, não recebi os resultados ainda — fala Maxwell. — As amostras foram mandadas a Hobart, e parece que foram extraviadas. Mas está claro para mim. Se o sr. e a sra. Hygate não fossem os pais biológicos de Alec, teriam brigado com unhas e dentes contra o exame. Em vez disso, eles se ofereceram. Foi o suficiente para matar qualquer pulga atrás da orelha.

— Eles estavam mentindo. Você disse que as amostras foram extraviadas, aposto que eles estão por trás disso.

Maxwell inclina a cabeça.

— Não sei como poderiam ter feito isso. Como saberiam qual empresa usaríamos para a transferência ou quando as amostras seriam enviadas? Além do mais, isso apenas resultaria, no máximo, em um pequeno atraso. Vou coletar amostras novas amanhã.

— Aposto que tentaram se esquivar disso.

— Pelo contrário. Se ofereceram para vir aqui com Alec amanhã cedinho. — Maxwell fecha a pasta com um peteleco, como se para indicar que não há nada mais a dizer.

O que os Hygate estão tramando? Devem ter algum plano para driblar o exame.

Alguns minutos atrás, posso até ter ficado aliviada em saber que conseguiram se safar das suspeitas da polícia, mas tudo mudou agora que sei que não posso ser presa. Alec não vai acabar com estranhos. Não há motivo para eu não contar a verdade.

Então, me inclino sobre a mesa.

— Não sei qual é a deles. *Eu* dei à luz o Alec. Os Hygate encontraram um jeito de trocar as amostras ou algo assim. Da próxima vez, colha as amostras você mesmo para garantir que não haja fraude.

— Elas foram coletadas sob minha supervisão. Existe uma cadeia de custódia. Não há brecha para ninguém interferir nas amostras.

— Tem alguma coisa errada aqui. Você acreditou em mim quando eu disse que Alec era meu filho. Do contrário, não teria feito o exame, teria?

— Normalmente, não agiríamos com base em uma alegação repentina como a sua, mas há outra evidência.

— Qual?

Maxwell semicerra os olhos. O silêncio se estende na sala.

— Um comentário feito pela criança — diz ele.

Fico boquiaberta.

— Alec te disse que sou mãe dele?

— Ele disse para uma enfermeira.

— Como ele sabia? Eu nunca... — Paro de falar.

Fui tão imprudente. Falei para Alec que ele se parecia com Xander. Dei a entender que seu nome foi inspirado no de Xander. Na água, pedi para Alec me chamar de mamãe. Eu precisava tanto daquilo... Achei que fosse morrer. Achei que conseguiria me safar.

Ou, talvez, lá no fundo, eu quisesse que Alec soubesse. Se eu fosse morrer, talvez quisesse plantar a ideia na cabeça dele, esperando que descobrisse quando mais velho. Mas eu o subestimei. Ele sempre adivinhou mais do que metade dos meus pensamentos. Desde que nasceu, tive dificuldades de esconder quanto meu amor por ele é profundo. Talvez, até mesmo antes do naufrágio, ele tenha sentido nossa conexão.

— Então Alec sabe a verdade — falo. Uma animação imprudente cresce dentro de mim. Quero que ele saiba, independentemente das consequências. Nosso tempo na água me fez perceber que a vida é curta demais para mentiras.

Maxwell me lança aquele olhar inescrutável de novo.

— Admito que posso ter dado um certo crédito à alegação. Quem enfrentaria um incêndio e manteria uma criança aquecida enquanto morre de hipotermia? Certamente, só uma mãe. Mas o sr. e a sra. Hygate se prontificaram a fazer o exame. Estavam calmos quando as amostras foram colhidas. Percebi que eu tinha minha resposta.

Maxwell parece dizer a verdade, mas algo ainda parece errado. Os Hygate jamais teriam se voluntariado para um teste de DNA, a menos que tivessem certeza de que poderiam interferir nos resultados.

Anos atrás, Chris me alertou que poderia encontrar um advogado que conseguisse "influenciar um juiz". Obviamente, ele desceria ao nível de usar dinheiro e contatos para conseguir o que quer. Será que subornou alguém no laboratório de DNA? Ou talvez o próprio Maxwell? A expressão estranha do policial pode ser um alerta para que eu desista.

Christopher é um homem influente, mas essa influência deve ter seus limites. Se ele comprou a polícia local, vou mirar mais alto. Não me importo se eu tiver que fazer uma petição ao primeiro-ministro.

Eu me levanto.

— Obrigada por me explicar a situação jurídica, policial — falo.

E vou embora.

* * *

Já é fim da tarde quando saio da delegacia, mas o dia não perdeu nem um pouco do seu calor. Desisti de encontrar uma carona até a Baía do Paraíso. Meu pescoço está me matando, mas, fora isso, me sinto bem. Irei para casa sozinha.

Para além do vilarejo, uma única estrada leva ao sul ao longo de uma cordilheira, como se a ilha fosse algum tipo de réptil esguio, e a estrada, sua coluna. À medida que subo ao ponto mais alto de terra, posso ver o mar de ambos os lados. A oeste, a água é resguardada, um azul suave que acalma os meus nervos. A leste, o Mar da Tasmânia é uma fúria cintilante.

Avanço com dificuldade, enquanto o sol escorre pelo céu escaldante feito manteiga derretida. Me arrependo de não ter pedido carona a um estranho. Limpo o suor da testa assim que começo a subir mais uma colina.

Não tenho ideia do que vou fazer quando chegar. Uma parte de mim espera que os Hygate e eu possamos deixar tudo que aconteceu para trás e seguir em frente. Eu, a babá coruja, e Julia e Chris, os pais que sempre têm a palavra final. *Não tem problema você ter falado demais, vamos encobrir tudo. O vazamento de gás não foi culpa sua. Tudo está bem quando acaba bem. Nunca vamos encontrar outra babá como você.*

Duvido que serão tão misericordiosos. Revelei o segredo mais importante deles para Alec e para um policial. Os dois provavelmente vão querer que eu me demita. Talvez seja melhor assim. Vou morar no vilarejo e entrar com o processo legal para recuperar Alec. Continuarei lutando até vencer. A verdade vai prevalecer.

As mães biológicas nunca são acusadas. Só preciso provar que Alec é meu filho, e ele será devolvido a mim.

Primeiro, preciso vê-lo. Todo mundo, incluindo eu mesma, mentiu para Alec por seis anos. Está na hora de contar a verdade.

CAPÍTULO 35

Meu pescoço lateja de dor quando chego à mansão. A porta da frente está trancada, então toco a campainha. Zelde a abre com a mesma carranca de reprovação com que me recebeu faz muitos anos, quando vim para a entrevista de emprego.

— O que você está fazendo aqui? — Ela me olha dos pés à cabeça. — Não imaginei que fosse ter coragem de dar as caras por aqui depois do que fez.

— O que você acha que eu fiz, exatamente? A polícia me garantiu que o naufrágio não foi culpa minha.

— Acho que os Hygate não veem dessa forma. — Ela franze os lábios.

— Se Chris e Julia entenderam alguma coisa errado, é porque não se deram o trabalho de me perguntar. Logo, vou esclarecer qualquer confusão.

Zelde arregala os olhos. Nunca falei com ninguém de maneira tão firme. Algo mudou em mim desde que me tiraram da água. Está na hora de me defender.

— Cadê o Alec? — pergunto.

— As aulas voltaram hoje, e o treino de futebol começou hoje à tarde.

Eu tinha me esquecido da escola. Achei que ainda tínhamos muito tempo de férias pela frente, mas o tempo voou enquanto eu estava no hospital. Olho para o meu relógio. Acabou de passar das seis horas da tarde.

— Logo, ele vai estar em casa.

— Ele vai dormir fora hoje.

— No primeiro dia de aula?

— Sim.

Suspiro. Não quero esperar mais um dia para ver Alec, mas talvez seja melhor eu conversar com os Hygate primeiro.

— Preciso ver o Chris e a Julia.

— Também não estão em casa. Partiram de helicóptero hoje de manhã. Por isso, Alec vai dormir fora.

É atípico Julia permitir que Alec durma na casa de um amigo quando tem aula no dia seguinte, mas acho que ela e Chris não tiveram alternativa. Zelde sempre se recusou a ficar de babá de Alec, e aposto que os dois estão ocupados com o novo negócio.

— Vou ficar na minha casa. — Dou alguns passos para trás, mas, depois, volto a me virar. Estou tão cansada de ter que comer na mão de todo mundo na Baía do Paraíso. — Zelde, já que você é uma profissional da saúde, talvez pudesse ser um pouco mais gentil com alguém que acabou de sair do hospital. Acredito que tenha ouvido que salvei a vida de Alec, e lembre-se: se não fosse por mim, os Hygate nunca nem teriam filho. Você morreria se me tratasse com um pouco mais de respeito?

Uma expressão estranha atravessa o rosto de Zelde. Por um instante, acho que está furiosa, mas, então, para minha surpresa, ela sorri.

— Eve, você tem razão. Venha esperar aqui dentro, e vou pegar uma bebida gelada para você. O sr. e a sra. Hygate devem chegar a qualquer momento.

— Achei que tivesse dito que... — Não faz sentido, para mim, que Alec tenha sido mandado para dormir fora se Julia e Chris devem voltar ainda hoje, mas algo esquisito na atitude de Zelde me detém de pedir explicações.

Sigo-a para dentro do casarão. Ela pega suco de maçã na cozinha e me mostra o caminho ao andar de cima. Presumo que esteja me levando a sala rosa, mas vamos para a direção oposta, ao fim da ala sul. Ela faz um gesto para que eu entre em um quarto de empregados vazio — agora sendo usado como depósito. Há caixas empoeiradas empilhadas no canto.

— Fique aqui — diz ela.

Lembro da primeira vez que entrei nesta casa, sete anos atrás. Zelde me acompanhou e me pediu para esperar. Na época, me pareceu rígida demais. Hoje, está diferente. Nem comentou sobre meu corte de cabelo ou meu pescoço cheio de ataduras. Tem alguma coisa a distraindo.

— Sem problema. — Eu me sento no colchão exposto e bebo um pouco do suco, agindo como se não tivesse percebido seu nervosismo.

As mãos de Zelde tremem quando ela fecha a porta e sai. Seus passos se afastam.

A última vez que bisbilhotei esta casa pelas costas de Zelde não acabou nada bem, mas cansei de respeitar a privacidade de pessoas que guardam segredos de mim. Tem alguma coisa acontecendo. Por que Zelde me faria esperar em um quarto abandonado? Por que ela está tão preocupada?

Talvez Alec *esteja* aqui. Agora mesmo, ela pode estar indo ao quarto dele, na ala norte, para levá-lo embora antes que eu possa dizer ao meu filho que ele está certo — que *sou* sua mãe.

Giro a maçaneta e abro um pouquinho a porta.

O corredor sul está vazio. Vou, sem fazer barulho, até a escada, de onde consigo enxergar o corredor norte. Está vazio também. No final, vejo a porta do quarto de Alec fechada.

Sigo apressada e percorro o corredor norte até chegar ao quarto de Alec. Vou ficar encrencadíssima se Zelde e Alec estiverem ali, mas não me importo. Abro a porta.

Vazio.

Dou uma olhada atrás da porta. A mochila escolar de Alec não está no gancho, e as chuteiras também não estão aqui. Certo, parece que ele foi mesmo à escola e ao treino de futebol hoje. Sinto um aperto no peito. Eu queria tanto vê-lo.

Ouço um batuque constante vindo de cima. Hélices de helicóptero.

Sinto como se eu estivesse em um loop temporal. Zelde está prestes a me pegar xeretando e explodir de raiva assim como no primeiro dia.

Mas preciso descobrir o que está acontecendo. Vou para a sala rosa e olho pela janela. Se Alec estiver em algum lugar na propriedade, ele irá correndo para o heliponto encontrar os pais. Pode até ser que esteja no helicóptero com eles. De qualquer maneira, isso explicaria o motivo de Zelde ter me colocado no canto mais distante da mansão.

O helicóptero pousa. Zelde aparece saindo da casa. A saia esvoaça com o vento, e ela tampa os ouvidos.

Chris sai do helicóptero e se volta para a aeronave. Espero que ajude Julia a descer, mas, em vez disso, ele pega algo do colo dela — algo embrulhado em um cobertor amarelo. Ela desce e pega o montinho de volta, aninhando-o nos braços.

Não consigo ver direito o que é, mas, pelo jeito como Julia o está segurando, quase parece estar carregando um bebê.

Balanço a cabeça. Que absurdo. Minha noção de tempo está confusa — é como se eu estivesse de volta ao passado, quando Alec ainda era bebê. A medicação ainda deve estar me afetando.

Não posso deixar os Hygate saberem que estou espionando. Ando apressada, mas em silêncio, até a ala sul, e entro no quarto de empregados pouco antes de ouvir passos se aproximando. Meu coração está disparado. Engulo o restante do suco, me sento na cama e me apoio nos cotovelos, tentando parecer entediada.

Christopher entra.

— Eve, eu não esperava te ver.

— Por que não? Eu moro aqui.

— Hm, achei que fosse passar mais tempo no hospital. Hoje de manhã, Julia levou seu celular e alguns pertences para você. — Ele fecha a porta.

Se Zelde estava nervosa, Christopher está agitado. Parece não saber onde colocar as mãos, enfiando-as nos bolsos e tirando-as de novo.

— Pelo que entendi, vocês não me visitaram no hospital nem perguntaram qual era minha situação. O que o levou a pensar que eu passaria mais tempo lá?

— Como você chegou aqui? — Christopher ignora minha pergunta.

— Peguei a balsa.

— E quem te trouxe de carro do vilarejo?

— Vim andando.

— Você disse a alguém que vinha para cá?

A pergunta dele me parece estranha.

— Para quem eu falaria alguma coisa?

Ele coça o maxilar.

— Para a polícia ou alguém no hospital.

— Não. Não sei por que você acha que eu precisaria falar para a polícia que ia voltar para casa. Eles não têm interesse algum em mim. Me disseram que o naufrágio não foi culpa mi...

— Não tem nada a ver com se foi sua culpa ou não o iate ter afundado. Temos um problema muito mais sério.

— Escute, Chris, eu nunca falei nada para o Alec que ele era meu filho. Chris me olha com desprezo.

— Mas falou para a polícia.

— Eu estava sedada. Nem me lembro de ter falado. — Tento adotar um tom contundente, mas soo como se estivesse implorando por perdão. Não ajuda que estou sentada na cama enquanto Chris se eleva acima de mim.

— Mas, ainda assim, se lembra de terem dito que a culpa do incêndio não é sua.

— Vi o policial Maxwell de novo. Hoje à tarde, na verdade.

— Você viu? Aposto que não estava sedada hoje. Presumo que tenha explicado para ele que você não é mãe do Alec, então?

Fico em silêncio.

— É claro que não — conclui Chris.

— Do que importa o que falei para ele? Vocês *obviamente* têm algum plano para falsificar o exame de DNA.

— De certa forma, você tem razão — diz Chris. — Não ligo para seja lá qual baboseira tem alegado, mas você liga. Já deve ter entendido que não pode continuar sendo babá de Alec. Você traiu nossa confiança. Julia nunca mais quer te ver. Como se não bastasse levar Alec para o mar e colocá-lo em risco, você também colocou a polícia contra nós. A humilhação de terem que coletar amostras de DNA... não só de nós dois, mas do nosso filho.

— Pensei que tinham se oferecido.

— Que outra escolha tínhamos?

Um calafrio me percorre. Algo no tom dele não está certo. É como se Chris acreditasse que ele e Julia passariam no exame de DNA. Que loucura.

Ele acrescenta:

— Prometi a Julia que, se você desse as caras aqui, eu te escoltaria pessoalmente para fora da propriedade.

Minhas bochechas queimam. Sinto como se eu fosse *de fato* culpada, pela maneira como Chris fala. Mas não está muito longe da reação que eu esperava. Os Hygate não querem que eu fique aqui, e eu também não quero. Não posso continuar sendo babá de Alec enquanto luto por sua guarda.

— Se eu pudesse conversar com Julia, eu poderia me explicar. Nunca colocaria Alec em perigo... — O que estou pedindo, exatamente? Não me importo mais com o que Julia pensa de mim. — Vamos fazer um acordo. Posso ir embora sem problema, mas quero ver Alec antes. Ele precisa saber que estou bem. Por favor. Prometo que não vou dizer nada a respeito de quem eu sou.

Os lábios de Chris se curvam.

— Você deve estar de brincadeira. Como se fôssemos arriscar isso.

Fico de pé.

— Não vou embora até ver meu filho. Ainda sou sua empregada. É contra a lei demitir alguém sem motivo.

— Talvez você tenha razão, Eve. Mas você não pode insistir em ficar aqui. Nunca pagou aluguel. Se eu te mandar embora e você se recusar a partir, será invasão domiciliar. Então só vou te dizer uma vez: saia da minha propriedade.

O mundo fica vermelho. Não dá para acreditar que Chris tem coragem de falar comigo desse modo. Dei a ele a coisa mais preciosa da minha vida, e é assim que ele me agradece. Como ousa? Ele não entende o poder que tenho?

Não, não entende. Ele não sabe que Maxwell me disse que mães biológicas não são acusadas.

Cerro as mãos em punhos.

— Você pode até conseguir me fazer ir embora hoje, mas não vai ficar só por isso. Sou a mãe de Alec, e não adianta me assustar com ameaças jurídicas. O policial me contou que mães biológicas não são indiciadas por tráfico infantil.

— Eve, Julia e eu nos oferecemos para fazer um exame de DNA. Acho que você ainda não entendeu as implicações.

— Entendo, os resultados "se perderam". Que conveniente. Me conte, quem você precisou subornar?

Chris solta uma risada sombria, depois, me encara por um momento antes de dizer:

— Já viu uma foto minha quando eu era criança?

A pergunta é tão inesperada, que me faz perder o foco.

— O que isso tem a ver com o que estamos falando? — pergunto.

— Você vai entender. Já viu?

Parando para pensar, nunca vi. Quando cheguei à Baía do Paraíso, notei que não havia porta-retratos da família pela casa. Também nunca vi nenhum álbum de fotos. Balanço a cabeça em negativa.

— Foi o que pensei. Julia tomou o cuidado de escondê-las. Espere aqui. — Chris abre a porta e sai para o corredor. Eu o escuto mexer em alguma coisa em outro cômodo.

Ele volta com um álbum e folheia as páginas.

— Aqui, esta é boa.

Ele me entrega o álbum.

A foto, que ocupa uma página inteira, mostra três crianças com roupas de esqui em uma montanha cheia de neve. O mais novo é Alec com uns cinco anos, mas não me lembro de ele já ter tido o cabelo tão comprido assim. As outras duas crianças, um menino e uma menina alguns anos mais velhos, se parecem muito com ele.

As três crianças de cabelo loiro-avermelhado sorriem para mim de um cenário que parece amarelado e granulado, típico de fotos antigas.

— Quando foi que Alec foi esquiar? — questiono.

Chris arqueia uma sobrancelha.

— Exatamente, Eve. Alec nunca esquiou na vida. Talvez você também se pergunte de onde surgiu esse corte de cabelo. Tão anos setenta. Quando foi que Alec teve irmãos mais velhos, um menino e uma menina?

— Não é o Alec — deduzo. — Quem é?

— O pai dele — fala Chris.

Meu coração se transforma em uma pedra preta e fria.

Viro as páginas. Foto após foto aparece um menino tão parecido com Alec, que eu poderia jurar que fosse ele, mas os locais, os cortes de cabelo, as roupas, as outras pessoas nas fotos, tudo está errado.

São fotos antigas. Fotos da década de setenta.

Quero acreditar que sejam fotos de Xander, mas não são. São de Chris. Dá para ver a estatura forte dele, as maçãs largas. Só que o menino também se parece com Alec. Tem o mesmo cabelo loiro-avermelhado. O garoto das fotos tem olhos azuis gélidos, não turquesa, mas, ainda assim, a semelhança é surpreendente.

— As crianças mais velhas são meu irmão e minha irmã — explica Chris.

— Certo, são fotos da sua infância, como você disse. Grande coisa.

Minha voz vacila. Não estou convencida de que Alec se parece mais com Chris do que com Xander. Ainda acho que qualquer um dos dois poderia ser pai dele. Sempre pensei que o cabelo de Alec acabaria loiro--avermelhado porque herdou uma mistura do loiro de Xander com o meu ruivo, mas consigo entender por que as pessoas acreditam que a cor do cabelo de Alec veio de Chris.

O problema não é Alec se parecer com Chris — esse foi sempre o plano, afinal de contas. O problema é que Chris acredita que a semelhança de Alec com ele é um segredo importante. Tão importante que Chris e Julia mantiveram as fotos de infância dele escondidas de mim por seis anos.

Chris acha que ele é o pai biológico de Alec. *Por isso* está mais do que disposto a fazer o exame de DNA.

Mas como poderia acreditar nisso? Ele certamente não me engravidou, e Julia nunca esteve grávida. Tenho certeza disso. Eu estava morando aqui enquanto ela fingia uma gravidez. Vi as barrigas falsas...

Um baque. O álbum caiu aos meus pés. O quarto gira. Agarro a pilha de caixas para me equilibrar.

Não pode ser.

Durante meses, todas as vezes que vi Julia, ela parecia grávida. Eu acreditei que ela não estava. Ela estava usando uma barriga falsa. Não estava?

— É impossível que Julia estivesse grávida — falo.

Chris balança a cabeça, como se sentisse pena de mim.

Será que Alec se parece com Julia? Os olhos turquesa dele se parecem com os cor de água dela. Sempre achei que a cor dos olhos de Alec fosse uma mistura do azul de Xander com o meu verde, mas...

— Por que Julia me faria acreditar que ela estava fingindo uma gravidez se *estava* grávida? — Minha voz fica mais alta. — Vocês me trouxeram para cá porque ela não podia engravidar! Ela levou um coice de um cavalo na Mongólia!

Uma batida na porta. Chris a abre.

Joseph está no corredor.

— O helicóptero foi reabastecido. Está pronto para o senhor, patrão. Ah, hm, a escuna chega às nove.

— Ótimo — responde Chris. — Joseph, como mencionei, é para você levar Eve a Hobart no *Squall*. Quero que partam imediatamente.

Dou um passo para trás.

— Não vou embora até me contar o que raios está acontecendo, Chris.

— Eve, se não quiser ser retirada à força das minhas terras, sugiro que vá embora com Joseph. Vou mandar seus pertences para seu novo endereço.

— Não preciso de carona. Tenho uma passagem para a barca.

— Eu preferiria me certificar de que você deixou a ilha. Alec está dormindo na casa de um amigo no vilarejo. Não quero você perto dele.

— O que me impede de pegar a próxima barca e voltar para cá?

— Pedi para Joseph te explicar tudo a caminho de Hobart. Depois disso, acho que você vai mudar de ideia.

* * *

Odeio ir embora de Breaksea. Sinto como se estivesse abandonando Alec — e preciso verificar a aparência dele. Não é possível que eu tenha me esquecido do rosto do meu filho depois de poucos dias longe. Mas as fotos me confundiram. Sempre pensei ver Xander em Alec, mas talvez fosse só porque eu queria. Eu queria acreditar que ainda havia uma parte de Xander comigo.

Saio da casa atrás de Joseph. Se eu for com ele, Chris me prometeu uma explicação. Ao caminharmos pela praia até a marina, olho para trás. Zelde nos observa de uma janela no andar de cima.

Está uma calmaria sepulcral e um calor dos infernos, apesar da noite que se aproxima. O oceano parece um espelho, o céu exibe um tom azul vibrante e uniforme.

Quando piso no *Squall*, um barco similar ao *Torrent* com a mesma cabine do piloto apertada e um convés de madeira teca estreito, Chris ressurge e chama Joseph de lado. Tento ouvir a conversa, mas eles mantêm o tom de voz baixo. Consigo ouvir apenas o comentário de despedida de Chris:

— Volte antes de Ruby chegar. Vou embora às oito.

— Entendido — diz Joseph. Ele pula a bordo, dá partida no motor e solta as cordas.

Fico sentada na cabine enquanto Joseph nos faz avançar em direção ao mar aberto.

Alec se parece com Chris. Chris acha que é pai de Alec. Maxwell me disse que as amostras tinham se perdido, e deduzi que Chris e Julia as haviam interceptado. Nem por um segundo cogitei que talvez não precisassem ter feito isso. Que o exame de DNA pudesse dar positivo.

Será possível que Alec não seja meu filho?

Vi a barriga falsa de Julia na noite da festa de Margareta, quando Joseph a encontrou seminua. Depois, no farol, vi as alças traseiras da barriga quando Julia levantou a blusa.

Mas nunca a vi tirar a barriga. Nunca vi seu corpo por baixo da roupa. Presumi que a barriga de verdade estivesse lisa.

Fico enjoada. Tapo a boca com a mão enquanto a bile sobe.

Ela estava grávida aquele tempo todo. Alec não é meu filho. Não é meu filho. Não é meu filho.

E a minha gravidez? Chris está sugerindo que imaginei tudo?

Joseph está ao leme, navegando com uma só mão.

— Joseph, Chris disse que você me explicaria.

Ele me observa de soslaio, um olhar cheio de malícia dissimulada.

— Você ainda não entendeu? Já recebeu pistas o bastante. Até ouviu o choro dela no escritório no dia depois que a teve.

— O quê? *Ela*, quem?

Joseph sorri.

Eu me lembro de Alec, recém-nascido, chorando no escritório da marina. Bati na porta, mas ninguém a abriu. Joseph me tirou de lá e me mandou não comentar nada com ninguém. Não entendi por que não tinha me deixado ver meu bebê. Nem por que Alec não estava deitado em seu berço no quartinho amarelo, onde deveria estar.

Agora, eu entendo. A verdade me atinge com tudo.

Falo, a voz rígida:

— O bebê no escritório não era o Alec.

Joseph assente.

— Alec estava no casarão com Julia.

Ele assente mais uma vez.

— O bebê no escritório era... era...

Não consigo falar.

Ela.

Joseph diz:

— O bebê no escritório era sua filha.

CAPÍTULO 36
JULIA

PASSADO

Julia desceu do iate, segurando o braço de Chris para se equilibrar.

A barriga estava tão grande, que ela se sentia instável, como se a brisa turbulenta da tarde pudesse soprá-la para longe do píer. Odiava estar grávida — o desconforto, a náusea —, tudo enquanto ainda tinha que dar a Eve a impressão de que a gravidez era falsa.

Na noite do casamento, Julia tinha feito a melhor performance de sua vida para convencer o marido de que não passava de uma vítima inocente dos esquemas criminosos de Silas, escolhida simplesmente por seu cabelo ruivo incomum. Ainda assim, percebeu que Chris considerara deixá-la. Naquela noite — a noite que deveria ter sido a mais feliz da vida dela —, os olhos dele estiveram distantes. Julia havia arriscado tudo para ficar com o marido. Fez questão de que o amor na cama o levasse a novos ápices de prazer antes de começar sua pobre história sobre um passado infeliz. A mensagem era clara: me salve de Silas, e terá a mulher perfeita ao seu lado.

Mas talvez isso não bastasse se Julia não tivesse uma carta na manga. Esperou pela pergunta que Chris inevitavelmente faria. Enfim, ela veio:

— É possível que você já esteja grávida?

Julia sabia que a resposta era de suma importância.

— Eu me sinto, sim, meio estranha — ela murmurou. — Por enquanto, está cedo demais para fazer um teste, mas saberemos daqui a algumas semanas.

A mentira funcionou. Christopher se deu conta, naquele instante, de que, se abandonasse Julia e ela estivesse grávida, o bebê acabaria nas mãos de Silas.

Então Christopher bolou o plano todo.

Quando Julia revelou ao marido que o teste tinha dado negativo, o esquema já estava em andamento. Yasmin e Zelde tinham sido contratadas. Logo, Julia engravidou de verdade, e sabia que tinha conquistado a lealdade de Chris. Afinal, era o filho dele dentro dela.

O plano tinha sido difícil de executar, mas, apesar de todos os contratempos e das complicações, ela e Chris superaram tudo juntos.

Nessa altura, Julia tinha visitado Eve no farol pela última vez. Chega de fingir estar grávida de mentira, chega de se preocupar com a possibilidade de Eve descobrir que a gravidez de Julia era tão real quanto a dela.

O único empecilho restante era o parto. Um parto em casa. Julia teria preferido mil vezes uma cesariana em um hospital particular adequado, mas, com Zelde no comando e Chris a apoiando, ela teria que cooperar.

Zelde desceu do iate logo atrás de Julia, com o kit médico em mãos.

— Está na hora de estourarmos sua bolsa, Julia. — Ela se virou e ergueu o tom de voz, assim Joseph, que atracava o iate, poderia ouvi-la. — Primeiro, nós quatro deveríamos repassar o plano. A grande troca vai acontecer amanhã. Não podemos nos dar ao luxo de cometer erros.

A grande troca. Julia sentiu uma onda de prazer com a expressão. Assim que essa etapa fosse concluída, estariam em segurança.

— Não tem ninguém por aqui, tem? — perguntou Joseph a Chris.

Chris ergueu um polegar em resposta.

— Dei três dias de folga para todo mundo.

Zelde verificou o relógio.

— É meio-dia. O parto de Julia deve levar entre oito e doze horas.

Julia deu um aperto no braço de Chris.

— Querido, à meia-noite já estaremos com o nosso filho no colo. — Ela não via a hora de começar. Deu alguns passos na direção da casa de Eve, torcendo para que Zelde colocasse um fim na conversa.

Joseph acenou na direção do farol.

— Amanhã de manhã, trago Eve de volta do rochedo para ter o bebê.

— Correto — afirmou Zelde. — Falei a ela que o bebê estava pronto para nascer, mas a verdade é que a gestação provavelmente continuaria por mais umas duas semanas se não induzíssemos as contrações. Julia, Eve quer você no parto dela. Chris vai ter que cuidar do seu filho enquanto você estiver lá.

— Ótimo. Um tempinho para pai e filho. — Chris esfregou as mãos.

— Espero que Eve seja rápida — disse Julia. Era injusto que ela tivesse que passar horas longe do filho logo depois de tê-lo dado à luz. — É a cara de Eve pedir algo inconveniente. Não quero nem pensar no nome ridículo que ela escolheu para o bebê.

— Vamos focar o que importa — rebateu Zelde, seu tom cortante. — Quando Eve estiver perto de dar à luz, Julia inventará uma desculpa para sair da suíte de parto por um momento e busca Christopher e Joseph. A partir de então, ambos os homens devem ficar colados à porta. Christopher, você vai estar com seu filho no colo, e é essencial que o mantenha em silêncio. Eve não pode ouvir um bebê chorando enquanto estiver em trabalho de parto. Joseph, nada de fugir para fumar.

— Estaremos a postos — garantiu Chris.

Zelde assentiu.

— Assim que o bebê de Eve nascer, direi "vou abrir as vias aéreas". Joseph, quando ouvir essas palavras, abra a porta. Estará escuro, e Eve, virada para a porta. Vou estar com a bebê dela em uma manta. A menina pode parecer estranha, coberta de sangue e com o cordão umbilical recém-cortado. Não deixe que isso te distraia. Leve-a, e a esconda no escritório da marina, mas deixe a manta. Leve a bebê para longe o mais rápido possível para que não seja ouvida.

— Enquanto isso, eu coloco meu filho na mesma manta — falou Chris.

— Exatamente — disse Zelde. — Vai estar suja de fluidos do nascimento, então...

— Isso é mesmo necessário? — perguntou Julia. Essa era a parte do plano de que ela menos gostava. O filho recém-nascido sendo enrolado em uma manta imunda.

— Cresci em uma fazenda de ovelhas — comentou Zelde. — Se um cordeiro fica órfão, o fazendeiro o dá a uma ovelha que tenha tido um natimorto, mas ela o rejeitará a menos que tenha o cheiro da própria prole. O fazendeiro esfrega o cordeiro órfão no cheiro do cordeiro natimorto, e a mãe o aceita. Confie em mim.

— Droga — reclamou Julia. — Não podemos parar de nos preocupar com esses pequenos detalhes? Todo mundo sabe o que precisa fazer.

— Tudo bem — disse Zelde. — Vamos começar.

Zelde, Chris e Julia foram em direção à casa de Eve.

Ao chegarem, Julia tomou a dianteira e subiu as escadas.

— Você sabia, Chris, que Eve percebeu que o inchaço na barriga tinha caído? Tive que inventar uma história para explicar.

— Então, quando você disse a ela que Sarah comentou a respeito disso, não era verdade? — perguntou Zelde, tirando uma chave da bolsa médica.

Julia deu risadinhas.

— Não. Sarah não comentou nada sobre minha barriga. Também não perguntou o nome da minha obstetra. Inventei a história toda na hora.

— Você sempre teve habilidade para improvisar. — Zelde destrancou a porta da suíte de parto. — Fico feliz em saber que Sarah não irá embora.

— Ah, vou ter que demitir Sarah — disse Julia. — Do contrário, Eve pode se perguntar por que não o fiz. Uma pena. Vai ser difícil encontrar uma substituta. Enfim, sinto que Sarah e Eve podem se tornar amigas se não agirmos. Elas têm quase a mesma idade, e Sarah é amigável demais. Não queremos que Eve se aproxime muito de ninguém, senão pode dar com a língua nos dentes.

— Bem pensado — comentou Chris —, mas acho que vai ser difícil encontrar outra empregada tão dedicada quanto Sarah.

— Ainda bem que as mentiras vão acabar logo — disse Julia.

Zelde arqueou a sobrancelha.

— Duvido que acabarão. Enquanto Eve morar aqui, você sempre estará mentindo para ela.

Zelde sempre fazia comentários deprimentes, mas Julia se recusou a deixar a senhora estragar seu humor. A gravidez finalmente ia acabar. Ela ia dar um filho a Chris e tirar Silas de sua vida para sempre.

Zelde deu batidinhas na maca hospitalar.

— Suba.

— Preciso fazer uma coisa primeiro — falou Julia. Ela tirou a blusa e a calça de grávida, expondo o adereço da cor da sua pele escondido ali embaixo. Era exatamente como as barrigas falsas que ela havia mostrado para Eve meses antes, mas com uma diferença crucial: a parte que cobria

Ninguém nunca vai saber

sua barriga não passava de uma fina camada de silicone sem qualquer enchimento.

Ela desprendeu o adereço e o jogou para Chris.

— Nunca mais quero usar essa coisa desconfortável!

Só de calcinha e sutiã na suíte de parto, ela pressionou a mão na pele do abdômen distendido. *Imagine se Eve pudesse me ver agora. Que choque não levaria.* Mas não havia motivo para se preocupar. Eve só seria levada de volta à Baía do Paraíso quando o bebê de Julia tivesse nascido em segurança e estivesse pronto para a troca.

Eve jamais vai saber a verdade. Julia encontrou conforto nas palavras. *Eve nunca vai suspeitar que recebeu a criança errada. Silas nunca vai suspeitar que recebeu a criança errada.*

Ninguém nunca vai saber

* * *

Aquela contração foi de outro mundo. Julia sentiu como se um demônio estivesse prestes a explodir de sua barriga. Estivera andando de um lado ao outro na casa à medida que o dia ia embora e a noite chegava, mas, então, ficou imóvel e se inclinou para a frente. Chris correu até ela.

Ela o segurou.

— Não acho que vá levar muito mais tempo.

Zelde, sentada com um caderno, balançou a cabeça.

— Suas contrações ainda estão muito espaçadas. A noite vai ser longa.

— Não — gemeu Julia. — Vou passar a noite *toda* acordada, e a noite de amanhã, segurando a mão de Eve durante o parto. — Ela se deixou cair em uma poltrona. — Depois, teremos que organizar o batismo para Eve fazer a declaração pública de que nós somos os pais do bebê.

Uma batida na porta de entrada no andar de baixo.

— Quem será? — perguntou Julia. — Pensei que apenas Joseph estivesse aqui.

— Vou ver. — Chris desapareceu escada abaixo. Reapareceu um momento depois com o cenho franzido. — Joseph disse que o Farol de Breaksea está apagado.

Houve silêncio.

— É melhor você e Joseph irem — falou Zelde. — Vou ficar com Julia.

— Está de brincadeira? — disse Julia. — Chris não vai a lugar algum!
Mais uma contração chegou. Julia agarrou a barriga.

Por que Joseph tinha aparecido para importuná-los com uma informação desnecessária? Não era como se uma luz quebrada fosse prejudicar o fretamento nos dias de navegação com satélite.

Chris segurou a mão dela.

— Julia, as luzes não se apagam sozinhas. Eve deve tê-la quebrado. E só consigo pensar em um motivo pelo qual ela faria isso.

— Não, você não acha que... — Julia não conseguiu dizer as palavras. Poderia Eve estar em trabalho de parto?

O coração de Julia disparou, parecendo alçar voo do peito. Ela não queria pensar naquela notícia. Como Zelde faria dois partos de uma vez? O que aconteceria se o bebê de Eve nascesse primeiro?

Julia escondeu a cabeça nas mãos. Ela não queria fazer mais nada. Queria dormir, bem ali, naquela poltrona, mas Zelde e Chris não paravam de andar pelo cômodo, trocando sussurros desesperados.

Zelde entregou a Chris alguns itens médicos, dando a ele as instruções de uso. Ela apontou para a coxa de Julia.

— É aqui que você deve injetar o sedativo em Eve.

— Por que *eu* não posso ficar com o sedativo? — perguntou Julia.

Zelde entregou a seringa a Chris.

— O medicamento deve atrasar o trabalho de parto de Eve e sedá-la. Aplique nela assim que chegar. Se tivermos sorte, Eve não vai perceber que não estou lá. Se tudo der errado e você precisar cortar o cordão umbilical, lembre-se de pinçá-lo primeiro.

Com um aceno de cabeça tenso, Chris colocou as coisas na própria bolsa.

Zelde se virou para Julia.

— Se formos tirar seu bebê a tempo, precisamos nos apressar. Primeiro, temos que deixar a casa dela vazia. Eve acha que vai parir aqui. Você precisa ir para outro lugar.

Julia mal conseguia acreditar no que estava ouvindo. Todo o dinheiro gasto na suíte para tornar seu parto mais confortável... e teria que cedê-la a Eve. Apoiando-se em Zelde, ela cambaleou da casa até a mansão. Cada passo que dava parecia intensificar as contrações. Quando chegou na suíte principal, estava pronta para morrer.

Julia estava esparramada na cama. O tempo passava em um borrão de dor, ressentimento e indignação. Tinha escutado o helicóptero partir e voltar, mas Chris não fora até ela. Então, Zelde tinha ido verificado o progresso de Eve. Todos estavam preocupados com Eve. Julia estava sozinha.

O azar de estarem em trabalho de parto ao mesmo tempo fez Julia querer gritar, mas não podia emitir som algum, nem mesmo durante a contração mais agonizante de todas, caso Eve pudesse escutá-la. A Baía do Paraíso era como um anfiteatro — o som viajava por sobre as águas. Outra onda brutal de dor a atingiu, e ela enfiou o travesseiro na boca.

Passos na escada. Julia se virou, torcendo para que fosse Chris, mas era apenas a tola da Zelde.

— O parto de Eve está progredindo rápido. — Sua voz soou sombria.

Julia ofegou para conseguir dizer:

— Você não... pode... desa... celerar?

— Eu tentei. Às vezes, é impossível impedir um parto. Tudo que podemos fazer é acelerar o seu. — Ela mexeu na bolsa de infusão de Julia. — Isso talvez aumente a dor.

— Não — protestou Julia. — Já está doendo demais.

Zelde fechou a boca com firmeza antes de falar:

— Quanto mais dor, melhor. Precisamos que esse bebê nasça. Se esforce mais.

O corpo de Julia estava em chamas. A contração seguinte a atingiu como um lampejo de raio.

Se esforce mais. Mas isso piorava a dor. O que o bebê estava fazendo com o corpo dela? Era como se estivesse sendo partida ao meio.

Julia ofegou. Ela fechou os olhos, esperando a dor passar.

Uma mão em garra segurou seu queixo. Assustada, Julia abriu os olhos. O rosto horrendo de Zelde estava a poucos centímetros de distância.

— Você não entende? — rosnou a senhora. — Se você não fizer seu trabalho e forçar o bebê a sair, vamos ter um problema sério em mãos, e seu marido vai ter que consertar seu erro!

Julia arquejou. Como ela ousava...

Porém, Zelde estava certa. Julia tinha que parir seu bebê primeiro. O plano reserva era fazer Eve desaparecer.

Chris a tinha apoiado a cada passo, mas o marido tinha seus limites. Se fosse forçado a ter que participar do sumiço de Eve, guardaria ressentimento de Julia e jamais se sentiria da mesma forma por ela.

Quando a contração seguinte chegou, Julia respirou fundo e fez força. Fez toda a força que seu corpo conseguia aguentar. Estava sendo torturada por aquele bebê. Dor escaldante se espalhou por seu corpo até as extremidades. Ela estava morrendo. Ela ia morrer naquele exato instante.

Até que, enfim, ela o viu. Uma cabecinha ruiva emergindo do espaço entre suas pernas.

— Mais uma vez! — gritou Zelde.

Julia fechou os olhos e fez força como se isso fosse questão de vida ou morte. O bebê saiu com tudo.

Ele nasceu. Eu consegui. Acabou. Julia abriu os olhos e estendeu os braços.

— Meu filho!

Mas Zelde já havia pegado o bebê e se apressava para fora do quarto. Algo caiu no chão com um baque. Julia olhou para baixo e viu uma tesoura cheia de sangue. Zelde havia cortado o cordão umbilical, literalmente separando o bebê dela.

— Pare! — suplicou Julia. — Traga-o de volta!

Segundos passaram. A filha de Eve nasceria a qualquer momento. Poderia ser a diferença entre o plano dar certo ou errado. Ainda assim, Julia não aguentava não ver o próprio bebê, não o ter no colo.

— Volte!

Os pés de Zelde fizeram barulho escada abaixo. Ela tinha ido embora.

E pensar que seu filho seria entregue a Eve, que ela o seguraria primeiro. Julia jamais perdoaria aquela garota por isso.

CAPÍTULO 37
EVE

PRESENTE

Estou sentada na cabine do *Squall*, observando o horizonte, mas sem de fato apreciá-lo.

Lembro-me do meu bebê saindo do meu corpo. Eu estava tonta, sedada com analgésicos pelos quais eu não havia pedido, confusa. Por que eu estava dando à luz no escuro? Onde estava Zelde?

Meu bebê não chorou. *Onde estava ela? Será que estava bem?*

Então, ela estava nos meus braços — ela era ele, ela era Alec. Ele era lindo, e seu cheiro me pareceu tão certo. Nunca questionei se era ele o bebê que tinha acabado de sair do meu corpo. Alec era meu filho, o filho de Xander.

A ideia de que existia um bebê que era minha filha é inconcebível. E Alec não é meu. Como posso brigar pela sua guarda agora?

Joseph está falando sobre os problemas financeiros dos Hygate.

— Com a seca e a pandemia, Chris perdeu uma fortuna. Agora, as fronteiras foram abertas de novo. Julia retomou o negócio.

Eu não poderia me importar menos com nada daquilo, tudo que importava para mim era minha criança — *quem* quer que fosse. Mas preciso prestar atenção. Preciso entender.

— Julia tem um negócio? E Chris não?

— Ela é contrabandista.

Pisco. Quero perguntar: "Não é você o contrabandista?", mas me detenho.

Tem algo estranho na maneira como Joseph fala. Momentos atrás, Chris me expulsou, com raiva, da propriedade, mas Joseph está agindo como se fôssemos amigos jogando conversa fora. Passei alguns dias ausente, e parece que voltei para um universo paralelo. Uma tal de Ruby está a caminho. Uma escuna está chegando. Julia é contrabandista. Eu tenho uma *filha*. *Alec* não é meu filho.

Só que não estou em um universo paralelo. Nada mudou. É que sempre mantiveram isso tudo em segredo. Agora, não se importam mais.

Por que não? Por que esconderam tanto de mim por anos para agora me contarem tudo?

Tem mais uma coisa me incomodando. Já passamos há muito dos recifes. Poderíamos ter virado ao sul há uns dez minutos. Em vez disso, Joseph ainda segue ao leste. Para o mar aberto.

— Quem é Ruby? — minha pergunta surge do nada.

— Não existe ninguém chamado Ruby. — Joseph sorri, como se tivesse contado uma piada inteligente.

É tão estranho como até um criminoso feito ele diz a verdade de vez em quando. Ele acha que é seguro, que não vou entender o que ele quer dizer, mas, se Ruby não é uma pessoa, o que é então? O que mais teria um nome feminino?

Um iate.

Joseph disse que a escuna chegaria às nove. Ele não sabe que já vi essa escuna antes. Suspeito que seja a que entrou na marina, luzes apagadas, naquela noite em que vi os terrários vazios. Aquela escuna era vermelha, então faria sentido seu nome ser *Ruby*, como a joia. Ela estaria de volta hoje à noite.

As recentes viagens a trabalho dos Hygate, a tentativa de recuperar a fortuna... Eles estão contrabandeando animais silvestres. O que vi Julia segurando quando desceu do helicóptero devia ser um animal. Isso explica por que o estava ninando como um bebê. Talvez não um lagarto, mas uma espécie rara de coala, talvez.

Será por isso que Alec foi dormir fora? Para mantê-lo longe do criminoso que vai chegar na escuna?

Chris mandou Joseph voltar antes de o *Ruby* chegar. O plano é ele estar de volta à Baía do Paraíso daqui a algumas horas. Não há tempo para me deixar em Hobart e voltar.

O mundo parece desacelerar e parar. Meu sangue pulsa rápido e quente enquanto assimilo a verdade.

É por isso que Joseph está me contando tudo. Ele não está me levando para Hobart. Joseph está indo para o mar aberto, e, depois, vai dar meia-volta e voltar — sem que eu esteja a bordo.

* * *

Não posso deixar Joseph saber que descobri o plano. Se achar que vou começar uma luta pela minha vida, pode ser que me ataque e coloque um ponto-final nisso tudo. Pode ser que ele esteja armado. Mesmo que não esteja, poderia facilmente me golpear, pois é mais forte.

Olho ao redor em busca de algo para usar como arma. Sempre tem guinchos de alavanca feitos de aço na cabine, mas não hoje. Joseph os tirou.

Estamos a pelo menos uns cinco quilômetros da terra firme. Longe demais para nadar. Joseph poderia simplesmente me empurrar do convés.

A única chance que tenho contra ele são com palavras. Queria não ter dito a Chris que ninguém sabia que eu voltaria à Baía do Paraíso hoje.

Preciso fazer Joseph falar. Tenho de fazê-lo sentir que temos uma conexão.

— Pode me contar da noite em que você me salvou? — pergunto.

— Não me lembro de muita coisa.

— Você não estava consciente — fala ele. — Eu nunca teria te encontrado se Alec não estivesse gritando. Ele estava bem, mas achei que você tinha batido as botas.

— A médica disse que você sabia como tratar hipotermia.

— Não se vive perto dessas águas por anos sem aprender uma coisa ou outra a respeito do frio. A vítima é colocada na horizontal, não deve ser sacudida. Eu te levei para a cabine com uma garrafa cheia de água quente e uns cobertores, depois, chamei um helicóptero de resgate pelo rádio. Estava nos esperando quando chegamos à Baía do Paraíso.

— Eu estava esperando pela chance de te agradecer. Te devo uma. E pensar que nunca mais vou te ver. Decidi me mudar para a Itália... para sempre. Minha avó era de lá.

Joseph me observa, desconfiado.

— Achei que você fosse querer ficar por aqui, perto de Alec.

— Faz um tempo que penso em partir. Nada nunca acontece em Breaksea. Quero conhecer novas pessoas, ver o mundo. Agora que sei que Alec não é meu filho, não tem nada me impedindo.

Dói dizer isso. Quero agarrar as palavras no ar e atear fogo a elas, mas preciso ser convincente.

— É verdade, Joseph, quero que saiba o quanto estou grata. Eu faria qualquer coisa por você, qualquer coisa que me pedisse, se não fosse pelo fato de que estou indo embora assim que possível.

— Mesmo se não se importar mais com Alec, vai querer descobrir onde sua filha está.

Suas palavras me atingem como flechas no coração. Minha filha. Ele sabe onde ela está.

Não posso falar. Se eu tentar, vou gritar. *Onde raios está a minha filha? O que você fez com ela?* Quero socá-lo e chutá-lo. *Como você foi capaz de pegar minha bebê!*

Não posso falar nada disso. Não posso mostrar que me importo. Não posso nem perguntar onde ela está. Se Joseph me disser a resposta, de jeito nenhum me deixaria sair daqui viva.

Pelo menos sei que ela está em algum lugar. Joseph disse "está", no presente. Ela está viva.

Dou de ombros, indiferente.

— Nunca conheci essa minha *filha*. Ela não é minha filha, assim como Alec não é meu filho. O que quer que tenha acontecido, é tarde demais para desfazer. O que quero é começar do zero. Viver minha vida um pouco.

— Boa tentativa — diz Joseph.

Ele coloca o motor em neutro, e então desliga tudo. O silêncio do mar toma conta do nosso redor. Não há brisa alguma.

— Por favor — suplico. — Você não prefere *não* ter que fazer isso? Me deixe em algum lugar. Qualquer lugar.

— Tenho ordens a seguir.

— Me deixe ir. Nunca voltarei, eu prometo. Chris nunca vai descobrir. Por que eu contaria a ele?

— Não me importo com o Hygate. Ele não pode fazer nada que estresse a madame. Pensou em te matar anos atrás, logo depois que você deu à luz, mas não quis preocupar a esposa. Decidiu que, desde que não soubesse da filha, não haveria motivo.

Ninguém nunca vai saber

— Por que Chris queria me matar?

— Por causa do Silas. Ele que manda. O sacana deixa qualquer um com medo, e ele não sabe que você existe. É meu dever fazer com que continue assim.

Silas. O nome dispara uma memória de anos atrás. De quando ouvi Joseph falando ao rádio do navio sobre um cara chamado Silas, que se vingaria de maneira criativa caso descobrisse o que ele estava tramando.

Parece ser uma pessoa horrível. Achei que fosse ruim o bastante ter que lidar com os Hygate e Joseph, mas tem mais outra pessoa... Outra pessoa que *Joseph* acha assustadora.

Será que esse tal de Silas está com a minha filha?

— Vou pegar um avião. Eu juro.

— Palavras não têm valor algum — diz ele. — Eu não sou burro. Vai prometer os céus e a terra e, depois, ir direto falar com a polícia. Só há uma maneira de resolvermos isso.

— Tem razão — digo. — Ninguém se sente obrigado a manter uma promessa feita sob coerção. Mas as coisas são diferentes entre nós, Joseph.

Joseph mentiu para mim por seis anos, deixando que eu amasse Alec como um filho meu, escondendo de mim a verdade sobre a minha filha. Ele me tratou como lixo, como a *vagabunda do Hygate*.

Preciso me esquecer disso tudo.

— Joseph, você me tirou deste mar. Não precisava ter me salvado, mas salvou.

— Hygate disse que eu não deveria. Poderia ter te deixado lá, nos poupado do problema.

— Ainda assim, você escolheu me salvar. Eu te devo a minha vida. É por isso que você sabe que não vou procurar a polícia. Além do mais, o que eu poderia dizer a eles? Não tenho prova alguma de que estive grávida. Nunca fui a médico algum, e as únicas pessoas que me viram grávida foram você, os Hygate e Zelde: quatro pessoas que diriam à polícia que eu estava mentindo.

Enquanto falo, percebo que minhas palavras não são só uma história para convencer Joseph. São a verdade. Zelde deve ter destruído as anotações médicas acerca da minha gravidez. Contei aos Blair sobre o bebê, mas, depois, deixei um bilhete alegando ter sofrido um aborto espontâneo. O policial Maxwell já acha que sou doida varrida por

251

acreditar que Alec é meu filho. Ele provavelmente não ouviria mais uma rodada de "alegações" minhas.

Acho que Maxwell não era corrupto. Os Hygate não precisaram subornar ninguém, porque não tinham nada a temer quanto ao exame de DNA. Não era de estranhar que o policial me olhava de um jeito tão esquisito. Ele tinha encontrado três pessoas que acreditavam de forma veemente serem genitoras de Alec.

— Não se trata apenas da polícia — afirma Joseph. — Chris não quer você fazendo escândalo, chamando atenção para o contrabando. Ele não pode correr esse risco com Silas por perto. Se Silas achar que os policiais estão investigando, vai tomar uma atitude. Do tipo que não deixaria nenhuma testemunha.

— Não tenho interesse em causar problemas.

Joseph parece impertubável. Ele abre um pequeno compartimento na cabine e estende a mão para pegar algo.

Uma corrente comprida.

Um arrepio passa por mim. Preciso tentar outra abordagem, e logo.

— As pessoas vão perceber que sumi. Fiz amizade com outra paciente no hospital. Prometi me encontrar com ela no vilarejo amanhã. E falei para minha família na Itália me esperar daqui a uma ou duas semanas.

— Estou mentindo, é claro. — Quando a polícia investigar meu desaparecimento, tem certeza de que os Hygate vão ficar calados? Eles podem te dedurar para salvarem a própria pele.

— Eles jamais fariam isso — diz Joseph. — O Hygate está tão metido nisso quanto eu. E a madame não sabe de nada. Ela nem sabe que você voltou hoje.

— E Zelde? Ela sabe que eu voltei. E ela nos viu saindo de barco. Ela estava de olho do casarão.

Joseph está sentado, perfeitamente imóvel. Seus olhos me perfuram.

— Você e Zelde não são muito próximos, são? — pergunto. — Se ela fizer um acordo com a polícia, você vai ficar feliz por ter me deixado viva. Assassinato dá prisão perpétua.

Joseph fica quieto por uma eternidade. O sol me queima. Suor escorre pelas minhas costas. Até que, por fim, ele dá partida no motor e vira o leme para estibordo. O iate desenha um arco amplo ao se voltar na direção da terra firme.

Ninguém nunca vai saber

* * *

Achei que era impossível o tempo passar mais devagar do que nas horas em que estive no mar frio e escuro com Alec, mas a viagem de volta ao continente com Joseph parece demorar mais.

Navegamos em silêncio. Continuo abrindo a boca para repetir minhas garantias de que Alec não significa nada para mim, nem a filha que nunca conheci, mas me impeço. Talvez eu diga algo que faça Joseph mudar de ideia.

Por fim, ele fala:

— Não temos tempo para te levar a Hobart. Vou te deixar no farol. A chave está debaixo de uma pedra branca, perto da porta. Não tem roupa de cama nem nada, mas a comida enlatada está na cozinha.

Eu deveria me sentir aliviada, mas me sinto sem ar. Comida enlatada? Quanto tempo vou ficar presa lá?

— Voltarei para te levar a Hobart quando der. De lá, você vai direto pra Itália. Se algum dia eu te vir de novo por aqui, você não terá uma segunda chance.

Entramos na enseada.

— Escute — continua ele. — Julia não sabe que você morreu. — Suas palavras fazem minha pele formigar. — O Hygate sabe que você está no fundo do mar com pesos amarrados nos calcanhares, mas Julia acha que você simplesmente foi embora da Tasmânia. Não acho que ela vá tentar te encontrar, mas você terá que ser discreta, por precaução. Vou me ferrar se o Hygate descobrir que você está viva.

— Ele nunca vai descobrir.

— O que seria mil vezes pior é Silas descobrir esse esquema.

— Ele não vai.

Joseph não solta a âncora. Ele me diz para soltar o caiaque da lateral do convés e colocá-lo no mar. Prendo uma corda longa à popa do caiaque enquanto Joseph anda em círculos com o *Squall*.

Tenho apenas a camiseta e a calça que me deram no hospital, nada nos bolsos, exceto um cartão de banco, alguns dólares e uma passagem de balsa. Quero pedir roupas quentes, um pouco de água, caso o tanque esteja vazio. Quero pedir uma dezena de coisas que tornariam minha sobrevivência no rochedo mais provável, mas não ouso.

Subo no caiaque e remo até a costa. Assim que saio dele, guardo o remo no caiaque, e Joseph puxa a corda com as mãos até que ele volte para o lado do iate. Ele o iça até o convés, amarra-o em seu devido lugar, então parte sem se despedir.

Observo o *Squall* deixar a enseada e desaparecer. Estou sozinha nesta linda e amaldiçoada enseada enquanto o sol se põe abaixo da cordilheira e aves marinhas se recolhem com a chegada da noite.

No farol, encontro a chave e entro. À medida que a adrenalina vai embora, meu estômago ronca. Na cozinha do térreo, encontro algumas latas empoeiradas. Devoro um pouco de atum e feijão gelados. Procuro analgésicos — minha queimadura está doendo —, mas acabo de mãos vazias.

Não acredito que estou de volta neste rochedo, mais uma vez prisioneira. Mas agora sou uma pessoa diferente da menina ingênua que passou a gestação aqui seis anos atrás. Na época, eu confiava em Julia. Nunca suspeitei que Chris tivesse planos de me machucar. Agora, sei que minha vida sempre esteve em perigo.

Eles roubaram a minha bebê. *Minha filha*. Só de pensar nela uma dor tomar conta do meu corpo — tão intensa que quase desabo no chão. Eles tiraram uma recém-nascida da mãe, e ninguém soube que ela desapareceu. Ninguém nunca a procuraria.

Não pude segurá-la, nem mesmo uma vez.

Eles me enganaram por completo. Agora, sei que não devo confiar em ninguém. Até mesmo Joseph pode mudar de ideia.

Na última vez que estive aqui, não pude tentar escapar, para não correr o risco de machucar o bebê na minha barriga. Mas não estou grávida agora. As condições são ideais. Não há vento, não há ondas.

Vou fugir daqui nadando.

CAPÍTULO 38

Dias sem vento em Breaksea são raros. Preciso aproveitar a oportunidade. É agora ou nunca.

Primeiro, subo as escadas em espiral até a sala da luz e observo a água que se estende ao horizonte. Ao leste, a terra firme mais próxima é a Nova Zelândia, a uma semana de barco de distância. Ao sul, o oceano segue sem sinal de terra até à Antártica. No entanto, não há ondas. Nunca vi o mar tão calmo.

Vejo o *Squall* já a caminho da Baía do Paraíso. Na vastidão azul, o iate parece um brinquedo de criança.

Morei neste farol por meses, mas do que me lembro mais vividamente é meu parto. Eu tinha certeza de que teria uma menina. E como quis dar à luz aqui e segurar meu bebê no colo. Se eu tivesse feito isso, tudo teria sido diferente. Eu teria visto minha filha. Jamais teriam conseguido me enganar ao me fazer acreditar que Alec era meu filho. O que teria acontecido?

Eles teriam me matado.

Preciso sair daqui. Não posso pensar em nada além disso. Só sei que, se eu ficar, mais uma vez estarei à mercê de Joseph.

Deixo a cozinha como a encontrei, escondendo as latas vazias no fundo da prateleira. Tranco a porta do farol e coloco a chave embaixo da pedra branca. Na praia, tiro as sandálias e as prendo nos passadores da calça. Está na hora de ir.

Rose Carlyle

* * *

A queimadura no meu pescoço arde assim que entro na água salgada. Enquanto nado para sair da enseada ao mar aberto, cada braçada repuxa a carne. Apesar do clima quente, a água está fria. Meu corpo já está começando a ficar dormente. Isso não é um bom sinal.

Leva pouco tempo para nadar até a base dos penhascos da Ilha de Breaksea, mas, como eu havia previsto, não posso parar. O mar está tão calmo que eu poderia alcançar a costa, mas ficaria presa, incapaz de escalar o rochedo enorme.

Sigo pela costa em nado livre. Devo aproveitar ao máximo a luz do dia, porque, quando escurecer, será difícil julgar o melhor ponto no qual atracar. Sei que há algumas praias mais ao norte, mas de jeito nenhum conseguirei nadar tanto assim.

Tento encontrar um ritmo, mas preciso emergir e conferir a direção a cada poucas braçadas. Toda vez, vejo que saí do percurso. Minhas braçadas estão desiguais. A queimadura no pescoço, pior do lado esquerdo, está me afetando.

O frio infiltra meus ossos. Minhas orelhas doem. Quero me encolher em posição fetal. Sinto como se eu tivesse passado a última semana na água, como se eu jamais tivesse me esquentado de verdade depois do naufrágio.

A luz do dia começa a se esvair quando contorno um afloramento rochoso e me aproximo de um penhasco mais baixo. Será que eu conseguiria escalá-lo? É difícil dizer na penumbra.

Terei que arriscar. Estou tremendo demais. Não posso ficar na água.

Apesar da calmaria aparente, quando me aproximo do rochedo, a água está subindo e recuando. Cada onda ameaça me jogar contra os crustáceos. Fico para trás, tentando escolher o melhor momento, mas o mar o escolhe por mim. Com uma força repentina, sou pega e arrastada por cima das pedras. Me seguro em algo e, quando a onda recua, estou encalhada.

Dor lateja pelos meus membros. Olho para baixo. Sangue sendo levado pela água. Com dificuldade, escalo a parede do penhasco o mais rápido que posso, com medo de que a próxima onda me puxe de volta ao mar. Minhas pernas estão instáveis por causa do frio, mas consigo subir um pouco mais antes de a próxima onda quebrar. Me seguro firme até que se afaste de novo. De jeito nenhum eu teria conseguido fazer isso se houvesse brisa.

Estou segura por enquanto, alguns metros acima de onde as ondas quebram. Não quero olhar para os meus ferimentos, mas é o que preciso fazer. Os crustáceos rasgaram minha calça e esfolaram meus joelhos, mas o corte mais fundo está no meu antebraço, de quando tentei me segurar enquanto a onda me varria por cima das rochas. Sangue escorre da ferida.

Estendo a mão para pegar as sandálias, mas não estão mais ali. A costura frágil dos passadores rasgou.

Com meu pescoço queimado, a cabeça raspada e o sangue escorrendo do meu braço, devo parecer alguém que acabou de sair de uma zona de guerra. Arranco o curativo do pescoço e o pressiono no braço. A fita adesiva perdeu a cola, mas consigo amarrá-la no lugar, estancando o sangramento.

Agora, tenho que escalar o penhasco. Me agarro à rocha e subo, encontrando, primeiro, um apoio para o pé, depois, um apoio para a mão, escalando devagar. Xander e eu, às vezes, escalávamos para nos divertir quando passávamos a tarde em alguma praia remota. Esta noite, a experiência não é nada divertida, mas me sinto grata por já ter feito isso antes.

Por fim, chego ao topo, tomo impulso e caio na grama raquítica, rolando para ficar de costas. Nunca imaginei que a grama pudesse ser tão acolhedora. Passo meus dedos por ela. Tenho vontade de beijar a terra e jurar que nunca mais entrarei na água.

Um zumbido chama minha atenção. Um helicóptero.

Chris disse que partiria às oito. Não estou de relógio, mas chuto que esteja atrasado. O sol se põe por volta das nove no verão.

Cambaleio até alguns arbustos e me escondo. É improvável que Christopher me veja do ar, mas não cheguei tão longe para começar a correr riscos.

O helicóptero aparece. Reconheço a pintura amarela. A aeronave segue para o céu ocidental. Que estranho pensar que o homem naquele helicóptero acredita que meu corpo está no fundo do oceano. O que será que ele sente? Culpa? Alívio? Satisfação? Seja o que for, devo tomar cuidado para nunca mais cruzar o caminho dele.

Ainda não me safei. Vou passar pela Baía do Paraíso a caminho da balsa. Faria sentido embarcar da maneira mais discreta possível. A última do dia é a aposta mais segura. Geralmente, está bem deserta. Depois de sair dela, é fácil desaparecer. Comprar alguns pertences novos e uma passagem de avião. Viver meus dias no exterior.

É a única coisa sensata a se fazer, mas não é o que vou fazer. Nunca foi meu plano fazer isso.

Falei a Joseph que devia minha vida a ele e que, por isso, ele poderia confiar que eu desapareceria. Mas é mais complicado que isso.

Joseph é o tipo de cara que não sabe nada sobre mulheres e não se dá ao trabalho de aprender. Às vezes, eu achava a indiferença dele rude, mas, hoje, estou grata por ela. Se ele me conhecesse, eu jamais teria conseguido convencê-lo de que abandonaria meus filhos.

Filhos. Apesar de ter crescido no útero de Julia, e de Chris ser pai dele, ainda sinto que Alec é meu filho.

Ele está morando com criminosos. A mãe é contrabandista. O pai mandou me matar. Chris e Julia não o machucariam fisicamente, mas estão lhe causando mal de outras formas. Que tipo de pessoa Alec vai ser quando mais velho, sendo criado assim? Desonesto? Cruel? Assassino? Não posso abandoná-lo a esse destino.

E tem outra pessoa que não posso abandonar. Alguém que nunca conheci, embora não sejamos desconhecidas. Ela passou nove meses dentro de mim.

Sou mãe dela.

Assim que o helicóptero se afasta o bastante, eu me levanto e avanço vegetação adentro. Estou molhada, sangrando e descalça. A noite caiu. Preciso me mexer para me aquecer. Preciso me mexer para continuar viva.

Chris disse que Julia estava brava comigo, mas é claro que ele diria algo assim para me convencer a ir embora. De acordo com Joseph, Julia não sabe nada a respeito do plano para me matar.

Ela deve saber onde minha filha está. Hoje à noite é o melhor momento para questioná-la. Chris não estará na mansão, e, se eu conseguir driblar Joseph e Zelde, chegarei a Julia. Vou encontrar uma maneira de extrair a verdade dela.

CAPÍTULO 39

Estou com dificuldade para avançar pela vegetação. A caminhada de quarenta minutos até a Baía do Paraíso está demorando muito mais graças à minha falta de sapatos. Nenhuma luz das estrelas penetra o dossel. Estou seguindo às cegas. Não consigo nem encontrar a trilha.

Apesar da minha impaciência, me forço a tomar cuidado. Não posso me dar ao luxo de tropeçar e me machucar. O calor do dia desapareceu com o sol. Na Tasmânia, pessoas que se perdem no mato durante a noite podem morrer por exposição solar mesmo no verão.

Minhas feridas latejam. Sangue escorre da queimadura e do corte profundo no braço. Estou quase grata pela dor. Ela me mantém concentrada, desperta.

Tropeço em uma árvore. Pressiono a testa no tronco e fecho os olhos. O sono me atrai. Sou parte da árvore, parte da terra. Estamos respirando juntas. Com a sola dos pés, sinto folhas macias e frágeis. Seria tão fácil afundar...

Você não pode descansar. Você não pode parar até encontrá-la.

Eu me afasto com tudo da árvore. Não posso fechar os olhos.

Por fim, encontro a trilha, e avançar se torna um pouco mais fácil, mas ainda está escuro feito uma tumba e mal ganhei velocidade.

Quando chego ao cume, meus membros estão pesados como chumbo. Fora do mato, a noite parece clara. A lua surgiu e a Baía do Paraíso se apresenta diante de mim em um esplendor fantasmagórico. Todas as luzes estão apagadas na marina, e o casarão está escuro, exceto pelo brilho suave que emana do terceiro andar — a suíte principal.

Squall está de volta ao ancoradouro, e um novo iate chegou à marina — um iate grande. Não consigo identificar a cor, mas reconheço o mastro duplo e as quilhas marcadas do casco. É a escuna vermelha.

Primeiro, passarei na minha casa para enfaixar o braço rapidamente. Já perdi sangue demais.

Por qual rota eu deveria seguir? Não quero que Julia me veja passando pela mansão. O vinhedo não ajudaria a me esconder. É melhor descer por este lado do casarão, onde a vegetação densa alcança a orla. Sairei no estacionamento da marina. Os carros de Julia e Chris estão sempre estacionados lá. Vou correr para detrás deles e, depois, me esconder atrás do grande eucalipto entre a marina e a praia.

Estarei em plena vista quando atravessar a praia em frente ao casarão, mas levarei apenas alguns segundos para chegar às acácias-pretas que cercam minha casa.

Assim que eu tiver estancado o sangramento, irei para a mansão e subirei até o quarto de Julia. Tarde como agora, Joseph deve estar dormindo, assim como Zelde.

Quando Julia me contar o paradeiro da minha filha, vou pegar a caminhonete de Joseph e ir até a delegacia. Joseph estaciona o veículo perto da minha casa, e todo mundo na Baía do Paraíso deixa a chave na ignição — em uma ilha pequena, as pessoas não roubam carros.

O policial Maxwell talvez não acredite em mim logo de cara, mas ao menos estarei em segurança. O caos vai ocorrer quando Joseph enfim descobrir que voltei à Baía do Paraíso — e será pior ainda quando Chris descobrir que estou viva —, mas, com sorte, eles já estarão sob custódia da polícia, assim como Julia e Zelde. Quando Maxwell encontrar evidências do contrabando de animais, vai dar mais crédito à minha história.

Com a energia renovada, desço pelo vale, me aproximando da orla próxima à marina. Cruzo o estacionamento, e estou prestes a seguir pela praia quando ouço a porta da mansão ser aberta e fechada. Alguém está descendo pela trilha que leva à praia.

Corro para trás do eucalipto e me escondo com ajuda do tronco.

A figura atravessa a praia na escuridão, sem lanterna alguma em mãos, seus passos confiantes. Ela conhece bem o caminho. É Julia.

Está com a respiração pesada. Fico imóvel quando ela passa por mim. Está carregando algo no colo. Será o animal com que ela desceu do helicóptero?

Agora, escuto outro som. Um murmurinho baixo, curto e impossível de não ser reconhecido. O murmurinho de um recém-nascido.

Julia está carregando um bebê.

Meu corpo parece pegar fogo.

Julia não está contrabandeando animais para o iate. Está contrabandeando um bebê. E foi este o iate que apareceu na marina na noite seguinte ao nascimento da minha filha.

Não posso permitir que isso aconteça. Estou prestes a sair das sombras e arrancar o bebê dos braços dela quando escuto uma voz masculina.

— Ande logo, Julia. A maré está mudando. — A voz soa grossa, autoritária.

Eu me encolho ainda mais contra a árvore e volto os olhos em direção à voz. Duas figuras estão paradas no píer, a apenas alguns metros de distância. O homem menor segura uma lanterna. É Joseph, mas não foi ele que falou. O homem que falou é mais alto, mais musculoso.

Observo a postura confiante do estranho. Ele está na meia-idade, mas tem uma estatura forte e jovial. Uma cicatriz atravessa uma das bochechas. Apesar da bermuda e da jaqueta típicas de marinheiro, é óbvio que ele está no comando. *Ele que manda.* Tenho a sensação de que ele é um predador aguardando na escuridão — um lobo ou um leão.

É Silas.

Prendo a respiração. Estou no campo de visão dele, mas está escuro sob a árvore, e a atenção deles está em Julia.

— Desculpa, Silas. — A voz dela está cheia de medo. — Precisei acalmar o bebê. Zelde está dormindo no casarão.

Sinto que vou vomitar. Silas, o cara que Joseph descreveu como *o sacana que deixa qualquer um com medo*, está bem aqui. O iate é dele. É ele que pega os bebês. Ele pegou minha filha.

As três figuras caminham pelo píer e sobem a bordo da escuna. Quando a luz da lanterna de Joseph ilumina rapidamente o casco escarlate, leio o nome *Ruby* e o porto de origem, Bluff, na Nova Zelândia. O grupo desaparece sob o convés. Um ronco baixo me diz que Silas deixou o motor rodando. Ele ficará aqui por pouco tempo.

O que devo fazer? Correr até em casa e chamar a polícia? Não tem sinal de celular aqui, mas posso ligar pelo Wi-Fi.

Não. Chris disse que Julia mandou levarem meu celular para o hospital, e não tem telefone fixo onde eu morava. Eu até poderia usar o telefone da mansão, desde que Zelde não me pegasse. Será mesmo que ela está dormindo? Por que Julia não ia querer que ela acordasse? Zelde sabe o que está acontecendo. Ela está metida nisso até o pescoço.

Antes que eu possa decidir o que fazer, Julia e Joseph reaparecem. Descem do iate e se aproximam pelo píer. Eu me encolho atrás do eucalipto.

No fim do píer, se separam sem despedida. Joseph segue para o escritório da marina, enquanto Julia volta para o casarão. Os braços balançando vazios ao lado do corpo. A transação está feita.

Ouço Joseph fechar a porta do escritório depois de entrar. Esta é a minha chance. Julia está sozinha.

Saio de trás do eucalipto e corro pela praia atrás dela. Estou quase chegando quando Julia sente a minha presença e se vira.

— Quem está aí?

— Eu.

— Eve? — Os olhos de Julia assimilam meu cabelo raspado, meus membros que sangram e minhas roupas cheias de sal do mar. — O que raios aconteceu com você?

Quero gritar com ela. *Estou sangrando porque seu marido quis me matar e acabei nadando para salvar minha vida, sendo lançada contra as pedras.* Mas não posso deixar que ela saiba o risco que Chris está correndo, do contrário tentará me impedir de partir. Se ela chamar Zelde ou Joseph para ajudá-la, estarei encrencada.

— Shiu — falo. — Nenhuma de nós quer que Silas saiba que estou aqui, certo?

Julia parece chocada.

— Como você sabe do Silas?

Droga, eu não devia ter deixado o nome dele escapar.

— O negócio é o seguinte, Julia. Você fica com Alec. Chega de visitas da polícia. Vou sumir para sempre. Só quero uma coisa.

Os olhos dela se semicerram, e ela assente, compreensiva.

— Quanto?

Ninguém nunca vai saber

— Fique com seu dinheiro. Não quero isso. Quero a verdade a respeito da minha filha.

Ela arregala os olhos. Sua boca forma um O.

— Eu sei que ela existe, Julia. Tive tempo para pensar e... quer saber de uma coisa? Me sinto aliviada por Alec não ser meu filho. — A mentira queima minha boca. — Tenho saudade da vida na cidade. Quero viajar. Não ligo para o que você estava fazendo com aquele bebê. — Aponto para a escuna, me forçando a soar sincera. — Só preciso saber o que aconteceu com a minha filha. Me conte, e você nunca mais vai me ver.

Julia lança um olhar amedrontado para a marina e abaixa o tom de voz.

— Depois deste tempo todo, seria um alívio te contar. Quando souber a pressão que senti durante todos esses anos, vai entender por que fiz o que fiz. — Ela agarra meu braço. — Não podemos voltar para a mansão.

— Por que não?

Ela me observa com incerteza.

— Alec.

— O que tem ele? Por favor, não me diga que ele está aqui.

— A noite na casa do amigo foi por água abaixo. Tive que ir buscá-lo. Está tudo bem. Silas está indo embora, e Alec está no décimo quinto sono. Dei-lhe um antialérgico. Mas não quero arriscar nenhum barulho.

Então não é Zelde que Julia não quer acordar. É Alec. Também não quero que ele acorde. Não é a primeira vez que Julia usa sedativo no filho, para o meu desgosto, mas ela se esqueceu de que antialérgicos têm efeito paradoxal em Alec. Longe de deixá-lo com sono, o remédio o deixa desperto.

— Tudo bem — falo. — Vamos para minha casa.

Juntas, percorremos a praia e atravessamos o arvoredo com troncos escuros. Ao passarmos pela caminhonete de Joseph, finjo tropeçar. Me apoio na porta do motorista e bisbilhoto a ignição. A chave reluz prateada. Minha estratégia de fuga segue intacta.

Nos aproximamos da casa, do meu lar por tantos anos. Eu costumava achá-la bonita, idílica, mas hoje parece um caranguejo agachado na orla. Foi aqui que minha filha foi roubada de mim.

Do lado de dentro, subimos a escada. Ambas sabemos bem que não vamos acender luz alguma por medo de atrairmos a atenção de Silas. Pela janela, vejo o grande iate, sob a luz da lua branca feito leite, escapando da marina.

— Preciso fazer um curativo no braço.

Tiro o que fiz de improviso. Sangue se acumula na ferida. Cortes feitos por crustáceos infeccionam, e acabei com o meu antisséptico recentemente, então vou para a cozinha e pego uma garrafa fechada de uísque.

Julia me acompanha, me observando enquanto paro em frente à pia e jogo o líquido no braço.

— Tem algum kit de primeiros socorros aqui? — pergunta ela.

— No armarinho do banheiro.

Ela desaparece, e a escuto vasculhar o banheiro.

— Achei. Venha se sentar perto da janela.

Encontro-a à mesa. Do lado de fora, o iate está partindo da baía. Julia pega uma gaze e a pressiona no meu ferimento.

Isto é surreal. Chris me quer morta; Julia está me prestando primeiros socorros.

— Como foi que se machucou? — pergunta ela.

— Eu estava internada, lembra?

— Isso me parece recente.

— Vim andando do vilarejo, e... e tropecei.

— Descalça?

— Perdi as sandálias. É uma longa história.

— Chris disse que você ligou para se demitir, que estava envergonhada demais para dar as caras por aqui, mas quero que saiba que não a culpo pelo incêndio. Alec me disse que você o manteve aquecido na água. Você salvou a vida dele. Sou muito grata por isso.

É verdade, então, que Julia não fazia ideia de que estive aqui mais cedo. Ótimo. Vou deixar que acredite que ainda tenho um bom relacionamento com Chris.

Eu me obrigo a usar um tom amigável. Somos apenas duas mães tendo uma conversa sincera.

— Eu não diria que me demiti, não exatamente, mas, se preferir que eu vá embora, eu vou. Não contarei nada a respeito do que está acontecendo entre você e Silas. Tudo que peço em troca é uma explicação.

Ela respira fundo.

— Então, é o seguinte: eu te conto tudo que sei a respeito da sua filha, e em troca, você nos deixa em paz. Você não poderá jamais contar essas informações a ninguém, nem nunca mais entrar em contato com Alec.

— Com certeza — minto. — Por mim, tudo bem.

Julia se mexe, desconfortável.

— Eve, você amava Alec como um filho. Espero que entenda que tudo que fiz foi para protegê-lo. Qualquer mãe faria igual. Você não faz ideia das coisas pelas quais passei.

A noite está tão clara que vejo as rugas marcando a testa dela. O luar projeta nossas sombras no piso.

— Meus pais eram alcoólatras, vagabundos caloteiros — começa ela.

Sentada, eu endireito a postura. Isso não me parece a infância privilegiada que achei que Julia tivesse tido. Onde Margareta entra nessa história?

— Fugi de casa aos dezesseis anos — continua —, e passei os dez anos seguintes lutando para sobreviver. Eu estava tão vulnerável... Quando conheci Silas, achei que meus problemas tinham acabado. Ele me contratou como entregadora de animais exóticos. Dinheiro fácil.

— Contrabando.

— Eu não sabia que era ilegal. Quando descobri, tentei sair do negócio. Isso me levou a cometer um grande erro. Tentei ganhar dinheiro pelas costas de Silas para que pudesse mudar de vida. — Julia balança a cabeça. — Silas ficou sabendo do meu emprego paralelo e se aproveitou da situação, me incriminando por assassinato. A partir de então, eu estava a uma ligação de ir parar na cadeia. Mas Silas deixou que eu me safasse, desde que eu lhe desse uma coisa. — Ela me encara.

O perfume de jasmim que Julia usa é enjoativo tão perto assim. É difícil fingir amizade sendo que ela pode ver cada músculo e olho se movendo. Me forço a corresponder o contato visual.

— Silas disse que tinha clientes interessados em um animal precioso... no mais valioso dos animais. Estavam dispostos a pagar uma quantia exorbitante por uma mercadoria feita sob encomenda. Silas tinha conhecido tal cliente contrabandeando animais. Ele era estéril, e a esposa carregava o gene de uma doença horrível. O homem também tinha sido condenado. Algo pequeno cometido no passado. Nada que afetaria sua capacidade de prover um bom lar para a família, mas *tecnicamente* era um crime. A esposa tinha olhos azuis, pele clara e cabelo ruivo-escuro. O pai também era ruivo, alto e de olhos azuis. O problema era que ele estava sob vigilância do governo.

Não consigo conter meu tom alarmado:

— Ele me parece ser um criminoso e tanto.

— Não, Silas disse que ele tinha se endireitado, mas, pelo visto, a polícia continuava desconfiada. Eram boas pessoas, mas tinham sido rejeitados como pais adotivos, então, se um bebê de repente aparecesse na casa deles, as autoridades saberiam que ele não havia sido adotado legalmente. A mulher precisaria fingir uma gravidez e a criança precisaria se parecer com eles. Por isso, Silas me escolheu. — Ela aponta para o cabelo. — Ele me disse para encontrar um homem ruivo, alto e de olhos azuis, e... — As palavras dela se perdem.

Acho que o sangue sumiu do meu rosto.

— Você concordou com isso? — Não consigo manter o terror longe do meu rosto.

Por sorte, Julia desviou o olhar. Ela tira o esparadrapo do kit de primeiros socorros e começa a prender o curativo em mim.

— Eu não tive escolha. Além disso, você sabe como é quando somos jovens. Quer dizer, a ideia de dormir com um estranho me enojava, mas a gravidez nunca me pareceu nada de mais. Muitas mulheres colocam os bebês para adoção sem nem serem pagas por isso. Teria dado tudo certo se eu não tivesse conhecido Chris. Foi então que cometi meu segundo grande erro. Tentei me esconder de Silas. Quando vi, ele estava apontando uma arma para a minha cabeça. No dia do meu casamento, ainda por cima. E uma coisa era me livrar de um pirralho concebido em uma noite de sexo sem compromisso, mas de jeito nenhum eu abriria mão do filho de Christopher.

266

CAPÍTULO 40

Sinto como se houvesse insetos rastejando pela minha pele. Mal consigo raciocinar. Finalmente, estou ouvindo a verdade, e quase consigo perdoar Julia pelas suas escolhas. Ela estava lutando para manter o bebê longe das mãos de criminosos.

— Fugir de Silas teria me custado a vida — fala Julia, os olhos marejados.

Não consigo manter minha conduta amigável, sendo a paciente dócil enquanto Julia trata minhas feridas. Eu me levanto, quase derrubando a cadeira.

— Preciso me sentar em algum lugar mais confortável. Me sinto um pouco fraca. — Eu afundo no sofá, grata por estarmos no escuro.

— Cadê aquele uísque?

— Na cozinha.

Julia vai até lá e volta com a garrafa e dois copos. Ela está falando sério? Acha que vamos virar amigas de copo?

— Não posso misturar álcool com os medicamentos — improviso.

— Bem, *eu* preciso beber.

Julia sempre foi de beber. Não conseguiu nem largar o vinho quando fingia estar grávida. Espere. Ela *estava* grávida. Então quer dizer que bebeu durante a gestação de Alec?

A resposta, de repente, me parece óbvia. Os Hygate me deram vinho falso para beber e enganar os empregados. Aposto que Julia fez a mesma coisa para me enganar. Na noite em que me convidou para ir à mansão ver as barrigas falsas, Chris fez uma cena ao servir Chardonnay para ela. Então, brindaram a mim, "a garota mais esperta desta ilha". Em retrospecto, vejo que houve algo teatral naquela performance toda.

Não há nada falso a respeito dos desejos de Julia agora. Ela se serve um dedo de uísque e esvazia o copo.

— Ver Silas hoje à noite trouxe de volta memórias horríveis. O dia do meu casamento foi o pior dia da minha vida. Me casei usando um vestido de dez mil dólares que teve de ser remendado em cima da hora depois de Silas o ter rasgado, mas eu tremia tanto que sentia que até a brisa poderia me derrubar. Naquela noite, contei tudo para Chris. Eu tinha certeza de que ele me deixaria, e acho que chegou perto. Se não fosse a vergonha de ter que contar a um juiz da Suprema Corte e a um sócio de negócios importantíssimo que o casamento tinha acabado um dia depois da cerimônia. Philip e Spencer foram nossas testemunhas, os únicos convidados. Bem, Chris certamente teria me largado. Mas, então, ele bolou um plano para manter nosso filho em segurança.

Sinto os fios de cabelo na minha nuca se arrepiarem. Foi assim que entrei na vida dos Hygate. É por isso que não posso perdoar Julia. Para manter o próprio filho seguro, ela doou a minha bebê.

— Por sorte, Silas partiu para a Ásia logo em seguida, para se encontrar com colecionadores de répteis — continua Julia. — Ele passou meses fora. Chris e eu tivemos tempo para colocar o plano em prática. Montamos um quarto que serviria de maternidade, um quarto dos sonhos. Queríamos que nosso alvo batesse o olho e o desejasse para seu bebê.

— Alvo? — A palavra tem gosto amargo na minha boca.

— Eve, não a conhecíamos na época. Não leve para o lado pessoal. Tivémos que tratar a questão toda como uma transação comercial. Não havia espaço para sentimentos. Primeiro, criamos a ilusão de que eu havia sofrido um aborto espontâneo. Chris disse que as pessoas são mais suscetíveis a uma história quando a descobrem por conta própria. Por isso, fingimos ir à Mongólia para cavalgar e, quando voltamos, agimos como se estivéssemos enlutados.

— Espere. — Ergo a cabeça com tudo. — Angel nunca existiu? — Estou atordoada. Toda tristeza que senti por aquele bebê, toda pena que senti de Julia. Foi tudo mentira?

— Quem? — Julia parece confusa. — Ah, Angel. Não, eu nunca sofri nenhum aborto. Só fizemos a lápide. Precisávamos de uma história triste para justificar minha suposta infertilidade. Depois, contratamos aquela assistente social. Tivemos sorte de encontrá-la. Ela estava com problemas financeiros e desesperada para ganhar dinheiro fácil. Como era mesmo o nome dela?

— Yasmin.

— Você é boa com nomes. Demos sorte com Zelde também. Li em um velho artigo de jornal sobre uma parteira que tinha perdido a licença quando cometeu um engano com a papelada. *Perfeito*, pensei, *se tem uma coisa que não queremos nem de que precisamos é papelada!* Chris foi atrás de Zelde e lhe fez uma proposta generosa. O engraçado é que ela amou tanto morar aqui, que quis ficar depois de os bebês terem nascido. Ela tem sido uma bênção.

— Certo — falo, meu tom contido. Então quer dizer que Julia contratou uma parteira incompetente? "Papelada" pode soar trivial, mas se Zelde perdeu a licença por causa disso, deve ter cometido um erro gravíssimo. — Lembro de você me contar que Zelde ficou horrorizada com o plano.

— Contei? Ah, deve ter sido para você pensar que ela era *honesta* e *confiável*. — Julia pronuncia as palavras com um tom sarcástico. — Ela topou de primeira. Quando foi contratada, comecei a tentar engravidar, o que, felizmente, aconteceu rápido. Sei que você consegue enxergar que o plano foi feito para que ninguém se machucasse. Estávamos procurando alguém que já estivesse disposta a dar o filho para adoção. Quando Yasmin nos contou de você, você nos pareceu perfeita com seu cabelo ruivo. Seu namorado era loiro, não do tom avermelhado de Chris, mas bastava. Melhor de tudo, você não tinha marido nem dinheiro. Mas, quando nos oferecemos para adotar seu bebê, você agiu como se tivéssemos pedido que arrancasse o próprio coração. No desespero, te convidei para ser babá do nosso filho. Sei que foi chamada aqui sob o pretexto de uma entrevista para ser babá, e Chris achou mesmo que seria uma boa ideia ter uma babá que acreditasse ser a mãe biológica do nosso filho, mas, no fundo, eu esperava que você fosse entregar a criança, pegar o dinheiro e cair fora.

Uma vibração. Julia tira o celular do bolso e olha para a tela. Meu estômago embrulha. *Ela está com o celular. E se contar a Chris que estou aqui? O que ele faria? Será que diria a Julia que mandou Joseph me jogar em alto-mar?*

— É Chris dizendo que pousou em segurança em Hobart. — Julia suspira. — Queria que ele estivesse aqui, mas levou o helicóptero para criar um álibi para nós dois. Estou no manifesto do voo, então é como se não estivéssemos aqui hoje à noite, caso alguém intercepte o iate de Silas.

Para meu alívio, ela deixa o celular com a tela virada para a mesa, sem digitar uma resposta.

— Você obviamente sabe o que estava acontecendo hoje. Deve ter notado nossos problemas financeiros.

— Vocês estão traficando bebês.

— Por favor, não use essa palavra, Eve. Admito que te enganamos na época em que Alec nasceu, mas, com as mães de agora, tudo está sendo feito de maneira honesta. Elas sabem que os bebês serão adotados. Sim, fingimos ser pais adotivos para ganhar a confiança delas, mas, assim como sua filha, os bebês vão parar em bons lares. Dois já foram entregues, e temos mais quatro para nascer ainda este ano. Isso vai bastar para voltarmos aos eixos. Pode não ser exatamente legal, mas ninguém sai ferido. Somos todos adultos que consentiram com isso.

— Não estou te julgando. — A mentira é tão deslavada que mal consigo colocá-la para fora. *Bons lares? Adultos que consentiram? E os bebês? Eles, sem dúvida, não puderam opinar.* — Por que estão com problemas financeiros? O que aconteceu com a herança de Margareta? O castelo?

Julia balança a cabeça.

— Ah, Eve, você não se lembra de que, no começo, você estava sempre a um passo de ir embora? Uma vez, até pegou a mala e começou a guardar as coisas. Não tínhamos tempo para encontrar uma substituta. Minha barriga já estava enorme, e eu não tinha mais como escondê-la. — Ela ri, mas sem humor. — Não existe herança alguma. Não tem castelo algum. "Margareta" — ela faz aspas no ar — era uma atriz. Nós a contratamos para fingir ser a minha avó. Dissemos que era uma pegadinha elaborada, como se tivéssemos um final de semana para resolver um mistério de assassinato. Ela foi muito boa, embora um pouco exagerada com a coroa e as reverências.

— O quê? Então Margareta não morreu?

Julia dá de ombros.

— A atriz? Não faço ideia.

Fico boquiaberta. Os Hygate foram longe demais. Eu tinha começado a suspeitar que o castelo não era real, mas não fazia ideia de que Margareta não era avó de Julia.

Eu gostaria de dizer que a pretensa riqueza não teve efeito algum sobre mim, mas, no fundo, sei a verdade. Sim, eu queria que meu filho herdasse aquele castelo. Posso ter sido mais difícil de persuadir do que os Hygate previram, mas, no final, as mentiras deles funcionaram. Eu mordi a isca.

Julia enche o copo de novo.

— Aquela farsa quando Joe abriu a porta e me viu usando a barriga falsa enquanto Margareta estava por perto... nós planejamos tudo. Joe sabia de tudo antes mesmo de você chegar a Breaksea. Não queríamos que você soubesse o quanto éramos próximos dele, já que é bem óbvio que ele é ex-presidiário. Enfim, pedimos para que ele fingisse achar que Chris tinha te engravidado. O objetivo do quase-acidente foi te mostrar a necessidade de te escondermos melhor, para que ficasse disposta a ir morar no farol. Chris estava farto de você morando por perto. Ele mandou Joe te mudar. Foi um alívio quando você concordou em ficar lá! Finalmente, tudo se acalmou.

Estou grudada ao sofá. Grata por estar no escuro. Se Julia visse meu rosto agora, saberia exatamente como me sinto a seu respeito.

Odeio Silas, que compra e vende bebês. Odeio Christopher, que tentou encomendar minha morte. Mas o que deixa a participação de Julia ainda pior é ela achar que não fez nada de errado. Está tão imersa na própria história — na qual Silas é o vilão; Chris, é o herói, e ela, a vítima — que nem se detém de compartilhar seus pensamentos mais sombrios. Para ela, não passo de um inconveniente, um obstáculo. É quase como se esperasse que eu me sentisse grata por terem me deixado crer que Alec era meu filho.

— Preciso ir ao banheiro — anuncia ela. — Minha calma foi estraçalhada hoje. Não leve para o lado pessoal, mas fico feliz que esteja indo embora. — Ela entra no banheiro e fecha a porta.

Uma vibração na mesa. O celular de Julia, de novo. Corro até lá e pego o aparelho. Há uma mensagem na tela de bloqueio. É de Chris: *Tudo bem? Era para você ter me ligado.*

Inferno. Preciso impedir Julia de responder.

Toco a tela. *Deslize para cima para Face* ID *ou use o código*. Será que consigo acertar a senha? Digito o aniversário de Alec. O celular treme. Tento inserir o aniversário de Julia e o de Chris, mas não dou sorte.

Pelo menos, posso tirar a mensagem da tela bloqueada. Deslizo para a esquerda e clico em *Limpar*. A mensagem desaparece.

Ganhei um pouco de tempo. Desde que Julia apenas olhe para a tela de bloqueio e não abra o aplicativo de mensagens, não vai ver o que Chris mandou. Mas e se ele mandar outra mensagem — ou ligar? É provável, considerando que está claramente preocupado com o silêncio dela.

Espere. Não tem sinal aqui. Julia está recebendo mensagens pelo Wi-Fi. Se eu o desligar...

A descarga é acionada. Largo o telefone e vou depressa até o roteador. Tiro-o da prateleira mais baixa da estante de livros e o arranco da tomada, depois, devolvo-o ao seu lugar assim que a porta do banheiro é aberta.

Ao me ver curvada diante da estante, Julia me lança um olhar interrogativo.

— O que você está fazendo?

— Onde está a minha bebê agora? — exijo. — Me conte!

— Não use esse tom — rebate Julia. — Será que não entende os sacrifícios que fiz para te manter feliz? Você estava bem, Eve. Fui *eu* que sofri. Tantas mentiras, tanto estresse. Enfim, agora já te contei tudo, mas acho que Joe sabe mais a respeito da sua filha. O bom e velho Joe. — A voz de Julia soa quase melancólica. Ela volta à mesa, mas não se senta. Pega o celular. Meu coração quase para, mas ela dá uma olhada na tela e o larga de novo.

Não dá para acreditar na frivolidade de Julia. Ela não me contou a informação de que mais preciso saber. Se importa tão pouco com a minha bebê, que não se deu o trabalho de descobrir aonde ela foi parar. De que outra maneira posso descobrir? Tentar conseguir algo com Joseph está fora de cogitação, e acho que Zelde não me contaria nada.

Julia se serve mais um pouco de uísque, que ela bebe de pé.

— Joe foi nosso milagre de salvação. Foi uma sorte Silas tê-lo contratado para administrar a marina. Joe tinha sido preso por causa de Silas, mas não deu com a língua nos dentes, então era alguém de confiança. Silas nunca percebeu que Joe se importava comigo. Nos conhecemos anos atrás, quando eu fazia entregas de animais em nome de Silas. Quando contei a Joe que Silas estava me forçando a entregar meu filho, ele surtou. Então, enquanto Silas acreditava que tinha um de seus homens aqui de olho em mim, Joe nos ajudava em segredo. Mas tinha um último trabalho que eu precisava fazer sozinha.

Julia está encarando o chão. Ela estremece, como se ainda com medo do desafio final.

— Na noite seguinte ao nascimento dos bebês, tive que me encontrar com Silas uma última vez. Meu objetivo era extrair uma promessa dele que garantiria a segurança do meu filho, mas precisei tomar cuidado redobrado. Silas tinha me avisado: *Me traia pela terceira vez, e não vai ter sorte no mundo que poderá te salvar.* E lá estava eu, mentindo na cara dele.

CAPÍTULO 41
JULIA

PASSADO

Julia observava o filho dormindo no berço. Ele era perfeito. Tudo de terrível que havia sentido na noite anterior, durante o trabalho de parto — a sensação perturbadora de que o bebê a estava machucando de propósito — já se dissipara. Ela tinha um filho. Ela tinha dado a Chris o filho que ele tanto queria.

Christopher entrou no quartinho, binóculos em mão.

— Ainda está aqui? — A voz dele soou severa. — Dá pra ver o iate da janela do andar de cima. Está quase aqui. É melhor você ir para a marina.

O celular de Julia vibrou no bolso. Ela o pegou. Mais uma mensagem de Joe. *Por que a demora?* Ela guardou rapidamente o celular, mas não antes de Chris ter tido um vislumbre da tela.

— O que está acontecendo, Julia? Você sabe que precisa fazer isso.

Ela se virou para o marido, suplicando a ele com os olhos. Com certeza, Chris cederia. Ele tinha dito que a esposa precisaria entregar a criança para Silas sozinha, mas ela faria qualquer coisa para evitar ver aquele homem de novo.

O olhar de Christopher pareceu duro. Julia viu que ele havia tomado sua decisão.

— Estou indo. — Julia pegou o frasco de sedativo que Zelde tinha arranjado para ela e saiu às pressas do quarto.

Dentro do escritório da marina, Joseph andava de um lado para o outro com o bebê no colo. O choro era estridente e enervante, e os círculos escuros embaixo dos olhos de Joseph indicavam que tinha passado a noite toda em claro.

— Acho melhor dobrar a dose — falou ele, segurando o bebê enquanto Julia administrava diversas gotas do sedativo.

O choro cessou quase imediatamente, e, dentro de um minuto, a criança estava quieta.

Julia a levou para fora e ficou parada no píer, respirando fundo para se acalmar. Era uma noite tranquila, mas escura e fria. O iate escorregava pela água em direção ao porto, uma figura solitária de um homem ao leme. O único som vinha das gaivotas, grasnando assustadas com aquela chegada.

O Ruby bateu levemente no píer, e Julia observou o homem descer, uma corda em mãos, e prender o iate. Silas. O coração dela acelerou.

Estava na hora de conversar com ele uma última vez. Julia se aproximou da escuna.

O homem notou Julia e voltou a bordo para acender uma lâmpada no convés. Seus olhos focados no embrulho no colo dela.

— Então quer dizer que, uma vez na vida, você honrou sua palavra, Julia. Ela assentiu.

— Parece que está morto — murmurou ele.

Julia abaixou o olhar. Os olhos da criança estavam abertos, mas o rosto dela era uma máscara imóvel.

— Eu a sedei. O choro de um bebê é muito alto. — Sua voz saiu rouca.

— Pensei que não houvesse ninguém por perto.

— Hm, não tem, mas... eu não quis arriscar. — Suas bochechas esquentaram. Será que Silas conseguia ver que ela estava corada e ansiosa? Será que notaria o tremor na voz dela e deduziria que Julia estava escondendo algo?

— Não se esqueça de que não adianta implorar, Julia.

— Eu sei. — Ela foi para mais perto da lateral do iate e entregou a bebê a Silas. Quando sua mão tocou a pele áspera dele, a mulher precisou se esforçar para não a puxar de volta.

Ele acariciou o rosto da bebê. A criança se contorceu.

— Parece saudável — murmurou ele. — É menina?

— Sim. Escute, Silas, preciso dizer uma coisa. Estamos quites agora. — Julia agarrou um pilar do barco, tentando parecer séria. — Qualquer criança que nascer a partir de hoje será minha. Você não poderá mais me chantagear.

— A polícia ainda tem suas impressões digitais. Tudo que preciso fazer é ligar com uma denúncia anônima, e você verá o sol nascer quadrado.

— Se você fizer isso, revelo que me chantageou para te entregar o meu bebê. Não serei a única que vai acabar atrás das grades.

— Não precisa me explicar como a vida funciona. Pode ficar com os seus próximos filhos.

Pronto. Ele tinha falado. Julia quis cair de joelhos de alívio. Em vez disso, respondeu com firmeza:

— Nunca mais quero te ver. Não é seguro trazer o iate aqui. Temos muitas pessoas morando na propriedade, empregados e afins. No futuro, se encontre com Joseph no Rochedo do Farol.

— Tudo bem, mas preciso ver Joe enquanto estou aqui. Trouxe alguns lagartos da Nova Zelândia. Ele precisa trazer os terrários para o barco e me ajudar a descarregar.

— Vou avisá-lo. — Julia começou a se afastar.

— Não vai querer se despedir? — Silas gesticulou para a criança.

Julia não conseguiria fingir emoção. O bebê parecera um saco de carvão em seus braços. Se pegasse a menina de novo, ele certamente veria que Julia não sentia nada pela bebê, que aquela menina não era família.

— Não.

— Como quiser. Vou voltar para a Nova Zelândia hoje à noite. Os pais me encontrarão lá. E como você vai se explicar? Já contou para as pessoas que o bebê nasceu morto? Não quero ninguém procurando a criança.

— Não.

— Mas vai ter que contar, Julia. Encene um velório ou algo do tipo. Teria sido mais fácil se tivesse escondido a gravidez desde o começo. Joe falou que você não fez isso.

Ela cruzou os braços.

— Então você vai gostar de saber que isso não será necessário. Tive gêmeos.

Aquele era o momento crucial. A mentira precisava ser convincente. Uma hora ou outra, Silas acabaria descobrindo sobre seu filho.

— Gêmeos? Cadê o outro?

Ninguém nunca vai saber

— Não te interessa. Eu te dei minha primogênita. Você mesmo disse, qualquer criança que viesse depois era minha.

— O outro é menino? — perguntou ele.

— Por que isso importa?

Silas semicerrou os olhos. Julia tinha certeza de que ele estava prestes a pular no píer e agarrá-la, exigindo uma resposta, só que ele estava segurando um bebê. Um bebê cujo cabelo vermelho e olhos azuis combinavam perfeitamente com as exigências do cliente.

— Eu quero o menino.

Julia encontrou os olhos dele. A voz dela saiu dura:

— Nunca te prometi um filho. Você recebeu minha primogênita. Fim.

— É melhor reconsiderar, Julia, do contrário chamarei a polícia amanhã cedinho!

— Quero só ver.

Silas deu um passo para trás. Sua expressão traindo a surpresa. Ele havia percebido que, apesar do medo, Julia falava sério. Ela o havia desmascarado.

Julia se virou e voltou pelo píer em direção à orla. Não olhou para trás uma vez sequer. Ela não poderia correr o risco de que Silas a visse sorrindo.

CAPÍTULO 42
EVE

PRESENTE

Ouvir Julia descrever como foi entregar minha bebê para aquele homem desprezível é quase mais do que consigo aguentar, mas deixo que ela fale, para o caso de haver pistas em suas palavras — e de fato há.

— Silas estava indo para a Nova Zelândia? Então minha filha deve estar lá! — Meu coração dispara. Talvez eu consiga encontrá-la em um país tão pequeno.

Estou sentada no chão, próxima à estante. Julia está no sofá. Perdi a conta de quantas doses de uísque ela bebeu.

— Não — fala ela. — Os pais viajaram para a Nova Zelândia para a entrega. Não sei de onde são.

Solto um suspiro de desespero. Estou perdendo a esperança.

— Silas, por acaso, te contou *alguma coisa* a respeito de onde ela foi parar?

A porta no andar de baixo é aberta. Passos pesados na escada. Joseph? Ele deve ter ouvido minha voz. Ficará furioso por eu ter voltado. *Se algum dia eu te vir de novo por aqui, você não terá uma segunda chance.*

Meu Deus. Não vou conseguir me safar. Me encolho nas sombras.

O homem que aparece no topo da escada não é Joseph.

É Silas.

Meus batimentos aceleram. Não consigo tirar os olhos do homem que rouba bebês. Ali está ele, andando pelo mundo, despreocupado, enquanto comete um crime horrendo.

Julia arregala os olhos.

— Pensei que você tivesse ido embora.

— Minha vela rasgou.

— O quê? Agora?

— Sim. Prendeu em um pilar enquanto eu a hasteava. — Silas me vê no canto. Sua expressão parece indiferente. Ele não faz ideia de que sou mãe de uma criança que ele roubou. — Eu sabia que Chris tinha fita para reparo, então vim buscá-la. Estava indo para a mansão quando ouvi vozes. Achei estranho você estar batendo papo tarde da noite com as luzes apagadas. Quem é essa? Parece que um caminhão passou por cima dela.

— É a babá do meu filho — explica Julia. — Ela, hm, voltou hoje à noite sem avisar.

Julia está mentindo por mim. Assinto, tentando parecer relaxada. Sou uma pessoa aleatória que, sem qualquer intenção, acabou entrando em cena. Não sei o que está acontecendo. Silas pode me deixar em paz aqui.

Mas então ele diz:

— É a Eve.

O quê?

Julia se assusta.

— Você a conhece?

— Chris me ligou mais cedo, falou que uma das mães tinha dado as caras. Joseph precisou levá-la embora de barco para lidar com ela, por isso ele se atrasaria para nosso encontro.

Estou enraizada no lugar. Isso é ruim.

O queixo de Julia cai. Dá para ver o que se passa na cabeça dela: *Quanto Chris contou a Silas? Não tudo. Silas não sabe que fingi que o bebê de Eve era meu.* E, agora, está entendendo o que "lidar" comigo quer dizer. Seu olhar passa pelos meus ferimentos e roupas. Ela está ligando os pontos.

— Cadê Joseph? — pergunta ela.

— No escritório.

— Você deixou a mercadoria sem supervisão? — Julia se levanta, o cenho franzido. — Isso não é seguro. Mal tem um dia de vida.

Silas solta uma risada sombria.

— Se quer fingir que se importa, Julia, não o chame de *mercadoria*. — Ele desdenha. — As pessoas sempre fazem questão de falar que bebês precisam de atenção o tempo todo, mas ninguém saberia dizer que a criança passou uma semana deitada sozinha em um berço atravessando o Mar de Tasman. Fico ocupado demais navegando para fazer qualquer coisa além de dar mamadeira e trocar a fralda de tempos em tempos, mas nunca tive reclamação dos compradores. Esses pirralhinhos são fortes. Talvez virem assassinos em série quando crescerem. — Ele dá de ombros.

— Não quero pensar nisso. — Julia estremece.

— Não venha com essa para cima de mim, Julia. Você sabe que viajo sozinho. Porra, você sabia disso quando me deu sua filha. Achou que ela fosse ganhar colo e canções de ninar?

Julia volta os olhos com pressa para mim. Vejo no que está pensando.

Estão falando da minha filha. Ela foi levada a bordo daquele iate vermelho com este demônio em forma de homem. Ela foi negligenciada, abandonada chorando no berço enquanto Silas cruzava o Mar de Tasman para entregá-la aos seus *compradores*.

Cerro as mãos em punhos. Quero dar um salto e atacá-lo como uma mãe urso feroz. Quero gritar, mas me forço a ficar em silêncio.

— Quando precisamos de alguma coisa, temos que fazer por conta própria — diz Silas. Ele atravessa o cômodo, levanta a mão e me dá uma palmada no rosto. Estrelas explodem dentro da minha cabeça quando caio no chão.

— Não a machuque! — grita Julia. — Podemos deixá-la ir embora. Ela não vai abrir a boca.

— Você está de brincadeira, porra? — questiona Silas. — Pelo amor de Deus, você tem que abrir mão dessa negação.

Tento me levantar, mas o homem me dá um chute na barriga. Dor pulsa dentro de mim. Grunho e me contorço no chão.

— Você tem uma mente muito fraca, Julia. — Silas arranca da parede o cabo de extensão. Ele me agarra e me arrasta até o topo da escada, onde puxa meus braços até as costas e amarra o cabo ao redor dos meus punhos. Em um piscar de olhos, estou presa à balaustrada. O metal se afundando na minha coluna.

— Silas, Alec adora Eve — gagueja Julia. — Ele vai ficar desolado se ela se machucar. Ela se tornou uma grande amiga nossa.

— Espere — fala Silas. — Por que você fez a babá do seu filho te dar um bebê? — Ele analisa meu semblante. — Quando foi que seu bebê nasceu, Eve?

Não faço ideia do que responder.

— Foi ela que teve o bebê que você acabou de me entregar, Julia? Ou o do mês passado?

Julia permanece em silêncio.

— Você me deu três bebês. O que está a bordo agora, o do mês passado e o primeiro, seis ou sete anos atrás. Mas esta era *sua* filha, não era, Julia? — Ele se vira para mim e pergunta de novo: — Quando foi que você teve seu bebê?

Ergo os olhos e o encaro, meu cérebro em chamas. Se eu contar a verdade, ele saberá que Julia o enganou. Ele saberá que o primeiro bebê que levou não era dela, mas meu. Não sei como isso acabaria para mim, mas não imagino que falar algo melhoraria as coisas para o meu lado.

Silas leva a mão ao meu rosto, e eu estremeço, mas, em vez de me bater de novo, ele passa a mão pela minha cabeça, inspecionando o cabelo raspado, porém o tamanho dos fios basta para que Silas veja que é ruivo.

— Você não teve gêmeos, teve, Julia?

Julia arqueja.

— Por favor, me perdoe, Silas. Eu...

— Aquele primeiro bebê, o que eu achei que era seu, é *ela* a mãe?

— S-sim.

— Achei mesmo que você estava tranquila demais ao entregar a criança — lembra Silas —, até para uma vadia sem coração como você.

Estou esperando que a raiva dele se volte a Julia. Em vez disso, ele inclina a cabeça para trás e ri.

— Boa jogada, Julia. Deus sabe o quanto você se esforçou. Um feito e tanto. E ficou com a mãe de *babá*? O que você contou a ela? — Ele segura meu queixo e me encara. — Sabia que sua bebê acabou no meu iate?

O olhar dele é assustador. Não consigo pensar em mais nada para dizer além da verdade.

— Descobri hoje.

— Onde achava que ela estava?

— Eu acreditava que Alec era meu filho.

Silas solta o ar pelo nariz. Ele começa a tatear meus bolsos.

— Sem celular. Ótimo. — Ele se vira para Julia. — Por isso você estava tão confiante de que poderia convencer mulheres grávidas a entregarem os bebês. Fiquei me perguntando de onde você tinha tirado a ideia de fazer papel de mãe adotiva. É que você já tinha feito isso antes. — O tom dele tem um toque sinistro. — Julia, para uma mulher tão inteligente, você com certeza é muito burra. Deve ter batido a cabeça se acha que podemos deixar esta menina ir embora. Ela sabe que você roubou a filha dela. Você acha que ela é sua amiga? Ela te odeia.

Minha vida está nas mãos de Julia agora. Ela precisa convencer Silas de que é seguro me deixar partir, que sou uma amiga que não vai procurar a polícia. Ele não me dará ouvidos.

Perdoarei Julia por tudo se ela me salvar de Silas. Ela só precisa convencê-lo a me deixar em paz.

Julia desvia o olhar.

— Tudo bem. Faça o que tiver que fazer.

CAPÍTULO 43

— Não preciso da sua permissão, Julia — fala Silas, seu tom lânguido. — E mais: você vai me ajudar. Temos dois problemas. Precisamos nos livrar dela e temos que dar um jeito em Joe.

— Joe não vai ligar para o que você fizer com Eve.

— Você não tá pensando direito. Seu marido mandou Joe jogar esta menina no mar, mas ele não obedeceu.

— Joseph não deixou que eu me safasse — minto. — Eu escapei. Nadei até a costa.

A resposta de Silas é me dar mais um tapa, tão forte que minha cabeça acerta a balaustrada.

— Por favor, não me machuque! — choramingo. — Eu só quero ir embora. Prometo nunca mais voltar.

Ele me bate com ainda mais força. Minha cabeça acerta a balaustrada mais uma vez.

Cada parte de mim quer gritar, berrar, lutar, mas me obrigo a não fazer nada disso. Suplicar pode ter funcionado com Joseph, mas não vai com Silas. Deixo os olhos se fecharem e a cabeça tombar para a frente.

— Ela não vai mais nos atrapalhar por um tempo — murmura Silas.

— Você ouviu o que ela disse? — pergunta Julia. — Joe não a soltou. Ela nadou. Preste atenção, ela claramente esteve no mar.

— Mentira. Como ela poderia ter escapado de um barco? Se pulasse na água e tentasse nadar, Joe poderia tê-la alcançado. Era trabalho dele se livrar dela. Ele falhou e não contou nada para ninguém. Por que ela voltou para cá?

— Ela queria saber onde a filha estava.

— Exatamente. Ela é um problema. Céus, guardei segredo por todos esses anos quanto ao que aconteceu com aquela criança depois de eu tê-la entregue, achando que você surtaria se soubesse...

Meu corpo enrijece.

— O quê? — O tom de Julia é de curiosidade, um tanto pesado por conta do uísque.

— O pai era um dos cabeças do comércio de animais silvestres, dono da maior operação nos Estados Unidos. É por isso que me desdobrei tanto para conseguir a criança certa para ele, com o tom de cabelo certo e tudo mais. Não é o tipo de cara que você irrita. Alguns anos atrás, ele estava atravessando animais pela fronteira do México quando foi tudo por água abaixo. Ele matou uma pessoa, e o FBI o pegou. Ele voltou para o xilindró. Encontraram a esposa também. A criança acabou indo parar em um orfanato. Se vem fácil, vai fácil, acho. — Ele solta uma risada curta, como se a história o divertisse. — Enfim, precisamos tirar Joe do escritório. Não podemos derramar sangue lá. A equipe de perícia forense vai investigar cada centímetro daquele lugar.

Mal consigo processar o que estou ouvindo. O comprador da minha filha era um assassino? E agora ela está em um orfanato?

— Perícia forense? Não podemos... O quê? — gagueja Julia.

— Amanhã, você dará Joe como desaparecido. Vai ser suspeito pra caramba se você não fizer um B.O. Pense comigo, vou rebocar o barco dele com o *Ruby* quando for embora. Irei soltá-lo onde o mar for bem fundo, longe dos corpos.

— Corpos? — A voz de Julia estremece.

— Sim, Julia. Vou levar dois corpos comigo e os jogarei em alto-mar. Como se eu já não tivesse coisas o suficiente para fazer navegando sozinho até a Nova Zelândia com um bebê a bordo. Amanhã, você irá contar para a guarda costeira que Joe levou essa menina com ele no barco e não voltou mais.

— Joe não! — A voz de Julia parece falhar. — Não existe outra alternativa?

— Julia, você está comigo ou não?

Ela funga. Quase consigo ouvir seu debate interno, mas sei por qual lado ela vai optar.

— Farei tudo que você precisar que eu faça.

— Vou pegar meu rifle na escuna e esperar atrás do eucalipto, aquele próximo ao escritório. Atraia Joe para lá. E é melhor atuar bem. Se inventar de alertá-lo, bom, tem seis balas na minha arma. Suficiente para todo mundo. Zelde está dormindo em casa, certo? Tem mais alguém na propriedade?

— Não — responde Julia, a voz aguda.

Alec. Meu coração para. Por favor, que Silas não descubra que Alec está aqui.

— Deixaremos Zelde onde está — fala Silas. — A passarinha velha não vai se mexer. Daremos um jeito em Joseph primeiro, senão ele vai dar no pé quando me ouvir atirando na menina. — Ele toca a minha cabeça. — *Ela*, por outro lado, não vai a lugar nenhum. Vamos. Ande logo. Vamos!

O que Alec vai fazer quando ouvir um tiro? Isso com certeza irá acordá-lo. Se ele sair da casa e Silas o vir...

— E se Eve recobrar a consciência? — pergunta Julia. — Tem certeza de que ela está bem presa?

— Sou marinheiro. Eu sei como dar um nó.

Dois pares de pés descem as escadas.

Meu coração está disparado. Não acredito no que acabei de ouvir. Um plano para cometer dois assassinatos, definido com tanta casualidade quanto se estivessem falando de gado para o abate. Julia participando.

A porta se fecha no andar de baixo. Começo a tentar me soltar. A dor percorre toda minha cabeça, meu braço ferido, meu pescoço queimado, minha barriga onde Silas me chutou.

Nos filmes, as pessoas que estão amarradas sempre se sacodem e se soltam, mas não consigo me mover nem um centímetro. Será que existe outro jeito de escapar? Será que consigo arrancar a balaustrada da parede ou achar uma faca? Olho ao redor, desesperada por uma esperança, mas a balaustrada está parafusada, e não há nada pontudo ao meu alcance.

Deixo meu corpo cair contra a balaustrada. Vou morrer. Nunca mais vou ver Alec. Ele vai ser criado por aqueles criminosos, sem nunca saber o que aconteceu comigo. Minha filha vai passar a infância em um orfanato nos Estados Unidos.

Um som no quarto de brinquedos. Um farfalhar.

Meus olhos se voltam para a porta. A maçaneta está sendo virada.

A porta é aberta.

CAPÍTULO 44

Uma figura pequena está parada na porta do quarto de brinquedos, vestindo pijama e com olhos cansados. Alec.

— Evie, você voltou! — exclama ele. — Achei que nunca mais fosse te ver. Por que você está assim? Você cortou o cabelo.

Meus olhos devem estar tão grandes e redondos quanto uma escotilha.

— O que você está fazendo aqui, Alec?

— Fiquei com saudade, Evie. Perguntei para mamãe se eu não podia dormir aqui como antigamente. Ela disse que não, mas não consegui pegar no sono, então vim para cá escondido. Vou ficar de castigo?

— Não, Alec, mas...

— Por que você está amarrada? Você está machucada. São bandidos?

— Sim, mas podemos fugir se você fizer o que eu falar.

Medo surge no rosto dele.

— Vou te soltar. — Ele vem com pressa até as minhas amarras.

— Vai ser mais rápido se você cortar. Pegue uma faca na cozinha!

Alec corre até lá e volta com uma faca de pesca. Ele a tira da bainha.

— Cuidado. É muito afiada. — Puxo os braços para deixar o cabo esticado.

— Pronto — fala Alec, dando um passo para trás.

Uma pontada de dor quando desprendo os braços. Cambaleio ao me levantar.

Pow! Um tiro atravessa a noite.

Meu Deus. Joseph. Atiraram nele.

— O que foi isso? — choraminga Alec.

Pressiono o dedo nos lábios dele, meus olhos fixos em Alec.

Não tenho dúvida de que Silas não o machucaria, mas não posso correr o risco. Preciso levar Alec comigo. Embainho a faca, enfio-a no bolso e pego a mão dele. Corremos para baixo.

Saio da casa e vou em linha reta até a caminhonete de Joseph, arrastando Alec comigo. Abro a porta do motorista, desligo a luz interior e empurro Alec para dentro. Ele se ajeita no banco do passageiro. Vou para trás do volante e fecho a porta com um clique baixo.

— Não fechou direito — fala Alec.

— Shh, querido. — Olho para a marina. Duas figuras se aproximam pelo bosque de acácias-pretas: Silas e Julia. Silas tem um rifle em mãos.

Alec não os viu. Eu o empurro para baixo, colocando meu corpo sobre o dele.

— Fique paradinho — sussurro.

Silas e Julia passam fazendo barulho pelo caminho de cascalhos. A porta da minha casa é aberta e fechada. Bisbilhoto por cima do painel. A luz do primeiro andar é acesa.

A qualquer segundo, vão descobrir que fugi. Assim que chegarem ao andar de cima, darei partida na caminhonete, meterei o pé no acelerador e irei direto para a delegacia. Silas talvez venha atrás de mim com o carro de Julia, mas terei certa vantagem.

— E a mamãe? — Alec se senta.

Não há tempo para explicar.

— Mamãe está segura. — Levo a mão até a ignição, mas não viro a chave.

Tudo que quero é dirigir até um lugar seguro. Mas e se Silas *não* vier atrás de mim? Se ele pular no iate, estará bem longe quando eu alertar a polícia. Talvez nunca consigam encontrá-lo.

Tem um bebê naquele iate.

A luz é acesa no andar de cima. Gritos de raiva. Silas e Julia estão discutindo.

Eu me viro para Alec.

— Não podemos ir embora. Você precisa fazer exatamente o que vou falar. Venha comigo.

Abro a porta do motorista, tiro Alec do carro e saio correndo em direção à marina.

— Ei! — A voz de Silas vem da porta da casa enquanto Alec e eu desaparecemos em meio às acácias-pretas.

— Corra, Alec! — Meu coração bate tão rápido que parece que vai explodir. Alec quase acompanha meu ritmo. Eu queria pegar o bebê e entrar em um carro, mas não é isso que vai acontecer. Silas está no nosso encalço.

Avançamos com pressa pela praia. À frente, a porta da mansão se abre. Zelde dá um passo para fora e nos vê.

— Pare-os! — grita Silas.

Zelde parece entender rapidamente a situação. Ela dispara em uma velocidade surpreendente, com o objetivo de nos alcançar perto do eucalipto. Seus olhos estão fixos em Alec. Ela vai pegá-lo, e ela tem a vantagem.

— Não ouse pegar o menino! — grita ela.

Tem um corpo encolhido na areia em uma poça escura. Joseph. Obviamente, está morto.

— Não olhe! — berro para Alec quando passamos correndo.

Zelde vê Joseph na mesma hora. Seu olhar está fixo nele, sua expressão sendo tomada pelo horror. Ela não vê para onde está indo.

Está a centímetros de nós, os braços esticados e ávidos para pegar Alec, gritando como uma bruxa vinda do inferno para roubar crianças. É quando tropeça em uma raiz de árvore e cai com tudo no chão.

Alec e eu chegamos ao píer e avançamos apressados. Não ouso olhar para trás. Zelde está gritando de dor. Ouço Silas se aproximar como um furacão. À nossa frente, o grande iate brilha carmesim sob o luar.

Pow!

Não! Eu me viro para Alec. Ele não está ferido. Silas errou.

— Pule para dentro do iate! — grito.

Ouço Julia berrar:

— Não atire no meu bebê, Silas!

Alec para.

— Mamãe está aqui!

— Alec! — grita Julia. — Venha aqui! Venha com a mamãe.

— Suba no barco, Alec! — repito.

O garoto volta a olhar para a orla em busca da mãe. Julia está correndo pela areia atrás de Silas, que avança pelo píer.

Julia grita:

— Corra, Alec! Vá com Eve!

Um tremor me atravessa. As palavras dela só podem significar uma coisa. Silas planeja matar todos nós.

Alec pula para dentro do iate.

— Corra, Evie! Ele está atirando na gente.

Subo a bordo. O motor vibra. Só preciso jogar as cordas e dar marcha no motor.

— Vá para baixo! — grito, mas, em vez disso, Alec corre para o convés da proa e solta o cabo da ancoragem. Faço o mesmo com o da popa. O iate deriva para longe do píer.

Silas está na metade do píer. Ele para e aponta o rifle para mim. Julia o alcança e segura a arma, puxando-a para que aponte para o céu.

Pow!

Agora, Silas acerta o rifle no peito de Julia. Ela cambaleia para trás e cai na água.

O criminoso larga a arma e percorre a distância até o iate em meros segundos. Me coloco a caminho da cabine do piloto e empurro o câmbio para a frente. O iate dá um solavanco para ainda mais longe do píer.

Silas salta sobre a fenda de mar.

Ele bate na popa. Quase cai na água, mas um braço se estende. A mão se fecha ao redor de um pilar. A outra sobe e agarra mais um. Os pés se arrastam pela água, mas o homem é forte. Ele vai conseguir subir em segundos.

Olho ao redor, procurando uma arma. Um gancho está guardado em um bolso na cabine. Eu o pego e corro para a popa. Bato com tudo a ferramenta pesada de metal nos dedos de Silas.

Ele grita e solta o pilar. Acerto sua outra mão com ainda mais força, mas ele já recuperou o apoio.

— Vamos bater nas rochas! — grita Alec.

— Vá para o leme!

Escuto Alec pular para dentro da cabine e agarrar o leme. O iate vira para bombordo.

Ergo o gancho bem alto e bato na cabeça de Silas, mas isso não o desacelera. Seu pé está no casco.

— Evie, vamos bater!

Olho em volta. Alec exagerou no leme. Estamos voltando para o píer.

— Vire a barra com tudo para bombordo! — grito. — Mire o canal!

Eu me volto para Silas, mas é tarde demais. Ele já está no convés. Ele agarra o gancho. Eu seguro firme. Estou lutando pela minha vida, pela vida de Alec, mas não é isso que me dá a coragem para fazer o que é preciso. É a ideia do que Silas já fez.

— Solte! — berro.

— De jeito nenhum, sua vagabunda.

Silas está sorrindo. Ele acha que venceu. Mas está focado em arrancar o gancho de mim e não repara que minha outra mão está a caminho do bolso, meus dedos agarrando o cabo da faca de pesca.

Este homem roubou a minha bebê.

Sacudo a faca para fora da bainha e a mergulho no peito de Silas.

Sangue jorra da ferida. Os olhos dele se arregalam.

É ele ou eu. Se eu não colocar todas as minhas forças nisto, ele vai nos matar. Arranco a faca e o golpeio de novo, enfiando-a no pescoço dele.

Silas cambaleia para trás, agarrando o pescoço. Sangue verte da boca.

Solto o gancho. Empurro o criminoso com o máximo de força que consigo.

Ele acerta as grades. Sua cabeça pende para trás. As forças parecem se esvair do corpo. Os olhos ficam vazios, desfocados.

Ele vacila na beirada. Eu me jogo contra ele com toda minha força.

Ele cai no mar.

Observo enquanto seu corpo desaparece no caminho que o iate deixa na água.

Eu me viro. Alec tirou o iate da baía e o levou ao mar aberto. Concentrado em comandar o leme, não notou a cena sangrenta atrás de si.

— Ele se foi — digo. — Estamos seguros.

— E a mamãe?

— Mamãe está bem. O homem mau bateu nela, mas ela vai ficar bem. Ligaremos para a polícia daqui a pouco.

Coloco os braços ao redor do meu filho e beijo a testa dele. Sim, Alec sempre será meu filho. Nutri um amor maternal por ele por seis longos anos. Sempre seremos família.

A lua, alta no céu, projeta uma trilha prateada em direção ao horizonte no leste.

— Não consigo virar o barco — fala Alec. — É grande demais.

Analiso o mar. Não há risco por perto.

— Você está se saindo muito bem. Preciso que continue aí por mais um tempo. Está vendo a trilha formada pela lua? É só seguir.

Pego o colete salva-vidas e o visto nele.

Na cabine do piloto, encontro um rádio. Vai levar apenas um instante para emitir um pedido de socorro, mas não faço isso ainda. Tem algo mais urgente.

Desço a escada, onde sigo meus ouvidos até a cabine na popa. Acendo a luz.

Deitada em um berço improvisado, vestida com um macacão cor-de-rosa, está uma recém-nascida — rechonchuda, fofa e perfeita. A cabeça está coberta por fios escuros, e os olhos são lindos e castanhos. Ela se encolhe, o rostinho contorcido pelo choro.

Eu a pego nos braços.

— Oi, pequena — sussurro, embalando-a. — Você está segura.

Volto com ela para o convés, onde Alec está no leme, observando o horizonte com intensa concentração. A brisa da noite sopra o iate para longe da terra firme. Atrás de Alec, a silhueta irregular de Breaksea desaparece na escuridão. Eu ficaria feliz em nunca mais ter que colocar os pés naquela ilha amaldiçoada.

A estibordo, avisto a luz grande e pulsante do farol, e penso em Xander. Éramos tão jovens quando estávamos juntos, e faz tanto tempo desde sua morte que, às vezes, sinto tê-lo deixado para trás, mas, nesta noite, ele parece estar por perto. Sinto que sempre carregarei seu amor dentro de mim.

Alec me olha, e seus olhos se arregalam ao ver o pacotinho rosa em meus braços.

— De quem é o bebê?

— Não sei, mas a polícia vai encontrar os pais dela. Estou prestes a ligar para eles. Ela é o motivo por termos embarcado aqui, Alec. Você me ajudou a salvá-la.

Ninguém salvou a minha menina. Ela foi levada por estranhos que a compraram como se fosse uma coisa, que mentiram para ela a vida toda a respeito de sua origem. Minha filha foi parar em um orfanato.

Eu vou encontrá-la.

EPÍLOGO

O guarda joga a correspondência para dentro da cela. A prisioneira idosa se apressa a pegá-la no chão.

— Não se anime — fala o guarda. — É só o jornal.

É claro que é. Zelde nunca recebe carta alguma. Hoje em dia, o jornal é sua única ligação com o mundo exterior. Ela gosta de se manter atualizada, mas tem ficado cada vez mais difícil, graças aos malditos olhos.

Os olhos foram sua ruína. Se o estado decadente da visão não a tivesse forçado a largar o trabalho de parteira há tantos anos, não teria sido vítima da proposta lucrativa de Julia Hygate. A princípio, Zelde achara vantagem os Hygate não saberem a respeito de sua visão. Julia sabia que Zelde tinha deixado o antigo emprego por ter tido "problemas com a papelada", mas não fazia ideia do que havia causado o problema — nem de que o fato de Zelde ter lido errado as recomendações da médica tinha colocado a vida de uma mãe em risco. Ironicamente, se os Hygate tivessem descoberto sua deficiência e a demitido, Zelde talvez não tivesse acabado aqui, atrás das grades.

Ela rasga o embrulho de plástico do jornal, pega a lupa, a qual recebeu permissão especial para manter na cela, e se senta para ler. Mas a manchete faz seu sangue ferver.

Mãe e filha, sequestrada ainda bebê, se reencontram e partem em jornada tropical

Aquela maldita Eve. Então ela venceu, no final das contas. Conseguiu ter a filha de volta.

Eve sempre irritou Zelde. Grávida sem ser casada, sem ter onde cair morta e, ainda assim, via problemas em entregar a bebê. Sem mencionar enxerida. Eve percebia cada deslize que Zelde cometia — passando a pimenta em vez do sal durante uma refeição, confundindo medicamentos. E houve a vez em que Zelde confundira Eve com Julia, chamando-a de "sra. Hygate". Eve lhe dera um olhar tão incisivo, que Zelde pensou que toda a farsa tivesse ido pelos ares. E, no fim, Eve fez justamente o que Zelde havia muito temia: descobriu o segredo dos Hygate e mandou todos para a cadeia. Bem, exceto Julia, que nunca foi pega e fugiu da cena do crime em um iate enquanto Zelde, com a bacia quebrada, via tudo sem poder fazer nada. No entanto, talvez Julia tivesse perdido quase tanto quanto Christopher. Ela passaria o resto da vida fugindo, para sempre separada da fortuna, do marido e do filho. E com relação ao que Christopher fizera com Alec, isso certamente provocara a ira de Julia.

Não vou ler este artigo imbecil. Vou rasgar tudo. Mas, por outro lado, os dias eram longos na cadeia. Zelde não tinha muitas amigas entre as outras prisioneiras. Pelo menos, o artigo lhe daria algo em que pensar.

Talvez pudesse apenas dar uma lida por cima.

A mãe de uma bebê roubada no parto diz que ela e a filha pretendem passar as férias escolares em uma viagem tropical por Queensland a bordo de seu novo iate. Eve Sylvester foi enganada logo após o parto e forçada a entregar a filha. A menina foi levada aos Estados Unidos e vendida, mas, agora, foi reencontrada e reunida com a srta. Sylvester.

Zelde estala a língua. Os jornais nunca contam as histórias direito. Se bem que... como a mídia poderia saber que...

Ela não conclui o pensamento. Não conseguia parar de ler.

O crime cometido contra a srta. Sylvester veio à tona quando os culpados, os magnatas do fretamento Christopher e Julia Hygate, e o marinheiro Silas Carter fizeram planos no ano passado para traficar mais bebês. A srta. Sylvester descobriu tudo, o que levou o trio a ameaçar sua vida e a assassinar outro funcionário, Joseph Jones. O sr. Carter acabou afogado no mar depois de a srta. Sylvester se defender de seu ataque violento. O sr. Hygate recebeu um mandado de prisão perpétua, acusado por conspiração de assassinato e por tráfico infantil. A sra. Hygate continua foragida. Outra empregada do casal,

Zelde Finch, foi presa como cúmplice. As autoridades informaram que a srta. Sylvester e a filha receberam uma quantia multimilionária do sr. Hygate em compensação pelo sequestro.

O artigo é muitíssimo irritante. Não há menção alguma à sua cooperação com a polícia. Se não fosse por ela corroborando o relato de Eve, as autoridades poderiam não ter prendido Christopher. E foi Zelde que forneceu as informações que ajudaram a Interpol a localizar a filha de Eve. Zelde sempre escutava com atenção quando Silas estava por perto. Uma vez, ele mencionou o nome da menina, Celia Mavernick, a Joseph, e Zelde o guardou na memória, sabendo que, se um dia fosse acusada de algum crime, o nome seria sua moeda de troca. E assim aconteceu. A sentença de Zelde foi reduzida pela metade.

Contudo, a parte mais irritante é que o artigo faz Eve parecer uma vítima inocente. Claro, é *assim* que as autoridades encaram a situação, mas Zelde não concorda. A menina é como uma raposa, esperta demais.

Zelde vira o jornal e, imediatamente, deseja que não o tivesse feito. A foto parece saltar da página: uma Eve sorridente abraçando duas crianças. O rosto destas está embaçado, mas é óbvio quem são: a menina ruiva usando roupa de rendas azuis é a filha roubada, e o menino é Alec.

Zelde não acreditou quando descobriu que Christopher havia pedido que Eve ficasse com a guarda de Alec e que, apesar dos crimes dele, as autoridades realizaram seu pedido. Ela entendia a pragmática por trás: Eve amava Alec, e, com Julia foragida e Christopher na cadeia, ela seria a melhor pessoa para cuidar dele. Mas será que Christopher não entendia como Julia se sentiria?

Talvez sim. Talvez sua motivação tenha sido justamente punir Julia por ter abandonado o filho.

A legenda diz: *Eve Sylvester diz estar encantada por receber a guarda tanto do garoto que ela acreditava ser seu filho quanto da filha que tinha sido roubada. "Meu amor pelas duas crianças é igual e infinito. Sou ligada pela natureza a uma e pelo amor ao outro. Os dois já são grandes amigos, e estamos nos esforçando para deixar o passado para trás e viver da melhor maneira possível juntos como uma família.".*

Tão doce que chega a ser enjoativo. O artigo continua, declarando que Eve trabalha como estilista de moda em Sydney, onde as crianças estão matriculadas na escola. Os outros dois bebês traficados também foram devolvidos às mães... Há um círculo de contrabando de animais ligado aos crimes... Investigações estão em andamento...

Espere. Zelde solta a lupa e pega uma mais forte. Ela foca a filha. A criança está usando aquele xale que Eve fez quando estava grávida. Joseph disse a Zelde que, quando voltou ao farol no dia seguinte ao parto, para buscar os pertences de Eve, o xale tinha um nome bordado: Skye. Quando Zelde voltou a ver o xale, o nome tinha sido alterado para Alec. Mas, na foto, o adereço parece ter sido restaurado a seu estado original. A criança está usando um xale com o nome Skye.

Será que Eve convenceu a filha a assumir o nome que a mãe havia escolhido? Essa ideia enfurece Zelde. Tudo que ela e os Hygate tinham planejado caiu por terra. Pior ainda, Eve tinha mais dinheiro do que teria conseguido juntar na vida sem os Hygate, e ainda acabou ficando com as duas crianças. Não que Zelde quisesse dois filhos, mas Eve parece tão feliz.

Zelde arremessa o jornal ao canto da cela. *Repulsivo* é a palavra certa. Eve tem algum poder estranho sobre as crianças que faz com que elas a amem. Ou talvez não seja tão misterioso assim. Se você está disposta a perdoar sem pestanejar e a ser infinitamente compreensiva e amável, sem qualquer disciplina adequada, é claro que os pirralhos vão te idolatrar. Aquelas risadinhas tolas, as brincadeiras caóticas e as corridas espontâneas para tomar um banho de chuva... Zelde não tem interesse nisso.

É engraçado pensar que a polícia quase chegou a fazer um exame de DNA com Alec, mas, depois que Eve descobriu a verdade sobre a gravidez de Julia, aquilo não fazia mais sentido. Ninguém duvidou de que Alec fosse filho biológico dos Hygate.

O alarme toca para o apagar das luzes, e Zelde se apressa para escovar os dentes e ir se deitar antes que as usuais dez horas de escuridão comecem. Amanhã, ela jogará o jornal fora e nunca mais pensará na matéria.

Porém, deitada na escuridão da cela, ela se lembra das palavras de Eve. *Sou ligada pela natureza a uma e pelo amor ao outro*. Eve acredita ter o equilíbrio perfeito em seu relacionamento com as crianças. Sua proximidade com Alec vinda de todos os anos que passaram juntos, sua conexão genética com Skye. Ah, se ao menos ela soubesse...

Zelde nunca contou a verdade a ninguém. Havia tentado esquecer, mas ali, na cama estreita e fria, sente que está revivendo tudo. A noite caótica em que as crianças nasceram...

...Zelde desceu as escadas da mansão fazendo barulho, o bebê de Julia no colo, agradecendo a Deus por ela o ter parido a tempo. Então, precisava chegar à casa menor antes que o bebê de Eve nascesse para faturar o bônus opulento que Chris tinha lhe prometido caso o plano desse certo.

Estava ficando velha demais para aquele tipo de coisa. Achava que tinha saudade de ser parteira, mas não de duas crianças de uma vez nem sob tamanha pressão. O nível de estresse dela estava acima da média.

Na casa de Eve, Chris estaria segurando a mão da jovem enquanto ela sentia as contrações, tentando encobrir o fato de que Zelde não estava lá. Joseph, de todas as pessoas, estaria pronto para pegar o bebê de Eve.

Quando chegou ao pé da escada, ela se apressou até a porta da frente bem quando ela se abriu e Joseph entrou às pressas.

— O que está acontecendo? — perguntou Zelde.

— Estou com o bebê da Eve. — Joseph segurava um bebê pelado que não parava de se contorcer.

— Cadê a manta?

— Você me mandou não pegar a manta!

Que burrice.

— Pelo amor de Deus, Joseph, as coisas mudaram, caso não tenha notado. — Zelde apontou para o quarto violeta, onde sempre estava quente. — Deixe o bebê lá e *corra* para a casa para pegar a manta. A que está suja de sangue! Lembra do que te falei? Eve precisa sentir o cheiro do próprio bebê. Não podemos sair com recém-nascidos sem roupa no frio!

Joseph se apressou ao quarto violeta, soltou o bebê na cadeira mais próxima, como se fosse um saco de quinquilharias, e saiu em disparada pela porta da frente.

Droga, a poltrona de seda ficaria suja de sangue. Zelde foi, apressada, até o quarto, então colocou o bebê de Julia, enrolado em uma manta amarela, no chão. Ela abriu mais o tecido e, à esquerda, tirou o bebê de Eve de cima da cadeira, colocando-o ao lado do de Julia. Como esperado, sob a luz da lua, dava para ver que a poltrona lilás estava suja com manchas escuras. Sangue. Zelde cuspiu nos dedos e esfregou saliva na pior parte. O importante era não deixar o sangue secar. Deveria ter acendido uma luz para ver o estrago.

Passos no átrio. Joseph estava de volta, trazendo uma manta branca e suja de sangue.

— Qual criança eu entrego para Eve? — Ele apontou para os bebês deitados lado a lado no chão.

— O da direita! O menino! — gritou Zelde. Honestamente, será que Joseph era idiota? Ela lançou um olhar depreciativo a ele. — Me dê essa manta.

Joseph entregou a ela a manta branca, e Zelde a cheirou. Ótimo. Tinha cheiro de parto. Pelo menos alguma coisa ele tinha feito direito. De costas para os bebês, ela a estendeu no chão, dobrando os cantos, trabalhando rapidamente...

Espere. Ela não tinha checado o sexo dos bebês.

Nunca admitira aos Hygate, mas a visão dela não era boa o bastante para ter certeza do sexo do feto. Quando fez o exame pré-natal de Julia, Zelde anunciou com confiança que ela teria um menino, mas não tinha certeza.

Quanto ao sexo do bebê de Eve, Zelde não fazia ideia. Tinha borrado a imagem ao fazer o exame em Eve, já que os Hygate haviam lhe instruído a dizer a Eve que ela estava grávida de um menino — independentemente da verdade. Ela suspeitava que Eve teria uma menina, pois a própria Eve parecia convicta disso, mas talvez ambos os bebês fossem meninos. Isso explicaria por que Joseph estava, naquele instante, confuso ao olhar para os bebês.

— A da direita é menina — falou ele.

— É claro que não. — Zelde se virou e pegou o bebê da direita, o bebê de Julia.

Menina.

Zelde encarou as genitais como se torcendo para que se modificassem, mas, ao contrário do exame, não havia como se enganar. Era uma menina.

— Acenda a luz! — rosnou Zelde.

Joseph correu ao interruptor, e a luz inundou o quarto. Zelde tirou os óculos do bolso e os colocou no lugar com tudo. Não gostava de que outras pessoas a vissem usando lentes tão grossas, mas não havia como evitar aquilo no momento.

Sob a luz intensa, os dois recém-nascidos eram notavelmente parecidos — exceto pelo sexo. Tinham o mesmo tamanho, por volta de três quilos. Ambos estavam cobertos de sangue e vérnix. Ambos tinham a cabeça cheia de cabelo ruivo. O do menino estava mais para loiro-aver-melhado, enquanto o da menina era castanho-avermelhado, mas isso não ajudava em nada.

O bebê da esquerda era menino. O da direita era menina.

Zelde *devia* ter colocado o bebê de Eve na direita. Ela o tinha tirado da cadeira à esquerda, passado-o por cima do bebê de Julia e o posicio-nado do lado direito na manta amarela.

O problema era que Zelde não se lembrava de ter feito isso. Ela havia colocado o bebê de Julia na direita e o de Eve na esquerda.

Ela tinha certeza.

Ou quase...

Simplesmente, teria que contar a Chris e Julia que fizera uma inter-pretação errada do sexo durante o exame de Julia. Só pode ter sido isso que aconteceu.

Mas... espere. E se ela *tivesse* colocado o bebê de Eve na direita? Afinal de contas, se distraíra com as manchas de sangue na poltrona. Poderia estar se equivocando com a lembrança do movimento. Memórias podiam falhar.

Ah, como era uma velha tola. Como pôde ter se colocado em tamanha confusão?

Joseph chegou mais perto.

— Você não devia se apressar?

— Você não reparou no que era o bebê de Eve? Menino ou menina?

Joseph deu de ombros.

— *Você não reparou no de Julia?*

Pense, Zelde. Se escolher o bebê errado, nunca poderá consertar seu erro.

Joseph a observava com a testa franzida, focado. Ele estava prestes a descobrir que ela não fazia ideia de qual bebê era qual.

Se Zelde desse a Chris e Julia a menina após ter dito para esperarem um menino, eles fariam um monte de perguntas. Joseph poderia entender a situação e contar a respeito da confusão de Zelde aos Hygate. E se fizessem um exame de DNA e descobrissem que o bebê não era deles? Que Zelde havia mandado seu precioso bebê embora naquele iate abominável?

Isso não poderia acontecer. Antes de tudo, Zelde deveria proteger a si mesma.

Ela se levantou e encarou Joseph com o olhar mais arrogante que encontrou em si.

— É claro que reparei. Julia teve um menino, como esperado. Me expressei mal agora há pouco. Leve *o menino*, pelo amor de Deus. Ele está à esquerda, caso não tenha percebido. Na verdade, eu mesma o levarei a Eve. Você, leve a menina para o escritório da marina e a faça ficar quieta. É seu dever cuidar dela até o iate chegar amanhã à noite.

Zelde pegou o menino e o enrolou na manta de Eve. Em seguida, correu para fora e foi até a casa menor, deixando a menina com Joseph.

Eve tinha dado à luz no escuro, e Joseph pegara o bebê imediatamente. Zelde havia saído com o bebê de Julia antes mesmo de a mãe ter aberto os olhos. Nem Eve nem Julia haviam confirmado o sexo do bebê que tinham acabado de parir.

Está tudo bem, Zelde disse a si mesma. *Tenho certeza de que você fez tudo certo. E isso não importa, porque nunca vai passar pela mente dos Hygate que você pode ter cometido um erro. Eve receberá um menino, como esperado. A menina desaparecerá, como esperado. Christopher e Julia nunca suspeitarão de nada.*

Ninguém nunca vai saber.

NOTA DA AUTORA

A Ilha de Breaksea e a Baía do Paraíso são fictícias. Existe uma ilha conhecida como Ilha de Breaksea na Tasmânia, mas ela não é habitada e é pequena demais para ser o cenário dos eventos deste romance.

O *Tukutuku rakiurae* é uma espécie endêmica de Rakiura (Ilha de Stewart) no sul da Nova Zelândia. Eles têm sido alvo de contrabando de criminosos internacionais. Em um caso notável, um caçador ilegal alemão foi preso ao tentar embarcar em um voo que partia da Nova Zelândia com nada menos do que quarenta e quatro lagartos escondidos na roupa íntima.

É impossível estimar o número de crianças que foram alvo de adoções internacionais ilegais. Descobri, enquanto fazia pesquisas, que a adoção ilegal é vista como uma forma de tráfico infantil sem vítimas, pois a criança geralmente acaba sendo criada por bons pais, mas a prática causa grandes danos. O mais óbvio é o sofrimento dos pais que são enganados ou coagidos a entregar seus filhos. Os pais adotivos também sofrem com a descoberta perturbadora de que a criança não foi entregue livremente à adoção. E, é claro, independentemente do quanto amem os pais adotivos, a descoberta também acaba sendo devastadora para as próprias crianças.

Inventei as palavras do livro infantil que Alec lê em voz alta no capítulo 27, mas os leitores podem ter reconhecido elementos do conto de fadas *Rumpelstiltskin*, originalmente escrito pelos Irmãos Grimm, no qual uma mãe desesperada faz um acordo para abrir mão do seu primogênito, mas, com astúcia e determinação, acaba pegando a criança de volta.

AGRADECIMENTOS

Quero agradecer à minha agente, Faye Bender, porque, sem seus conselhos, incentivos e lealdade, eu não teria terminado este livro. Muito obrigada às minhas editoras incríveis, Liz Stein, da William Morrow, e Penny Hueston, da Text Publishing. É um privilégio trabalhar com vocês duas. Muitas das melhores ideias deste romance vieram de vocês. Obrigada a todos na William Morrow e na Text que deram duro neste livro.

Obrigada aos cientistas que generosamente me cederam seu tempo, incluindo Carey Knox, que me ensinou a respeito dos *tukutukus* e do mercado clandestino internacional na fauna nativa da Nova Zelândia. Obrigada a Thomas Coyle, da Forensic Insight, que me explicou as investigações de cena de crime, e a Henk Haazen, por ter me ensinado as três regras da navegação. Quaisquer erros são de responsabilidade minha.

Obrigada ao braço tasmânio das *Sisters In Crime Australia* por sediarem o retiro de escrita durante o qual concluí um rascunho inicial deste livro. Foi uma alegria e uma inspiração poder ter visitado a Tasmânia.

Obrigada aos meus primeiros leitores, incluindo Eileen Merriman, Jacqueline Bublitz, Cliff Hopkins, Christina Carlyle, Florence Carlyle, Jessica Stephens, Ben Salmon e Moses Salmon.

Obrigada à minha irmã, Maddie, que trabalhou incansavelmente comigo neste romance, desde quando ele ainda era uma ideia meia-boca, passando pelos inúmeros rascunhos iniciais, até a revisão final. Você sempre acreditou em mim.

Escrevi este livro em homenagem à minha falecida avó, Eileen Celia Mansfield, que, como Eve, ficou aos cuidados do governo quando criança. Eileen deu aos quatro filhos e aos muitos netos todo o amor e carinho que não recebeu. Devo muito a ela.

Obrigada aos meus filhos maravilhosos, Ben, Moses e Florence, que são tudo para mim.

Por fim, obrigada a todas as mães do mundo que amam seus filhos com tanta coragem e devoção, especialmente a minha, Christina. Tenho orgulho de chamar você de mãe.

Primeira edição (fevereiro/2025)
Papel de miolo Creamy Bulk 50g
Tipografias Libre Baskerville e Bebas Neue
Gráfica LIS